KB267031

유주대에 올라 노래하다
登幽州臺歌

앞으로는 옛사람을 만날 수 없고
뒤로는 올 사람을 만날 수 없네
천지의 무궁함을 생각하다가
홀로 슬퍼하니 눈물이 흘러버린다

前不見古人 後不見來者.
念天地之悠悠 獨愴然而涕下.

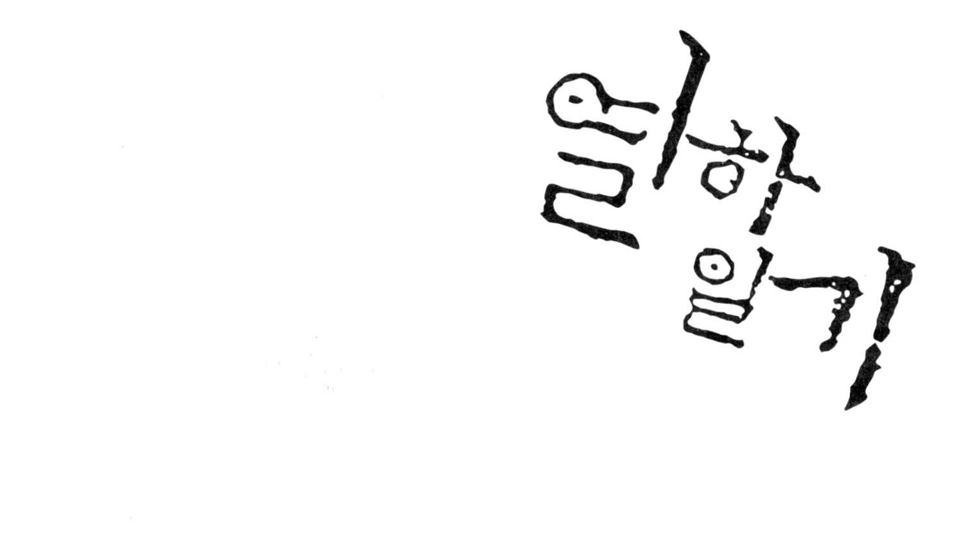
끝나지 않기

열하일기 5

손승윤 新무협 판타지 소설

초판 1쇄 찍은 날 § 2004년 10월 20일
초판 1쇄 펴낸 날 § 2004년 10월 30일

지은이 § 손승윤
펴낸이 § 서경석

편집장 § 문혜영
편집 § 장상수 · 서지현 · 한지윤
마케팅 § 정필 · 강양원 · 이선구 · 김규진 · 홍현경

펴낸곳 § 도서출판 청어람
등록번호 § 제1081-1-89호
등록일자 § 1999. 5. 31
어람번호 § 제2-0447호

주소 § 경기도 부천시 원미구 심곡1동 350-1 남성B/D 3F (우) 420-011
전화 § 032-656-4452 팩스 § 032-656-4453
http://www.chungeoram.com
E-mail § eoram99@chollian.net

ⓒ 손승윤, 2004

ISBN 89-5831-279-3 04810
ISBN 89-5831-150-9 (SET)

※ 파본은 본사나 구입하신 서점에서 교환하여 드립니다.
※ 저자와 협의하여 인지를 붙이지 않습니다.

열하일기 5

熱河日記

새로승추하(塞虜乘秋下)

FANTASTIC ORIENTAL HEROES

손승운 新무협 판타지 소설

도서출판 청어람

목차

제5권 새로승추하(塞虜乘秋下 : 가을엔 언제나 오랑캐 몰려든다)

제1화 혈행(血行)
핏속을 가다

당신…….
눈 감고 가만히 들어봐.
당신이 찾는 용환은 내가 스물네 해 동안 살아온 세월 속에
아로새겨져 있어. 보여? 보이면 고개를 들어. 그리고 다시 찾아봐,
용환이 과연 무엇인지.

삽리촌(挿里村)은 낙수촌(落水村)의 이웃 촌락으로 뱀처럼 휘어져 흐르는 낙수 상류에 자리잡고 있다.

이 삽리촌에서 낙수를 건너면 곧바로 노하평(蘆河坪)이란 갈대 평원을 만나게 되고, 이 노하평에서 삼십 리를 더 가면 다시 낙수가 나온다.

그 다음이 성야촌(盛野村)이고, 이 성야촌을 지나 예로부터 약수로 유명한 벽산구(碧山丘)를 넘으면 성경의 초입, 장가촌(長家村)이다.

장가촌은 비교적 고산 지대라 고도(古都) 성경을 한눈에 조망할 수 있다.

"으험."

삽리촌 초입에 있는 삽리객잔 주인 황이(黃伊)의 오늘 일진은 그런대로 괜찮았다.

어젯밤 낙수에 담가둔 통발마다 잉어와 호자어가 가득 들어 있었고,

귀한 자라도 세 마리나 잡혀줬기 때문이다.

뿐만 아니라 농한기 때를 틈타 여행하는 행인들도 꽤 돼서 객잔도 지금 거의 만원이었다.

그런데도 황이는 불안했다.

그건 뒷방에 든 손님들 때문이었다.

일곱이나 되는 손님들의 차림이나 말투, 인상 같은 것들이 보통은 넘어 보였던 것이다. 그리고 좀 전에 들어와 평상에 자리잡은 치들의 차림이나 말투, 인상 역시 보통은 넘기 때문이었다.

"흠, 뒷방에 든 치들은 얼치기 무림인들이 틀림없고, 평상에 앉은 저 치들은 몽고족들이 분명한데?"

얼치기 무림인들도 위험해 보이긴 마찬가지였지만, 더 위험해 보이는 쪽은 몽고족들이었다.

"철갑과 절굿공이로 중무장한 여인네와 머리 모양 괴이한 중늙은이라… 으험, 지금 때가 어느 때인데 철갑을 두르고 돌아다닌단 말인가?"

먹물 든 손님들 주장에 따르면, 작금의 황상은 워낙 어리고 무지몽매해서 환관들이 판치는 세상이 되었고, 대신들은 이 환관들의 눈치나 보면서 연명하느라 나라 꼴이 엉망이라고 했다.

그래서 그런지 변방은 늘 흉흉한 소문과 함께 전운이 감돌았다.

일전에 어떤 먹물이 들려준 말에 의하면 몽고족들이 옛날의 성세를 회복해서 재침공을 하려 한다는 것이었다.

"아무리 그렇기로 이런 대명천지, 백주대낮에 감히 몽고 계집이 철 갑을 하고 다녀? 고얀지고, 세상이 어찌 되려고 이 모양인가 그래."

변방이긴 해도 여기는 엄연히 명나라 땅이고 명군의 통제를 받는 곳이었다. 태조 때부터 이어져 내려온 무기 판매 및 소지 금지령이 시퍼렇게 살아 있는 이곳이 아니냔 말이다. 그런데 한족도 아닌 몽고족이 무기와 철갑을 소지하고 다닌다는 것이 황이는 마음에 안 들었다.

하지만 황이는 산전수전 다 겪은 객잔 주인답게 자신의 기분을 내색하지 않았다.

"으헴, 나라가 어찌 되든 말든 내가 뭘 상관인가? 나라는 배우고 잘난 나리들이 가지고 놀게 두고, 나 같은 객잔 주인은 술을 한 병이라도 더 팔려고 노력하면 되는 게야. 황제가 바뀌면 뭐 하난 말이지. 우리네 같은 민초의 생활이야 다 거기서 거긴걸."

황이는 불안을 떨쳐 버리고 객잔을 나왔다.

아침에 놓아둔 통발을 걷으러 나선 것이다.

황이가 걸음을 멈춘 곳은 낙수와 함께 삼십 리나 펼쳐진 갈대밭인 노하평이 다 보인다고 해서 노하구(蘆下丘)라고 불려지는 고개였다.

"어험, 그간 별래무양하셨소이까?"

"으?"

황이는 고개를 좌측으로 돌렸다.

나뭇등걸에 걸터앉아 있는 젊은이가 황이를 보고 환하게 웃었다.

"……?"

황이는 고개를 갸웃했다.

인사말을 들으니 저 조선 복색을 한 젊은이는 황이 자신을 매우 잘 알고 있는 눈치였다.

하지만 황이는 맹세코 초면이었다.

"자네… 나, 날 아나?"

"그건 왜 물으시오, 노인장?"

"나, 난 당최 기억이 없어서 말이지."

"그건 당연하외다."

"으?"

"소생도 노인장이 벌건 초면이오."

"뭐?"

황이는 어이가 없었다.

"……!"

"근데 왜 아는 척을 했느냐, 이걸 물어보실 참이시지요?"

"그, 그렇다네. 왜 아는 척했나?"

조선 복색의 젊은이, 박린은 또 웃었다.

"하하! 사해는 모두 동도라 하지 않소? 소생이 욕을 한 것도 아니고, 그저 인사를 여쭈었을 뿐이거늘 그걸 다 핍박하시다니. 역시 대국 예절은 문제가 많소이다그려."

"뭐라?"

황이는 이 괴상한 녀석이 도대체 무슨 소리를 하는지 몰라 눈만 끔벅거렸다. 녀석은 더 이상 말을 하지 않았다.

잠시 더 기다려 본 황이는 '별 미친놈 다 보았다'는 식으로 발을 떼었다. 서너 발걸음쯤 떼었을까?

녀석이 물었다.

"혹, 저 아래 낙수에 볼일이 있으신 게요?"

황이는 돌아섰다.

"그렇다면?"

"가지 않는 게 만수무강하시는 방법일 텐데. 어험."

"뭐?"

"낙수 건너 갈대밭을 자세히 보시구려."

그제야 황이는 노하평에 가득 들어찬 창날과 사람을 보았다.

"저, 저게 다 뭔가?"

"수적들이외다."

"수적!"

"험험, 저 치들이 갈대밭을 피로 물들이려고 작정한 것 같소."

건너오는 녀석의 눈매가 서늘했다.

"노인장?"

"으?"

"돌아가서 마을 사람들에게 알리시오."

"선비를 잡으려는 수적들이 저 갈대밭에 가득하니 오늘은 조심하라고 말이외다. 아, 그리고 저 수적들을 상대하기 위해 선량한 선비가 갈대밭을 향해 용감히 내려갔다고 말이오. 어험."

"아, 알겠네!"

황망한 걸음으로 황이가 사라지자 박린은 빙그레, 웃었다.

"설서방?"

까오?

"덕불고(德不孤)이면 필유 린(必有隣)이니라. 덕있는 선비는 외롭지 않으며 반느시 이웃이 있다는 뜻이라네!"

노하평(蘆河坪).

아리수[鴨綠江] 양안의 갈대밭도 장관이었지만 노하평도 갈대가 장관이었다.

쏴아아……

바람 소리가 크게 일어날 때의 노하평은 바다와 다르지 않았다.

갈대들은 파도치듯 밀려갔다가 다시 밀려오기를 거듭했다.

갈대들의 파도 위에서 햇빛이 부서졌다. 그 모습이 은빛 물고기 떼
가 일제히 꼬리를 털며 위로 튕겨 오르는 것 같았다.

"어험. 일단 배부터 채운 연후에."

박린은 육포를 씹었다.

어금니 사이를 꽉 채운 육포향이 마냥 향기롭지만은 않았다.

"설서방."

까오?

"자연이란 참 오묘하다네. 저걸 좀 보게."

설사자의 맑은 눈에 갈대들이 담겼다.

"우리네 사람들은 저걸 한낱 쓸모없는 갈대로 치부하지만, 사실을
알고 보면 그렇지 않아. 갈대는 말이지. 햇빛, 바람, 물, 공기, 그리고
땅의 기운을 잘 버무려서 저렇게 서 있을 수가 있는 게야. 즉, 조화와
순응의 미덕을 안다는 말이지."

왈?

"우리네 사람들은 때때로 착각을 하곤 하네. 갈대는 물론 굼벵이, 노
린재, 지렁이, 풍뎅이, 개구리, 호박꽃 등을 매우 우습게 여긴다는 말이
지. 하지만 그것들을 자세히 들여다보면 참 신비하고도 오묘한 세계를
볼 수 있다네."

까오?

"물론 자네도 마찬가지야."

왈!

"에잉, 근데 사람들은 그렇지 않네. 무엇이든지 일단 부수고 보거
든? 그걸 창조(創造)라고 벅벅 우기면서 말이야. 생각해 보면 자연 아
래 진정한 창조는 없는 게야. 파괴로 괴상망측하게 짜깁기한 겉모양새

만 있을 뿐이라네. 어험.”

박린은 터덜터덜 노하평으로 내려갔다.

물론 겁대가리를 상실한 자의 발걸음이었다.

어슬렁어슬렁.

“허, 오늘 이 노하평이 피로 물들겠구먼. 하지만 그게 이 선비 탓은 아니라네. 피는 뿌린 자의 무게만을 지니는 게야. 선비는 단지 노하평을 건너가고자 할 뿐이라네.”

노하평에 도착한 박린이 오른발을 축으로 빙글, 돌면서 왼발을 뻗었다.

슉—

순간 둥그런 광환(光環)이 일어나 그의 왼발을 휘어 감았다.

빡!

목을 부여잡은 그림자가 발을 쳐들고 뒤로 날아갔다.

박린은 왼손을 밖으로 뒤집어 연속으로 삼 장을 쳐냈다.

팡팡팡!

장에 직격당한 다른 그림자가 가슴을 움켜쥐고 날아가 막 장창을 밀어 넣던 또 다른 그림자의 장창과 교차했다.

장창은 동료의 등뼈를 비켜 갈빗대 사이를 비집고 심장을 관통했다. 그리고도 힘이 남았는지 한 자나 밖으로 빠져나왔다.

“에익!”

그림자는 장창을 뒤로 뺐다.

순간 장창을 따라 뿜어진 시뻘건 핏물이 갈대를 물들였다.

그림자는 피 묻은 창날을 닦을 사이도 없이 동료를 제쳤다.

하지만 그곳에는 박린의 씨익, 웃는 얼굴이 기다리고 있었다.

빡!

턱이 깨진 그림자가 발끝을 쳐들고 날아갔다.

다시 쳐 들려진 박린의 오른발이 장창을 밀고 달려들어 온 또 다른 그림자의 목을 휘어 감았다.

"부러뜨려 줄까, 이 목?"

"캑!"

그림자가 눈알을 희번덕거렸다.

박린은 발을 풀었다. 그렇다고 맥없이 내린 건 아니었다.

스르륵, 풀어지던 발이 비틀려지면서 명치를 찍었다.

빡!

명치를 직격당한 그림자가 만세를 부르며 뒤로 날아갔다.

그 그림자 밑에서 불쑥, 시퍼런 장창이 또 솟아올라 왔다.

텁.

박린은 장창을 잡았다.

순간 두르륵, 장창의 처음으로 달려나간 발이 부챗살 같은 반원을 그리며 장창 주인의 턱을 빠갰다.

빡!

널브러진 장창 주인 곁에서 또 다른 장창이 솟아올라 왔다.

이 장창의 주인은 방금 자신의 눈을 스치고 지나간 섬광이 무엇일까, 를 생각했다.

그건 박린의 발이었다.

그걸 깨달은 순간, 장창 주인은 자신의 몸뚱이가 이미 오래전에 바닥에 내팽개쳐졌음을 알았다. 그의 함몰되었던 턱뼈가 위로 솟구치면서 엄청난 굉음을 토해냈다.

팡!

이때 갈고리처럼 굽혀져 뒤로 이동했던 박린의 팔꿈치는 뒤에서 막 달려든 장창 주인의 명치를 찍고 앞으로 전진하고 있었다.

뻑!

강철 같은 주먹에 장창 주인이 고개를 꺾었다.

그때쯤 박린의 왼발은 다른 장창을 휘어 감아 당기면서 그 장창 주인의 턱에 박혀 있었다.

팡!

동시에 오른발은 막 날아온 장창 두 개를 뛰어넘어 그 주인들의 턱을 좌우로 후려지는 중이었다.

빠박!

와르르, 소리와 함께 장창의 주인들이 허물어졌다.

박린은 뛰어올랐다.

파파파팟!

공중제비로 뒤집어지는 박린을 따라붙은 장창들이 위로 꼿꼿하게 섰다.

장창들은 조밀해도 너무 조밀했다.

장창들은 박린이 착지힐 공간을 완전히 틀이막은 것이다.

"아하!"

박린은 머리를 아래로 향한 채 떨어져 내리면서 왼손으로 장창을 잡았다. 주르륵, 물처럼 창을 타고 흘러 내려온 박린이 오른손을 펼쳐 장창 주인의 정수리를 찍었다.

빡!

정수리를 가격당한 장창 주인이 장창을 배에 꽂고 주저앉았다.

박린은 장창을 잡은 그대로 빙글, 돌았다.

그 길게 늘어난 발끝에 장창 주인들이 수수깡 분질러지듯 분질러졌다.

퍽퍽퍽!

땅에 착지한 박린은 피식, 웃었다.

갈대를 헤치고 전진해 온 수십 개의 창날이 한꺼번에 쏘아진 것이다. 병기의 길이를 크게 믿는 자들은 대부분 자신의 방어를 소홀히 하게 마련이었다.

박린은 우선 펄쩍, 뛰어올라 창날들을 밟았다.

다시 한 번 뛴 박린의 양발에 걸린 장창의 주인들이 분분히 물러나면서 쓰러졌다.

팍팍팍!

덩실.

돌아온 허리와 어깨, 가위처럼 교차되는 발과 주먹에 연타당한 장창 주인들이 널브러졌다.

그 장창 주인 뒤에서 불쑥, 달려든 장창 한 자루가 잡혔다.

박린은 장창을 따라 들어가 발로 장창 주인의 목을 감고 빙글, 돌았다.

발을 감은 그 상태로 박린이 물었다.

“장강수로채인가?”

“아, 알 필요 없다, 이놈!”

“그럴지도 모르지.”

장창 주인 등에 매달린 박린의 주먹에 다른 그림자가 날아갔다.

픽!

두뚝!

박린에게 제압당한 장창 주인이 선택한 길은 동귀어진이었다.

장창 주인의 폐와 심장을 관통한 창날이 박린이 매달린 등으로 빠져나왔다.

하지만 박린은 그때 그와 사 장이나 떨어진 갈대 사이를 내달리고 있는 중이었다.

빡!

앞에서 막 일어선 장창 주인이 목을 꺾으며 널브러졌다.

다시 한 번 장창 수십 가닥이 날아왔다.

핑핑핑핑!

박린은 몸을 세우지 않고 달려가던 속도 그대로 장창을 움켜잡고 몸을 띄워 올렸다.

빙글, 뒤집혀진 박린에게 바로 보여진 것은 경악한 장창 주인들의 얼굴이었다.

팡팡팡!

와르르.

팡팡팡!

와르르.

비명을 내지를 사이도 없이 들이닥친 박린의 발차기와 주먹질은 짧고 가볍고 경쾌했다.

하지만 충격은 철추(鐵鎚) 이상이었다.

턱이 함몰되고, 어금니가 튕겨 나가고, 코뼈가 부러진 장창 주인들이 태풍 맞은 것처럼 쓰러졌다.

빙글.

박린은 땅에 착지했다. 소나기처럼 오고 간 공격이 잠깐 그친 것이다. 박린은 수막을 펼쳐 노하평 전체를 샅샅이 훑었다.

"어험."

천여 명은 족히 되는 수적들이 호리병 모양으로 포진해 있었다. 이 호리병 안으로 들어가면 들어갈수록 사지(死地)가 된다.

박린은 피식, 웃었다.

"재미있군."

박린은 잠시 숨을 고른 다음에 양손을 휘둘렀다.

순간 크게 휘둘러진 양손을 따라 생겨난 눈부신 광환이 갈대들 사이를 갈랐다.

팔황봉미향라결만의 장법, 마환쌍륜(魔環雙輪)이었다.

콰카콰콰……

상양채주 노희룡은 귀를 기울였다.

콰카콰콰……

거대한 물결이 갈라질 때 내는 소리와 똑같은 소리였다.

'귀에 익다, 이 소리!'

귀에 익었다면 들었다는 의미이고, 좋은 의미로 들었든 나쁜 의미로 들었든 당시를 잊지 못하고 있다는 이야기가 된다.

노희룡은 기억 속에 깊이 갈무리되어 있는 소리의 정체를 떠올리려고 애썼다.

"좋지 않아!"

우선 드는 느낌이었다.

소리는 전에도 이랬을 것이라고 믿지만, 지금도 매우 축축하고 어두운 느낌이었다.

"구마평(勾馬坪)!"

노희룡은 자신도 모르게 신음 소리를 냈다.

구마평은 소주와 항주 사이에 자리잡은 갈대밭이었다.

노희룡은 십 년 전 바로 그곳에서 지금 자신에게로 닥쳐오고 있는 저 소리와 동일한 소리를 들었다.

"마, 마환쌍륜!"

왜 이제야 생각이 난 것일까.

당시와 별로 다르지도 않은 자연 조건에서, 그것도 당시에 저 소리를 냈던 자의 제자를 상대하고 있으면서 말이다.

"물러서라, 피해!"

다음 순간 소리가 다가오는 반대쪽으로 몸을 날린 노희룡의 머리 속에 다시 십 년 전의 구마평이 펼쳐졌다.

당시 천변귀수는 홀홀 단신으로 오늘 자신의 제자처럼 포위되어 있었다.

북쪽은 강북상련이, 남쪽은 관군이, 동쪽은 혈사교가, 서쪽은 장강수로채가 틀어막고 천변귀수를 밀어붙였던 것이다.

천변귀수를 포위한 사 개 파는 자신들의 승리를 빌어 의심치 않았다. 사 개 파를 다 합치면 무려 삼천오백에 달하는 칼잡이들 역시 천변귀수를 잡을 수 있다고 모두 확신했었다.

하지만 아니었다.

천변귀수를 향해 옥죄어 들어가던 팔십여 개의 크고 작은 진(陣)과 노궁(弩弓)을 비롯한 기계 구십여 대가 한순간에 대열을 해체시키면서 뒤로 밀렸고 결국엔 다 무너지고야 말았다.

바로 저 소리와 함께 들이닥친 거대한 섬광덩어리에 의해!

콰카콰콰…….

소리를 내는 것들이 다 갈대만은 아니었다.

갈대들을 잡고 있던 진흙이 무려 오 척이나 위로 치솟으며 벌 떼처럼 왱왱거리는 소리를 냈다.

박린을 중심으로 사방 십 장 안의 모든 갈대가 꺾여 아래로 주저앉았다.

"마환쌍륜은 한마디로 기의 수레바퀴이다. 넓은 공간에서 보이지 않는 다수의 적을 상대하기 위한 장법이니라. 특히 적의 포위에 빠졌을 때, 진이나 기계들을 상대하면 될 것이다."

박린은 바닥에 편히 앉아 무릎에 요광수신리성금을 올려놓았다.

이제 마환쌍륜을 조종하는 일이 남은 것이다.

퉁―

동글동글한 금음이 피어올랐다.

따땅!

금음이 일으킨 기이한 떨림이 노하평 전역에 퍼졌다.

옛날 양왕이 흥청거릴 때

재사들 구름처럼 모여들더니

흘러온 세월 천 년 동안

남은 건 오직 오래된 대(臺)뿐이라지.

잡초 우거진 대(臺)에 홀로 서면

천 리를 달려온 슬픈 바람

내 옷깃에 매달리네.

[梁王昔全盛, 賓客復多材, 悠悠一天年, 陣迹惟高臺, 適莫向秋艸, 悲風千里來.]

唐詩—高滴

상양채주 노희룡은 잠시 혼란해했다.

단숨에 밀어닥칠 줄 알았던 마환쌍륜이 노랫소리에 반응해 기세를 멈추면서 구마평의 상황과는 전혀 다른 새로운 상황을 펼쳐 놓았기 때문이다.

…….

노랫소리가 그치자 노하평 전체에 기이한 적막이 감돌았다.

'도대체 어떻게 된 일이지?'

상황을 판단하려고 일어선 순간, 노희룡은 자신의 눈썹을 산산이 바스러뜨리며 동공 안으로 진입하는 섬광을 보았다.

"헉!"

동공 안으로 빨려든 섬광은 시신경을 타고 뇌로 올라갔다.

다음 순간 뇌 안에서 일어난 거대한 폭빌음이 노희룡을 침몰시켰다.

파쾅—

울컥 핏물을 게워낸 노희룡이 뒤로 날아갔다.

그가 앉아 있던 자리를 중심으로 주변 사 장이 움푹 패었다.

마환쌍륜은 굴러온 것이 아니라 하늘에서 떨어진 것이었다.

노희룡은 갈대를 붙잡고 간신히 일어선 다음에야 그 사실을 알았다.

"제길!"

마환쌍륜 수십 개가 떨어져 내리는 광경은 장관이었다.

마환쌍륜에 직격된 흙과 갈대가 분분히 날아오르며 노하평 전체가 지진을 만난 것처럼 흔들렸다.

쾅쾅쾅!

노희룡이 쳤던 방어선 일부가 무너지면서 끔찍한 비명 소리가 난무하기 시작했다.

노희룡은 청룡언월도를 꽉 틀어쥐었다.

"밀릴 수 없다!"

다른 채주들이 담당한 뒷선까지 밀리기엔 장강수로채 최고참이라는 자존심이 허락하지 않았다.

"앞으로 나아가라, 놈을 척살해라!"

"명!"

상양채 정예들이 앞을 향해 달려나갔다.

"와아아—"

이때 박린은 아주 괴이한 말을 중얼거리고 있었다.

"선비가 포호빙하(暴虎氷河)하고 필야임사이구(必也臨事而懼)할 수는 없지. 어떻게 맨손으로 범을 잡으려 하고, 맨발로 황하를 건널 수 있단 말인가? 그나저나 오늘은 소식이 매우 더디구나. 이제 뒤가 소란해질 때가 되었는데?"

2

"어라?"

"저게 다 뭐야?"

노하구에 도착한 왕특과 요양휘는 서로를 보았다.

“으?”

“으음.”

둘의 눈알이 노하평 위를 다시 굴렀다. 눈앞에 펼쳐진 갈대 바다, 노하평은 전쟁터였다.

“족히 일천은 되는 무리로세.”

그들은 각자 병기를 앞세워서 빽빽 군호(軍號)를 지르고 깃발을 휘두르며 중심을 향해 집중해 들어가고 있는 중이었다.

요양휘가 눈을 좁혔다.

“저기 중심에 있는 자가 바로… 우리가 쫓던 그 조선 놈?”

“으?”

중심은 화탄 맞은 것처럼 갈대들이 푹 꺼져 있었는데, 누군가 그 한가운데 앉아 있는 게 보였다.

왕특도 눈을 바짝 좁혔다.

“얼굴은 잘 보이지 않지만, 차림으로 본다면 저놈은 분명 조선 거지인데?”

“저놈이 왜 저기 앉아 있지?”

“글쎄다?”

둘은 다시 서로를 보았다.

“이봐, 관원 나으리.”

“으?”

“우린 저놈을 앞질러 와 저놈을 기다리기로 했잖아?”

“그랬지.”

“근데 어떻게 저놈이 우릴 앞질렀지?”

“낸들 아나?”

“크음.”

이때 장남 왕특과 요양휘를 따라 헐레벌떡 뛰어온 왕씨 형제들이 도착했다. 왕씨 형제들은 우선 가쁜 숨을 몇 자락 토해내곤 조용히 전방을 주시했다.

“으음.”

“허!”

점차 그들의 얼굴이 새까매졌다.

그래도 먼저 입을 연 사람은 이런 일에 끼어들어 잘난 체하기를 좋아하는 왕오였다.

왕오는 몇 가닥 붙어 있지도 않은 수염을 설설 쓸어 내린 다음 왕특을 보았다.

“형님.”

“으?”

“험험, 아주 곤란한 일이 벌어졌소이다그려?”

“크음.”

왕오는 요양휘도 보았다.

“헴헴, 애써 작전을 세우고 쫓아왔더니 더욱 엄청난 상황이 벌어졌구려. 요는 저 조선 녀석을 이 험악한 상황에서 어떻게 잡느냐, 이것 아니겠수?”

“끄음.”

“여기서 문제는 우리 형제들과 요 형이 저 살벌한 전쟁터로 뛰어들어 녀석을 잡을 배짱이 과연 있느냐, 하는 것이고… 우리 형제들과 요 형이 목숨을 버리면서까지 저 녀석을 잡을 가치가 있느냐, 하는 것이우. 에헴!"

"야, 왕오."

"왜 그러시우, 요 형?"

"누구나 다 아는 잡소리 집어치우고 그냥 결정해!"

"예? 뭘 말이우?"

쩡!

요양휘가 육도를 빼 들었다.

"넌 어떤 놈이 네 밥을 빼앗아가면 기분 좋겠냐?"

"무, 물론 기분 더럽지요."

"그럼 됐다!"

이번엔 왕특이 어란도를 쑤욱 뽑아 들었다.

"우리가 언제 남에게 우리 밥을 양보한 적이 있었냐?"

"혀, 형님?"

왕오는 다시 노하평을 한번 내려다보고는 벌벌 떨었다.

아무래도 요양휘와 장남 왕특은 미친 게 분명했다.

어떻게 일천 명이나 되는 수적을 헤치고 녀석을 잡겠다고 마음을 먹었을까.

"나, 나 못해!"

왕오는 뒤로 물러섰다.

"나, 나도 못해."

"난 여, 여기서 포기할래."

왕이를 비롯한 다른 형제들도 일제히 뒤로 물러섰다.

형제들 중 유난히 소심한 왕이는 아예 엉덩방아까지 찧었다.

"어이쿠!"

“끄음.”

“으음.”

왕특과 요양휘는 서로를 보았다.

잠시 후 왕특이 겁에 질린 동생들을 향해 돌아섰다.

왕씨 형제들 시선이 일제히 왕특에게 매달렸다.

왕특은 역수에 선 장사처럼 비장하게 입술을 깨물었다.

“좋다! 너희들 생각이 정 그렇다면 너희들은 이제 그만 요동으로 돌아가라!”

전혀 의외의 발언에 왕씨 형제들이 어리둥절해졌다.

“혀, 형은?”

왕이가 묻자 왕특은 더욱 비장한 표정이 됐다.

“너희들, 그동안 못난 장남을 따라다니느라 고생 참 많았다. 난 이제 산적질로는 못 산다. 장남은 집을 떠난 이상, 이렇게 빈손으로 돌아가서는 안 된다. 난 내려가서 한번 해볼 것이다!”

몸을 돌린 왕특이 무슨 말인가를 더 할 듯하다가 휘적휘적 아래로 내려갔다.

“음?”

요양휘도 뭐가 어찌 된 일인가 싶어 눈을 몇 번 굴리다가 헐레벌떡 왕특을 따라 내려갔다.

“어이, 친구. 같이 가자고.”

“으?”

“……”

“……”

기묘한 침묵이 왕씨 형제들 사이를 맴돌았다.

침묵은 깊고 무거워서 언제까지라도 이어질 것 같았다.

이 침묵을 깬 사람은 막내 왕육이었다.

“크, 큰형이… 주, 죽으면 어떡하지?”

“…….”

“…….”

다시 기묘한 침묵이 왕씨 형제들 사이를 맴돌았다.

마침내 왕오가 사절곤을 꺼내 들었다.

“씨불, 하여튼 큰형은 인생에 보탬이 안 돼요!”

순간 왕씨 형제들이 서로를 보았다.

쨍쨍쨍!

무기 뽑혀지는 소리와 함께 왕씨 형제들의 입가에 미소가 매달렸다. 이글이글 타는 눈으로 왕씨 형제들이 소리쳤다.

“염병, 같이 죽자!”

왕씨 형제들이 서둘러 내려간 다음 나타난 사람들은 웅녀와 불뇌선생, 그리고 왕란자두 일행이었다.

웅녀가 고개를 돌려 불뇌를 보았다.

“선생.”

“예, 대랑!”

“저 한족 놈들이 우리의 에르텐(보석)님을 핍박하는 것 맞죠?”

“카함! 그런 것 같기는 하옵니다만… 워낙 숫자가…….”

“됐어요, 어차피 한족이라면 많으면 많을수록 좋지요.”

절굿공이를 뽑아 든 웅녀가 벌벌 떠는 불뇌선생의 어깨를 잡았다. 그리고 나직하게 노래를 불렀다.

예언을 새기거라, 야루 강변의 목동이여. 해지는 풍경을 바라보는 금빛 돼지여. 멸망의 날이 다가오기 전, 해지는 지평을 밟고 아름다운 신인이 너희들을 찾아오리니, 너희들은 이제 눈물과 한숨을 그칠지어다. 그가 에르텐이라. 에르텐이 선택한 땅은 영원히 기름지고 푸를 것이다. 너희는 그 땅에서 야루처럼 흘러 세상을 덮을 수 있으리라.

불뇌선생이 입술을 깨물었다.

"가십시다, 대랑!"

두 사람이 사라진 뒤, 왕란자두 일행 역시 잠시 망설였다.

매사 용의주도한 왕란자두는 이 노하평을 우회하는 낙수를 거슬러 올라가 성야촌(盛野村)나루에 이르는 물길을 알고 있었다.

하지만 노하평이 지금 저 모양인데 배가 있을 리 만무했다.

결정은 성질 급한 개구사치가 내렸다.

"까버립시다!"

가율무지라고 마다할 이유가 없었다.

화르륵—

가율무지의 소부가 허공에 떠 찬란한 무지개를 만들었다.

왕란자두 역시 주먹을 오그려 쥐었다.

"내려갑시다, 장군들!"

"죽여, 마구 찌르란 말이다!"

박린을 보고 미친개처럼 왁왁대던 상양채주 노희룡에게 닥친 불행은 노희룡 자신도 납득하기 힘들었다.

"에익!"

천수관음의 손처럼 부드럽게 허공을 휘저으며 다가온 손을 향해 쳐냈던 장검이 박린의 손바닥에 달라붙어 떨어지지 않았던 것이다.

뿐만 아니라 그렇게 장검을 제압하고 빙글, 돌아간 박린의 허리가 뿌연 선을 그리고 원위치 되었을 때!

노희룡은 자신의 턱이 함몰되었음을 깨달았다.

빡!

소리가 노희룡이 날아가는 속도를 따라붙었다.

하지만 노희룡은 그 소리를 들을 수 없었다.

무려 오 장이나 날아가 갈대 사이에 처박힌 노희룡이 간신히 낼 수 있었던 소리는 그의 턱이 함몰되면서 낸 소리와 같이 매우 단순했다.

"끄르륵."

박린은 노희룡의 장검을 떨어뜨렸다.

슉—

장검이 땅에 닿기도 전에 달려든 장창이 배를 후비고 들어왔다. 시작점에서 군더더기없이 일직선으로 길게 늘어난 창날의 끝점이 눈부셨다.

많이 배운 창질이었고 많이 경험한 창질이었다.

박린은 몸을 돌렸다.

순간 앞으로 넘어온 요광수신리성금에 창날이 박혔다.

파앗!

창날은 급작스럽게 속도를 떨어뜨렸고 이내 위로 치솟았다.

창두(槍頭)에 달린 붉은 수실이 피처럼 선명한 궤적을 그리며 하늘을 가렸다. 뱀이 제 혀를 빨아들이듯, 허공을 가르며 원위치 됐던 창날이 다시 밀려왔다.

팍팍팍!

밀려오던 창날의 끝점이 갑자기 수십 가닥으로 벌어졌다.

"이크!"

박린은 전신을 압박해 오는 창날을 향해 몸을 비틀었다.

몸을 따라 창날도 변화했다. 둥글게 벌어져 중심으로 밀려들던 창날의 환영이 꺼지면서 한순간 상하로 길게 늘어난 것이다.

박린은 몸을 바로 세웠다.

팡팡팡!

선세결을 펼친 발 밑을 따라붙으며 창날이 박혔다.

"좋은 창질!"

다시 선세결을 펼친 박린이 회수되는 장창을 따라붙었다.

순간 장창 주인이 갈대 속에서 모습을 드러냈다.

장창 주인은 허리까지 내려오는 긴 머리칼을 뒤통수 어림에서 질끈 묶고, 모란꽃 화려한 견갑(肩甲)을 입은 여인이었다.

여인의 시원시원한 눈매와 오뚝한 콧날, 꽉 깨물린 입술 선이 뚜렷했다.

"이런!"

박린은 얼른 주먹을 거두고 여인을 타넘었다.

빙글.

공중제비를 넘은 박린이 착지할 자리엔 세워진 장창들이 가득했다. 박린은 재차 몸을 뒤집어 역으로 공중제비를 넘었다.

휘릭—

순간 여인이 쳐낸 창날이 박린을 덮쳤다.

박린은 창날을 피해 공처럼 몸을 굴리면서 회수되는 창대를 잡고 여인 앞에 떨어져 내렸다.

여인은 입이라도 맞출 듯 바짝 다가선 박린을 보았다.

"낭자?"

"창을 뇌라, 이놈!"

"낭자의 옥명을 알고 싶소이다."

여인이 눈을 한 번 깜박거린 순간, 박린은 여인을 돌아가 여인의 목을 감았다. 그러자 사방에서 달려들던 창들이 멈칫 섰다.

박린은 여인의 귓불에 입을 대고 피식, 웃었다.

"낭자의 옥명을 알고 싶다니까요?"

한참이나 씩씩대던 여인이 마침내 고개를 숙였다.

"난 마림(麻林) 채주 사갈환미(蛇蝎幻美) 채영(菜英)이다."

"과연 아름다운 옥명이구려. 하나 별호는 좀……."

"희롱하지 마라, 이놈. 수령이 수하들 앞에서 인질이 된 건 죽음보다 더한 수치이다. 어서 날 죽여라!"

"소원이라면."

박린의 발이 허공을 갈랐다.

꽝!

채영이 길대 속으로 파묻혔다.

"으흑!"

창날들이 잠깐 동요를 일으켰다.

박린은 창날들을 향해 천천히 돌아섰다.

"학여불급(學如不及)이면 유공실지(猶恐失之)이니라."

어슬렁어슬렁.

장창들은 팔을 넓게 벌리고 다가오는 박린을 보며 당황해했다.

“어험, 내 아직 배움에 도달하지 못했으니 배운 것을 잃어버릴까 두려워한다네.”

박린은 덩실 발을 뻗었다.

팡팡팡!

옆구리를 후벼오던 창날 세 개가 한꺼번에 분질러졌다.

“자, 이제 다시 학습을 시작해 볼까?”

박린은 창날들이 흠칫 놀라 물러나는 걸 따라붙은 다음 오른손을 쳐냈다.

“청죽수(靑竹手)!”

순간 손목에서 생성된 광환이 물러나던 자들을 덮쳤다.

파쾅!

땅!

어란도에 창이 꺾였다.

“이익!”

창 주인이 눈을 치떴다.

창 주인은 뒤로 물러나면서 창을 회수하려고 했다.

그러나 창은 회수되지 않았다. 창 주인이 놀라 당황하는 시간은 짧았다. 그 시간보다 더 짧았던 것은 옆구리에 창을 낀 채, 밀고 들어온 왕특이었다.

빡!

박치기를 먹일 때 왕특은 창 주인을 보고 있지 않았다.

자신의 등판을 찍어오는 창을 보고 있었다.

빙글—

왕특은 창 주인을 움켜잡고 어깨를 틀었다.

순간 창 주인의 몸이 돌아가 날아오는 창을 막았다.

퍽!

창날이 사람의 살과 뼈, 내장을 관통하며 섬뜩한 소리를 냈다.

왕특은 창날에 관통된 자를 창날 쪽으로 밀었다.

그러자 박치기에 턱이 함몰된 채, 제 동료의 창날에 꿰어버린 그자가 진절머리를 쳤다.

생명이 빠져나가는 마지막 몸부림이었다.

"꺼어억!"

왕특은 개의치 않고 더 밀어붙였다.

마침내 그자가 진절머리를 멈췄다. 그자의 등뼈를 헤집고 나온 창날이 날카로웠다.

그자에게서 뿜어진 피가 가슴과 얼굴을 물들였다.

"흐흐!"

피는 아주 뜨거웠고 끈적끈적했다.

왕특은 그자 앞쪽에 멍하니 서 있는 창날 주인을 보았다.

창날 주인은 자기가 동료의 몸에 창을 찔러 넣었다는 사실을 아직도 믿지 못하고 있었다.

그의 머리를 향해 어란도가 떨어졌다.

퍽!

머리를 파고들어 간 어란도가 턱으로 빠져나왔다.

순간 사선으로 베어버린 무처럼 그의 머리 한쪽이 아래로 흘러내렸다. 왕특은 그가 쓰러지지 않도록 바짝 멱살을 움켜잡았다.

"난 파객육제의 대형 왕특이다!"

머리 반쪽이 날아가 버린 자가 무엇을 들을 수 있을까.

왕특도 녀석이 듣지 못한다는 걸 알고 있었다. 하지만 왕특은 녀석이 밟을 마지막 길에 자신의 별호를 똑똑히 새겨주고 싶었다.

"넌 요동 변두리를 어슬렁거리는 얼치기 산적에게 당한 게 아니다. 왕특이란 한 사람의 당당한 무림인에게 당한 것이다. 그러니 억울해하지 마라!"

왕특은 녀석을 놓았다.

풀썩―

녀석이 허물어졌다.

피로 얼룩진 손가락이 아교풀에 담갔다가 뺀 것처럼 끈적거렸다. 왕특은 잠시 손을 내려다보다가 어란도를 쳐들었다.

"난 이제부터 새롭게 살 것이다. 막힌 것은 뚫고 굽은 것은 펴서 내 길을 만들어가겠다."

중얼거림이 끝나는 것과 동시에 강한 섬광이 날아왔다.

땅!

섬광을 쳐낸 어란도가 허공을 돌아 낙하했다.

픽!

다시 피가 튀었다.

왕특은 어란도를 뽑으며 측면으로 미끄러졌다.

빡!

철두에 다른 창 주인이 목을 꺾었다.

이때 어란도는 다시 날아온 섬광을 분지르며 섬광을 날린 자의 머리를 쪼개고 있었다.

픽!

왕특과 십 장 떨어진 곳에서 얍삽한 관원 요양휘도 새 출발을 다짐하고 있었다. 픽! 소리와 함께 허공에 뿌려진 피가 마른 갈대 위로 쏟아져 내렸다.

후드득―

우박처럼 쏟아져 내린 피가 결정한 건 참 많았다.

우선 바스러진 창대를 움켜쥐고 한 사람이 길게 누웠다.

"끄르륵……."

그는 수적질로 평생을 보낸 자였다.

눕기 전까지만 해도 그는 강했고, 언제나 자신에 차 있었다.

그는 사람을 찌를 때마다 생명줄이 내는 섬세한 떨림을 자신의 창 끝에서 느꼈다. 이렇게 눕지만 않았어도 그는 그 섬세한 떨림을 즐기며 평생을 보냈을 수도 있었다. 그는 자신이 다시 일어나지 못할 것임을 알고 노하평의 마른 갈대들을 마지막 풍경으로 눈에 담았다.

그는 자신이 내는 섬세한 생명줄의 떨림을 마지막으로 느껴보고 싶어서 귀를 기울였다. 아무 소리도 들려오지 않았다. 더욱 귀를 기울였다. 역시 아무 소리도 들려오지 않았다.

그기 눈을 감았다.

숫자 눈까풀 안을 꽉 채운 것은 더 이상 소리를 내지 못하는 자신의 생명줄이었다. 생명줄은 숱한 싸움과 살인에 무뎌지고 두꺼워져서 어떤 소리도 낼 수 없는 상태였다.

'그랬군.'

그의 머리가 옆으로 꺾였다.

그는 이제 쓰러진 자, 분질러진 자, 패해 버린 자의 모습으로 땅으로 스며들 것이다. 스며들어 구더기들을 통해 살과 뼈의 결속을 해체시킬 것이다.

어쩌면 그는 다음 해 봄의 갈대로 자라나 다시 노하평의 모습을 볼 수 있을지도 모르겠다. 하지만 지금은 단지 쓰러진 자, 분질러진 자, 패해 버린 자일뿐이었다.

그가 머리를 옆으로 꺾을 때, 요양휘는 육도를 바라보고 있었다. 검의 명가 화산의 제자가 시골 숙수처럼 육도를 휘둘러 댄다면 누구라도 이상하게 생각할 게 분명했다.

당사자 요양휘는 그게 하나도 이상하게 생각되지 않았다.

주방에서 돼지고기를 칠 때나 사용하는 육도라 그런지는 몰라도 한 자루의 무게가 무려 세 근인데다 생김도 아주 마음에 들었기 때문이다.

육도는 자루만 한 자(30㎝)이고 날 폭 역시 한 자였다.

날 길이는 육도치곤 상당히 긴 편에 속해서 두 자(60㎝), 두께도 제법 상당했다. 무엇보다도 마음에 든 것은 첨이 거의 일자로 뭉툭하게 빠져 생김이 매우 투박해 보인다는 것이다.

더구나 첨두 부분에 무슨 뜻인지 모르겠지만, 쇠 금(金) 자가 음각되어 있어 더욱 투박함이 돋보이는 육도였다.

요양휘는 중얼거렸다.

"애들 장난감처럼 생긴 보검으로 무엇을 이루랴."

볼수록 마음이 흡족해지는 육도였다.

"흠, 변방 장수들이 패검을 사용하는 대신 청룡언월도나 궐수도(蕨手刀)를 사용하는 이유를 이제야 알겠네. 모름지기 실전 병기란 이처럼 흔하고 괴상망측하게 생겨야 하는 법. 한 번의 맞부딪침에 날이 왕창 나가 버리는 패검 따위는 필요없다!"

쑤욱!

쳐 들려진 육도 끝에서 매화가 피어올랐다.

매화는 창대를 베어버리고 사람에게 바로 들이닥쳤다.

"컥!"

3

장강수로채 농수채주 마혈신(魔血神) 팽사는 어리둥절했다.

미친 황소처럼 저돌적으로 밀고 들어오는 철갑여인을 본 것이다. 철갑여인은 병기도 괴이했다.

절굿공이를 휘두르며 마구 쇄도하고 있는 것이다.

횡횡―

절굿공이가 뜰 때마다 수하들이 가랑잎처럼 말려 올라갔다.

팽사는 곁의 소두 익룡(翼龍) 자황을 보았다.

"저게 뭐냐?"

자황이라고 철갑여인과 절굿공이를 알 리 없었다.

"글쎄요, 잘 모르겠사옵니다."

"젠장! 박린이란 녀석에게 저런 수하기 있었던가?"

"그야 모르지 않사옵니까?"

"뭐라? 그렇다면 본 채의 정보를 맡은 합전채주 편복혈사(蝙蝠血使) 진보잠(振普岑)의 말은 무엇이냐? 그가 말하길 곤륜색마 화노만이 박린 녀석과 동행한다고 했다. 근데 저 물건은 뭐냔 말이다! 왜 우리에게 쇄도하는 것인가?"

자황도 인상을 찌푸렸다.

철갑여인의 종횡무진은 계속되었다.

퍽!

"크악!"

쾅!

"억!"

자황이 조심스럽게 입을 열었다.

"채주 나으리."

"으?"

"채주 나으리께선 합전채주 진보잠 나으리를 믿으시옵니까? 믿지 않으시는 것으로 아옵니다만?"

사실이었다. 팽사는 진보잠을 신뢰하지 않았다.

팽사만 그렇게 안 믿는 게 아니라 장강수로채 모든 채주들이 진보잠을 신뢰하지 않았다.

"나으리, 진보잠 채주는 총채주이신 진염백 대종의 혈족이옵니다. 그가 파악하는 건 본 채 외부의 정보가 아니라 본 채 내의 정보라고 알고 있사옵니다. 그러니까 본 채 내에서 대종께 반대하는 내부의 불만자나 역린자를 색출해 내는 데 심혈을 기울인다, 뭐 이런 말씀이옵니다."

"끄음."

자황은 신음 소리를 낸 팽사를 올려다보았다.

칠십 근짜리 대부를 잡은 팽사 얼굴이 일그러져 있었다.

팽사는 마혈신이란 별호가 정말 잘 어울리는 외모였다. 구 척이 넘는 장신인데다 어깨가 산악처럼 벌어졌고, 손을 펴면 손바닥이 솥뚜껑만 하다.

타고난 힘도 대단해서 언젠가 자황은 분노한 팽사가 동화로(銅火爐)

귀퉁이를 엄지와 검지만으로 떼어내는 걸 본 적도 있었다.

그가 갑자기 열화와 같은 소리를 내질렀다.

"막아, 막으란 말이다!"

어느새 철갑여인은 농수채가 펼쳐 놓은 방진(方陣)을 허물어 버리고 팽사가 있는 중앙으로 쇄도하고 있었다.

철갑여인에게 악착같이 달려드는 농수채 수적들도 대단했지만, 철갑여인은 그것과는 비교도 안 될 정도로 엄청난 무력을 지니고 있었다.

횡횡—

장난하듯 흔드는 절굿공이질 한 번에 서너 명씩이 거꾸러지고 있었다.

퍽!

머리가 깨어져 나갔다.

퍽퍽!

쇄골과 함께 갈비뼈가 내려앉았다.

퍽퍽퍽!

목이 부러지고 어깨가 바스러졌다.

퍽퍽퍽!

웅녀는 멈추지 않았다. 멈출 이유도, 명분도 없었다.

한족은 반드시 없어져야만 하는 대상. 자신보다 하수라고 봐줄 관용도 존재하지 않았다.

그녀에게 절굿공이는 그냥 단순한 절굿공이가 아니었다. 세상을 갈아엎을 수 있는 쟁기였고, 그렇게 갈아엎은 세상을 매만질 수 있는 호미였다. 씨앗을 뿌리는 파종기였으며, 싹을 솎아내는 손이었다.

웅녀는 불뇌선생을 가늠했다.

불뇌선생은 웅녀, 자신을 배경 삼아 장검을 휘두르고 있었다.

늙었다지만 제법 사람을 많이 죽여본 솜씨였다. 하긴 납족치고 사냥과 검술에 능통하지 않은 사내가 어디 있을까.

웅녀는 피식 웃었다.

"너무 무리 마세요, 선생."

"카함! 이 늙은인 칼로 글을 쓰고 있을 뿐이외다."

깡깡깡!

퍽퍽퍽!

마침내 웅녀는 방진 중앙에 도착했다.

순간 벼락치는 소리와 함께 거대한 대부가 떨어져 내렸다.

농수채주 마혈신 팽사였다.

"받아라!"

쾅!

대부와 절굿공이가 충돌했다.

엄청난 굉음이 노하평 전역을 울렸다.

웅녀는 대부의 무게에 발목까지 바닥에 박혔다.

팽사 역시 반탄력을 이기지 못하고 서너 걸음이나 뒤로 물러섰다.

울컥!

팽사가 피를 토했다.

"흥! 제법 한가락하는 걸 보면 한자리도 하는 모양이지?"

내상이 상당했는지 웅녀도 피를 한 줄 물고 있었다.

"…한낱 계집 따위에게 당하다니. 으득!"

"알면 되었다!"

스윽—

웅녀의 절굿공이가 팽사를 찍어 내렸다.

순간 팽사의 대부가 절굿공이를 향해 흰 선을 그렸다.

깡!

절굿공이와 대부의 교차점에서 시퍼런 섬광이 일어났다.

섬광을 차고 떠올랐던 대부가 아래로 꺾어졌다.

피를 토했다지만, 팽사가 휘두른 대부의 기세는 실로 가공했다.

다음 순간 산악을 양단해 버리는 듯한 굉음이 또 일어났다.

쾅!

"으윽!"

먼저 신음 소리를 낸 사람은 팽사였다.

웅녀도 피를 한 모금이나 뿜어냈다.

문제는 뿜어낸 피의 방향이었다. 웅녀는 팽사를 향해 피를 뿜어낸
것이다. 팽사는 본능적으로 움찔 움직였다.

이 작고도 미세한 움직임이 생사를 갈랐다.

"탄(呑)!"

웅녀의 절굿공이가 번쩍! 섬광을 투했다.

눈을 다 사위어 버린 것처럼 강한 섬광 속에서 웅녀의 두 번째 외침
이 들렸다.

"사(射)!"

절굿공이에서 튕겨진 발왈라 세 개가 팽사의 이마에 꽂혔다.

퍽퍽퍽!

팽사가 천천히 뒤로 넘어갔다.

그가 놓아버린 대부가 떨어져 바닥에 누운 그의 머리를 쪼갰다.

픽!

왕란자두를 보호하며 창날 밭을 누비기란 쉽지 않았다.

개구사치와 가율무지는 그것을 불만 삼을 사이가 없었다.

버드나무 잎새처럼 길고 날렵한 창날들이 쏘아진 화살처럼 날아오기 때문이었다.

슉슉슉!

챙챙챙!

쳐내도 창날들은 끝이 없었다.

어찌 생각하면 노하평 전체가 창날인 것 같았다.

번쩍! 떠올랐던 가율무지의 소부 다섯 자루가 전방의 갈대 군락을 때렸다. 우수수, 갈대들이 베어지며 섬광들을 피워 올렸다.

따따따땅!

그 위를 개구사치의 철부가 찍었다.

픽!

소리와 함께 시뻘건 비명 소리가 일어났다.

"컥!"

픽픽!

"억!"

"악!"

다시 허공에 떴던 소부 다섯 자루가 다음 갈대 군락을 덮쳤다.

따따따땅!

소리를 먹으며 회수된 소부 다섯 자루가 같은 곳을 또 찍었다.

그러자 말발굽에 찍힌 진흙탕처럼 핏물이 튀어 올라 갈대를 물들였다.

왕란자두가 마구 장검을 휘두르며 외쳤다.

"전진! 전진!"

이렇게 외칠 수 있는 건 왕특을 제외한 왕씨 형제들이 뒤에 있기 때문이었다.

두 패거리가 만나진 것은 필연이었다.

두 패거리 모두 뛰어들 땐 용감하게 뛰어들었지만, 장창들의 기세에 밀려 부초처럼 떠돌다가 만났기 때문이다.

그때 왕란자두 일행은 웅녀 일행과 떨어져 후퇴하는 중이었고, 왕씨 형제들은 장남 왕특을 구하려고 전진하는 중이었다.

두 패거리는 눈빛만으로 즉각 의기투합했다. 굳이 역할을 나눌 필요도 없었다. 왕란자두 일행은 왕씨 형제들 중 무력이 강한 왕사와 왕육에게 후미를 맡기고 전진을 선택한 것이다.

딱!

왕오가 아무렇게나 휘두른 사절곤에 장창 주인이 머리를 싸쥐고 넘어졌다.

왕오는 펄펄 뛰며 좋아했다.

"얏호! 어떠냐, 이놈! 아프지? 아프지?"

한창 바쁜 농번기도 아닌데 삽리촌은 텅 비어 있었다.

장작빈과 야소, 장향, 혈사교 살수들이 포함된 화노 일행은 삽리촌을 지나 노하평이 훤히 내려다보이는 고갯마루에 도착할 때까지 삽리촌이 그렇게 텅 비어버린 이유를 알지 못했다.

"잉?"

삽리촌 사람들은 고갯마루에 서서 아래를 주시하고 있었다.

그들을 헤치고 노하평을 내려다본 화노가 울화통을 터뜨렸다.

"저런 염병할 선비 녀석 같으니!"

화노에게 당나귀를 빼앗기고 마부로 전락한 장작빈 역시 노하평을 내려다보고는 분통을 터뜨렸다.

"저, 저 거지 놈!"

"어마!"

장향도 비명을 질렀다.

싸움 당사자들에게는 괴롭겠지만, 구경하는 자들에겐 싸움만큼 신나는 구경거리도 없을 것이다.

지평과 맞닿을 만큼 너른 갈대밭에서 밀고 밀리는 사람들, 반짝이는 병기, 사람과 병기의 교차점마다 터져 오르는 비명 소리, 기합 소리로 노하평은 꽉 차 있었다.

"저것들이 다 뭐야? 도적놈들과 관원 놈까지 섞였잖아?"

장작빈은 야소를 보았다.

"잉? 야소 이 녀석이 어딜 갔지?"

야소는 노하평 입구에 있었다.

"미쳤니다, 주님!"

낭만을 중시하는 신부, 야소에게는 이 노하평이 소금기 깔깔한 홍해였고 마귀들이 설치는 시험의 땅이었다.

비록 이 자리에 럼주는 없지만 전도만큼은 신명나게 할 수 있으리라.

야소가 빼어 든 것은 주님의 불칼, 톨레도 검이었다.

"할렐루야!"

톨레도 검이 갈대를 베어 올렸다.

"…껙!"

"마귀여, 돌아가라!"

핏물을 흠뻑 뒤집어쓴 야소가 전진하면서 몸을 비틀었다.

순간 야소를 노리고 달려든 창날이 허공에 꽂혔다.

픽—

회수되는 창날을 따라 들어간 톨레도 검끝에 창날 주인이 목을 걸었다.

창날 주인은 겁에 질려 벌벌 떨었지만, 그게 야소의 눈엔 전혀 다르게 보였다.

험악한 얼굴, 광기로 번쩍이는 눈알…….

"마귀의 행사는 복되지 않도다, 아멘!"

야소가 사라진 뒤 창날 주인은 목을 움켜잡았다.

이미 뒷목까지 관통되어 버린 뒤라 피가 멈추지 않았다.

털썩—

창날 주인이 쓰러졌다. 그 자리에 나타난 사람들은 화노와 장작빈, 장향과 혈사교 살수들이었다.

"오냐, 질 걸렸다! 니희들 징강수로채럿다?"

펄떡 뛰어오른 화노가 허공에서 사라졌다.

스윽—

어리둥절해진 장향과 장작빈이 서로를 보았다.

슉—

순간 둘은 누가 먼저랄 것도 없이 몸을 비틀었다. 그들을 스치고 지나갔던 창날이 이번엔 혈사교 살수들을 덮쳤다.

깡!

십호가 창날을 쳐냈다.

다음 순간 갈대밭에서 이루 헤아릴 수 없이 많은 창날들이 나타났다. 창날들은 이쪽의 소속을 묻지도 않고 밀어닥쳤다.

창날들의 공세에 살수들이 먼저 움직였고, 이내 장향과 장작빈도 움직였다.

깡깡! 챙챙챙!

한번의 격한 부딪침이 끝나자 장작빈의 발초곤이 괴력을 발휘하기 시작했다. 낚시처럼 휘둘러진 발초곤에 걸린 창날 주인들은 물고기처럼 허공을 날아 갈대밭에 처박혔다.

"칵!"

"억!"

장향도 만만치 않았다.

장향의 몸놀림은 확실히 중원무공과 달랐다.

어깨와 허리, 발이 한 번씩 원을 그릴 때마다 믿을 수 없을 만큼 부드러운 선이 허공에 생겨난다. 그 팔과 다리가 만나지는 원의 교차점마다 섬광이 생겼고 비명이 터졌다.

팡팡!

"컥!"

팡팡!

"크윽!"

십호를 비롯한 살수들 역시 빈틈이 없었다.

오랜 세월 호흡을 같이 맞춰온 살수들이 나아가고 물러설 때마다 수수깡 부러져 나가듯 창날들이 부러져 나갔다.

‘시절이 흉흉하지 않았다면 난 살수가 되지 않았을 것이고 지금쯤 고향에서 아이들을 가르치고 있으리라.’

십호는 창날들의 비명 속에서 문득 고향을 생각했다.

‘선량한 아이들에게 둘러싸여 시를 논하고 문자의 기원을 연구하며 사상을 강론하는 일은 얼마나 행복한 일인가.’

하지만 꿈은 이미 멀어졌고 현실은 참혹했다.

현실이 참혹할수록 꿈은 멀어진 그 자리에서 덩치를 키웠다.

꿈은 절망을 먹고 자란다지만, 형편이 닿지 않는 자에게 꿈이란 바로 절망이었다. 사람을 죽여야 삶이 살아지는 자에게 꿈은 현실의 곤궁과 비참함을 적나라하게 보여주는 동경일 뿐이었다.

‘가자!’

생각을 지워 버린 십호가 이를 깨물었고 눈을 부릅떴다.

창날이 가슴으로 쇄도하고 있었다.

휘릭—

머리의 반응보다 먼저 돌아간 몸이 창날을 비켰고, 창날은 화끈한 통증으로 어깨를 스쳤다.

스팟!

예리한 창날이 단단하게 아물린 살의 긴장을 끊어버렸다.

양쪽으로 수축돼 버린 살과 살 사이를 비집고 피가 튕겨 올랐다.

자신의 선연한 피비린내를 맡으며 십호는 창날을 움켜잡고 창날의 처음으로 장검을 밀어 넣었다.

픽!

소리는 그리 크지 않았다.

십호는 검끝에 눈을 단 것처럼 지금 자신의 검이 파고들어 가는 부위를 낱낱이 알고 있었다.

검끝은 단단한 뱃가죽과 그 가죽 안쪽에 달라붙은 끈덕지고 허연 기름을 지나 몇 조각으로 나누어진 복근과 인분이 가득 든 창자를 헤치고 등골에 닿았다.

"꺽!"

십호는 장검을 비틀었다.

피와 살이 꽉, 잡아버린 장검은 뻑뻑했다.

십호는 입술을 깨물고 장검을 밀어 올렸다.

가가각!

아까 비틀었을 때 이미 등골을 벗어난 장검이 이번엔 갈빗대를 긁어 올렸다. 순간 비장과 췌장이 검날에 갈라졌다.

검날은 가슴과 배를 나누는 경계인 횡경막을 뚫고 폐를 가른 다음 심장에 닿았다.

발딱발딱.

이것이로구나, 이 작은 발딱거림이 바로 생명이로구나.

검신을 타고 전해지는 떨림에 십호는 감동하지 않았다.

대신 부러져라 어금니를 깨물었고, 발딱거림의 중심으로 검을 박아 넣었다.

파라라락!

한순간 격한 저항이 검끝을 막았다.

그러나 검끝은 조용히 심장을 관통했다.

"빌어먹을!"

십호의 장검이 다시 창날을 밀쳐 내며 창날 주인의 가슴에 꽂혔다. 십호는 고개를 흔들었다. 하지만 적들은 끝이 없었다.

깡깡! 챙챙!

십호는 삽시간에 피 범벅이 된 동료들을 바라보았다.

동료들 역시 자신처럼 삶의 그물에 갇혀 버르적거리는 물고기들 같았다.

깡깡! 챙챙!

4

"허! 아예 전쟁이로세."

노하평을 본 진청자가 눈썹을 모았다.

"……."

광불도 할 말을 잃고 멍했다.

곽파라고 할 말이 있는 게 아니었다.

"으음."

노하평은 오색 기치와 창검들이 난무하는 사이로 비명 소리와 병기 부딪치는 소리가 어우러진 전쟁터였다.

포위한 쪽이나 포위당한 쪽이나 한 치의 양보도 없이 톱니바퀴처럼 맞물려 돌아가는 그 전장의 중심에 박린이 있었다.

연연은 손을 모았다.

'도대체 선비님께선…….'

어쩌자고 싸움질만 일삼는지 정말 모를 일이었다.

선비란 무(武)보다는 문(文)에 힘써야 함이 도리 아닌가.

피치 못할 사정이 있어 무를 익혔다고 해도 그건 어디까지나 수신(修身)에 목적을 둬야 마땅하다. 그렇다면 분란을 일으키지 않아야 하며,

시비를 멀리하고 싸움을 피해야 올바른 선비일 것이다.

'하지만…….'

박린은 그런 선비의 상궤에서 아주 멀리 비켜나 있다.

항상 분란의 중심에 서 있는 것은 물론 시비와 싸움도 마다하지 않는다.

연연은 정말 박린이 선비가 맞는지 헷갈리지 않을 수 없었다.

'음음, 돈 밝히고, 엉큼하고, 착각 잘하며, 아무렇게나 행동하는 사람이 선비일까? 조선 선비들은 다 저럴까?'

아닐 것이다.

명나라도 문을 숭상하는 사람들인 신사(紳士)들이 있다.

그들은 예의범절에 능통하고 학식이 높아 항상 타의 모범이 되고자 노력한다. 이 신사들과 조선 선비들이 다른 게 있다면 아마 명칭밖에 없을 것이었다.

그렇다면 박린의 진정한 정체가 뭔가?

'건달?'

아니다.

'무림인?'

그것도 아니다.

점잖은 말투로 보면 '되다만 선비' 같고, 행동으로 보면 무식한 건달, 무공으로 보면 무림인이다.

참 대책없는 정체가 아닐 수 없었다.

"싸움이 끝날 때까지 기다려야 하나?"

진청자가 광불과 곽파 둘에게 물었다.

"끄음."

"글쎄?"

광불과 곽파는 나루를 살폈다.

여기서 노하평을 우회할 수 있는 길이란 낙수를 거슬러 올라가는 뱃길이 유일함을 알기 때문이었다.

나루는 배 한 척 없이 텅 비어 있었다.

곽파가 인상을 찌푸렸다.

"장강수로채 녀석들이 나루를 다 폐쇄했구먼."

그러자 광불이 입을 쩍 벌리고 좋아했다.

"아미타불, 저런 괘씸한 녀석들 같으니라고. 감히 늙은이들의 길을 막고 쌈질을 해? 당장 내려가 혼내줘야지. 건방진 중생들 같으니."

"흥! 땡초."

"왜, 왜, 망구?"

"몸이 근질근질해서 못 견디겠지?"

"험험, 뭐 꼭 그렇다기보다……."

광불이 우물거리자 갑자기 진청자가 눈을 빛냈다.

"장강수로채와 박린 녀석이 무슨 상관이 있던가?"

곽파가 물었다.

"뭔 소리야, 말코?"

진청자가 노하평을 가리켰다.

"저 녀석들은 장강수로채가 아닌가?"

"그렇지."

"맞아, 그렇다니까!"

"그럼 소주혈사 때 천변귀수와 원한 맺은 건 자네들도 잘 알 거야. 하지만 박린 녀석은 아니지. 원한을 맺지 않았어. 근데 녀석을 막아섰네. 왜?"

"음?"

"으?"

곽파가 조심스럽게 추론했다.

"설마… 저 녀석들이 용환을 노리고?"

"아미타불. 설마가 아니야, 망구."

광불이 고개를 저었다.

"봉성에서 강북상련 패거리를 봤잖아?"

"그게 왜?"

"에잉, 이렇게 어둡긴. 강북상련이 뭘 노렸겠어? 박린 녀석의 말살을 노렸어요. 그건 결국 용환의 말살을 노렸다는 이야기야. 저들이 유근의 수족이 된 건 꽤 오래전 일이야."

"끄음."

"저 수적 놈들은 박린을 말살시키자고 작정한 게야. 생각해 봐. 녀석을 말살시켜 봐야 녀석이 천만금을 지닌 것도 아니니 저희들에겐 별 이득이 없어요. 근데 왜 저렇게 저 녀석을 핍박하나? 그건 유근에게 얼어낼 뭔가가 있기 때문이야."

"맞아."

진청자가 고개를 끄덕였다.

"유근에겐 우리도 적이지만 박린 녀석도 적이지. 그래 지금 상태를 엄밀히 판단한다면 박린 녀석의 적은 우리의 적이나 마찬가지네. 우린 녀석이 용환을 지니고 있는 한 녀석을 위험으로부터 구해내지 않으면 안 돼."

"결국 그리되나?"

곽파가 쓰게 웃었다.

"흘흘, 녀석의 계교에 우리까지 끌려가는구먼."

곽파의 툴툴거림에 연연은 내심 고개를 끄덕였다.

박린이 용환을 돌려주지 않은 이유를 가늠했기 때문이었다.

박린은 사방이 적으로 둘러싸인 적지, 명이라는 거대한 나라를 상대하는 전쟁에서 누군가의 도움 없이 혼자서 복수행을 이룰 수 있으리라고 판단하지 않은 것이다.

그렇다고 스승의 옛 친구들인 진청자와 광불, 곽파에게 자신의 복수행을 도와달라고 할 수도 없었다.

'진청자와 광불, 곽파에게도 받아내야 할 것이 있으니까.'

결국 박린은 용환에 대해 긍정도 부정도 안 함으로써 자신의 복수행에 스승의 옛 친구들을 끌어들이는 작전을 구사했다고 판단할 수밖에 없었다.

'하하하!'

엉큼한 작전이지만 절묘한 작전이기도 했다.

하지만 연연은 또 박린을 엉큼하다고는 판단을 내리지 못했다.

어차피 연연, 자신은 유근을 노리는 칼날이었다.

그런 지신을 쥐고 있는 이상 진청자나 광불, 곽파는 유근과 원수가 될 수밖에 없다. 그래 박린이 용환을 내놓는다면 유근의 온 신경은 마침내 용봉쌍환을 합체하는 데 성공한 진청자 일행, 즉 자신들에게 쏠릴 게 분명했다.

그렇게 되면 박린은 비교적 수월하게 연경에 도착해 복수행을 시작할 수 있을 게 분명했다.

박린이 그 간단한 이치를 모를까.

아니었다. 알고도 남았다.

하지만 용환을 움켜쥐고 있는 건 결국 무엇을 말하는가.

'적들의 표적이 되길 자청하신 것이야, 선비님께선.'

그렇다면 왜 표적이 되기를 자청한 건가? 라는 의문이 남는다.

'혹시…….'

부부의 연을 맺은 것이나 다름없다고 농담처럼 말했지만 박린이 정말 연연, 자신을 사모해 그런 결정을 내린 것일까.

'에이, 아냐. 설마 그릴 리가 있나?'

진청자와 광불, 곽파에게 뭔가 더 바라는 것이 있어 그리 결정 내린 것일까. 그것도 아니면 박린에게 뭔가 말 못할 속사정이 있는 것일까.

연연은 '이거다' 라는 결론을 내리지 못했다.

연연이 이런 생각을 하는 동안 일행은 노하평에 당도했다.

깡깡! 팍팍! 챙챙!

비명 소리와 병기 부딪는 소리에 연연은 귀를 막을 뻔했다.

잠깐 곽파의 눈치를 살핀 광불이 말했다.

"망구?"

"음?"

광불이 입을 씰룩거렸다.

"자넨 아가씰 모시고 여기 남아."

"뭐라?"

"험험, 매우 불만인 눈치로세? 아무튼 나와 말코가 수적 놈들을 한바탕 야단쳐 주고 올 모양이니까 망구는 그동안 여기서 육포를 삶아놓고 우릴 기다려. 조신하게 말이지. 우헤헤헷!"

"끄음."

곽파가 연연을 보았다.

연연은 곽파를 외면했다.

자신에게 무공이 없는 게 부끄러웠던 것이다.

"아가씨 잘 모셔, 이 사람아!"

"육포만 삶지 말고 도마뱀도 몇 마리를 잡아넣으라고."

휘적휘적.

매우 과장된 몸짓으로 진청자와 광불이 갈대 사이로 사라졌다.

곽파는 그들이 사라진 곳을 바라보다 점심을 준비했다.

달그락달그락.

"……."

연연은 곽파의 주름진 손가락에 올라앉은 햇빛이 눈물겨웠다. 눈을 돌리자 햇빛 가득 엎질러진 낙수가 달려왔다.

깡깡! 챙챙!

노하평에선 피 튀기는 싸움이 한창인데, 낙수는 깊어진 늦가을을 가슴에 얹고 유유자적했다.

연연은 손을 내밀어 물을 매만졌다.

찰랑.

손의 움직임을 따라 생성된 파문이 어디론가 달려간다.

연연은 손에 묻은 물을 털고 반짝이는 물결과 튕겨 오르는 고기 떼를 바라보았다.

뉘라서 한산에 오시겠습니까. 한산의 길은 끝이 없습니다. 돌 천지인 시내를 어찌 헤치며, 풀이 우거진 시내를 뉘라서 건너시겠습니까. 이끼가 미끄러운 건 비 탓이 아닙니다. 바람이 없어도 소나무는 웁니다. 뉘라서 세상 번거로움을 떠나 흰 구름 속을 저와 함께 노닐고자 할 것이옵니까.

  [登陟寒山道, 寒山路不窮, 谿長石磊磊, 澗濶草濛濛, 苔滑非關雨, 松鳴不假風, 誰能超世累, 共坐白雲中.]

唐詩—寒山

  곽파는 손을 멈추었다.

  연연이 낸 흥얼거림이 어깨를 넘어와 앞섶에 매달리다 낙수의 반짝이는 물결을 타고 하류로 흘러 내려간다.

  이미 깊어질 대로 깊어져 더 이상 돌이킬 수 없는 계절, 황량함만이 느껴지는 변방에서 듣는 한산가(寒山歌)였다.

  곽파가 입매를 아래로 휘었다.

  "아가씨?"

  "예?"

  연연이 흥얼거림을 멈추었다.

  "한산(寒山)이 어딘지 아시옵니까?"

  "어머, 노랠 들으셨어요?"

  "이 늙은인 귀가 아직 쓸 만하옵니다."

  "에이, 그런 뜻이 아닌데……. 파파께선 한산을 아세요?"

  "알다마다요."

  "그럼 말씀해 주세요."

  연연이 곽파 앞에 앉았다. 면사 안에 든 눈이 호기심으로 반짝였다. 곽파는 삭정이를 모닥불에 꺾어 넣으며 입을 열었다.

“한산이란 아가씨께서 방금 부르신 노래를 지은 사람이기도 하고, 천태산(天台山)에서 한 이십오 리쯤 떨어진 곡(谷)의 이름이기도 하지요.”

“아아, 그랬군요.”

“한산이란 사람에 대해선 이견이 분분해 어느 것이 진실이고 어느 것이 거짓인지를 통 알 수 없사옵니다. 어떤 사람은 그를 선사(禪師)라 했고, 또 어떤 사람은 그를 선승(禪僧)이라고도 했지요. 본명도 분명치 않아요. 한 가지 분명한 건 그가 한산에 은거했다는 것이옵니다.”

“파파께선 한산에 가보셨어요?”

“흘흘…….”

곽파는 웃기만 할 뿐 말이 없었다.

“파파.”

“예, 아가씨.”

“무공을 배우고 싶어요.”

“예?”

곽파는 정색한 연연을 바라보았다.

연연도 곽파를 바라보았다.

“지금처럼 뒤에 앉아 있고 싶지 않아요.”

“…….”

먼저 고개를 돌린 사람은 곽파였다.

곽파가 씁쓸한 목소리를 냈다.

“무공을 배워서 뭐 하시게요?”

“……”

다시 침묵이 이어졌다. 언제까지라도 이어질 것 같은 침묵을 먼저 깬 사람은 이번에도 곽파였다.

"아가씨."

"예, 파파."

곽파는 아주 곤혹스런 표정이었다.

"아가씨께선 무공을 지니고 계시옵니다."

"예?"

"매우 강하고 독특한 무공을 지니고 계시지요."

"아니에요, 파파. 전……."

곽파가 고개를 저었다.

"아니옵니다, 아가씨. 아가씨께선 분명 무공을 지니고 계시옵니다. 믿지 못하신다면 지금 당장 시험을 해보셔도 되옵니다."

연연은 어리둥절했다.

곽파가 연연의 손을 잡고 일어나 노하평을 향해 섰다.

곽파는 이제 막 각성을 시작한 연연의 능력을 알고 있었다.

"한번 시험해 보소서."

장강수로채 양평채주(陽坪寨主) 섬전일도(閃電一刀) 번숭(蕃嵩)은 어리둥절했다. 입구에 막 나타난 노파와 계집애를 향해 들개처럼 달려들어 가던 수하들이 아니었나.

"뭐냐?"

"글쎄요."

소두령인 마조동자(魔釣童子) 홍탁(弘託)이라고 수하들이 왜 멈칫 서버린 것인지를 알 리 없었다.

채주 번숭이 험악해졌다.

"나가서 알아보고 와!"

"예, 채주 어른."

수하들에게 달려간 홍탁이 멍해졌다.

"저, 저게 뭔가?"

홍탁은 자신과 수하들 앞에 서 있는 계집애를 이해할 수 없었다. 계집애는 바람을 맞이하듯 양팔을 수평으로 벌린 상태였는데, 면사 때문에 얼굴은 보이지 않아도 갸름한 턱 선이나 몸매를 봐선 미인이었다.

"크흠."

홍탁은 허수아비처럼 양팔을 벌리고 서 있는 계집애에게서 한 떨기 꽃을 연상했다. 전쟁터 한가운데 핀 꽃은 가냘프지만 당당해 보였다. 문제는 이런 꽃 같은 외모가 아니라 계집애가 펼쳐 놓은 풍경이었다.

홍탁은 입을 쩍 벌렸다.

쏴아아…….

계집애가 펼쳐 놓은 풍경이 기이했다.

영혼을 말려 비릴 듯한 갈대들의 서걱거림이 천천히 사라지고 그 자리에 연녹빛 세상이 펼쳐진 것이다.

하늘도 땅도 깊고 깊은 연녹빛이었다.

"음?"

홍탁은 사방을 둘러보았다. 아예 갈대들이 보이지 않았다.

뿐만 아니라 갈대밭을 가득 채웠던 비명, 병기 부딪는 소리도 없었다.

……·.

지금 그에게 보여지는 것들은 다만 깊이를 가늠할 수 없는 연녹빛 하늘과 지평이 불분명하게 흔들리는 연녹빛 땅.

그리고 자신과 계집애뿐이었다.

'어떻게 이런 일이 가능하지?'

애초에 답을 향해 던져진 물음이 아니었다.

세상엔 숱한 기인이사들이 존재하고 개중에는 환술에 능통한 자도 있을 것이다. 환술이라면 이런 일이 가능하지 않을까.

설레설레.

홍탁은 머리를 흔들었다. 연녹빛 세상은 지워지지 않았다.

지워지기는커녕 머리를 흔들수록 더욱더 나른하게 밀려와 몸과 마음을 가라앉힌다.

홍탁은 자꾸 머리를 흔들었다.

그러나 연녹빛 세상은 흡반 식물처럼 떨어지지 않았다.

—돌아가세요.

어디에서 들려온 소리일까.

어쩌면 마음 속에서 일어난 소리일지도 몰랐다.

홍탁은 잠시 버티다가 결국 돌아섰고, 돌아섬과 동시에 목적을 잃어버렸다. 그리고 알지 못했다.

풀려 버린 눈동자, 다물어진 입, 병기를 놓아버린 손……·.

연녹빛이 그에게서 빼앗아간 건 이성이었고, 남겨놓은 건 동심이었다. 오래전에 잃어버렸던 동심은 척박한 삶에 문질러져 상처 입은 그

것이 아니었다. 꽃이 만발한 늦봄 언덕처럼 향기롭고 풍요로운 새것이었다.

홍탁의 뇌리엔 이제 피비린내 나는 싸움 따윈 들어 있지 않았다. 그의 정신은 꽃을 찾아다니는 한 마리 나비처럼 자유로웠고 흥겨웠다. 공기는 달콤했고 하늘은 깊게 열려 있었으며 지평은 광활했다. 그는 어디든지 갈 수 있을 것 같았다.

퍽!

뿌려진 핏물이 그의 정신을 덮어버렸다.

"이런, 염병할 자식!"

단칼에 그의 목을 베어버린 자는 섬전일도 번숭이었다.

번숭이 악을 썼다.

"죽여, 저 요사한 년을 죽이란 말이다!"

"어흐… 난 못해!"

무슨 용기가 났을까.

수적 하나가 털썩 주저앉았다.

그게 시작이었다.

"나도 못해!"

"난 집에 갈 거야."

수적들이 너도나도 병기를 버리고 주저앉아 버렸다.

번숭은 어이가 없었다.

"에잇!"

수하들을 다 베어버리고 싶음을 꾹 참으며 계집애에게 달려나온 그의 반응 역시 홍탁과 다르지 않았다.

"저게… 뭐냐?"

―돌아가세요.

연연은 간절히 기원했다.

연녹빛 세상에서 허용되는 건 싸움이 아니라 평화였다.

일어섬이 아니라 가라앉음이었고, 딱딱함이 아니라 부드러움이었다. 연녹빛 세상이 만든 공허는 찬란한 여백으로 빛났고, 이상은 투명하고도 자유로웠다.

이 황홀하고 아름다운 세계 속에서 오직 빛나지 않는 물건들을 짚어 낸다면 칼과 창이었다.

그것들이 뿜어내는 살기가 천천히 기세를 죽였다.

―돌아가세요.

곽파는 전율했다.

언제나 그랬지만, 앞으로도 그러할 것이라 믿어 의심치 않지만, 지금 보여지는 연연은 영하에서 처음 만났을 때⋯ 햇빛에 까맣게 그을려 이만 하얗던 철부지가 아니었다.

연연이 보통 여인네라면 이 창과 칼이 난무하는 전쟁터를 무서워했으리라. 자신을 믿는다 해도 거리낌이 있었으리라.

하지만 연연은 그렇지 않았다.

오늘 자신에게 숨겨진 힘을 자각하고 순응해 길을 열었다.

그리 간절히 바라던 대로 힘을 가지게 된 것이다.

연연을 향해 들개처럼 달려들 수적 무리는 이제 더 이상 없다.

순간 곽파의 사두괴장이 빛살을 갈랐다.

땅!

"이런 염병!"

번숭의 섬전도가 뒤로 튕겨졌다.

번숭은 연녹빛 세상을 간신히 밀어내고 쇄도한 참이었다.

하지만 금빛 섬광을 보곤 이내 몸을 뒤집어 뒤로 날아갔다.

파파파팟!

그를 따라붙은 사두괴장이 허공 가득 동그라미를 만들었다.

섬전도 역시 허공 가득 동그라미를 만들었다.

피피피핏!

사두괴장의 동그라미와 섬전도의 동그라미가 교차했다.

파쾅!

풍압을 못 이긴 갈대들이 날았다.

"크윽!"

피를 한 움큼이나 토해낸 번숭이 부르짖었다.

"다, 당신은 아미 전대 장문 곽부시?"

"훌훌, 흉악한 도적 놈이 그래도 주위들은 건 있구니. 맞느니라. 노니가 아미의 괵이니라."

"퉤!"

번숭이 다시 넘어온 피를 뱉어내고 물었다.

"다, 당신이 왜?"

"당신? 한참 어린 놈 말본새가 매우 괴이하구나. 네놈의 주인인 장강지살 진염백이 그리 가르쳤더냐? 이런 괘씸한 놈 같으니라고! 당장 버릇을 고쳐 주마!"

사두괴장이 번숭을 걷어 올렸다.

파악!

번숭은 급히 몸을 날려 사두괴장을 피했지만, 역부족이었다.

땅을 박찰 때 이미 사두괴장은 그의 발목을 강타한 뒤였다. 펄떡 날아올랐던 번숭이 갈대 속에 처박혔다.

벌떡 일어나려던 번숭은 일어남을 포기했다.

"가만히 있어라, 살고 싶으면."

어깨에 올려진 사두괴장은 무거웠다.

"살고싶으냐?"

끄덕끄덕.

"노니 역시 널 살려주고 싶으니라. 하지만 네 녀석은 노니와 우리 아가씨께 큰 죄를 지었다. 알고 있겠지?"

번숭은 얼른 대답했다.

"예, 예, 어르신."

번숭은 지금 제정신이 아니었다. 상대가 누군가. 상대는 삼정팔괴십마를 초월해 버린 전설, 삼신(三神)과 어깨를 나란히 하는 아미 전대 장문이자 무림이신녀 곽부시였다.

번숭은 땅에 머리를 찧으며 목숨을 구걸했다.

"제, 제발 자비를 베풀어주소서."

"흘흘, 정말 살고 싶으냐?"

"예, 어르신!"

"…가거라."

"감사하옵니다!"

번숭이 수하들을 데리고 사라졌다.

곽파는 창백해진 연연을 보았다.

연연이 씽끗 웃었다.

"괜찮으시옵니까?"

"아뇨. 안 괜찮아요, 파파."

연연이 뒤로 넘어갔다.

"아가씨!"

곽파는 연연을 안았다. 연연이 죽은 새처럼 늘어졌다.

심력을 한꺼번에 너무 많이 쏟아낸 결과였다.

"흠, 주연연… 저 계집년도 무슨 능력이 있었던가?"

이 모습을 노하구 언덕에서 지켜보는 자가 있었다.

그는 바로 북행전의 장로인 적노였다.

5

"싸움인데?"

"이야, 굉장하네!"

인도와 우공은 전쟁터로 변해 비린 노하평을 우회, 낙수를 거슬러 올라가고 있는 중이었다.

이들이 장강수로채의 견제를 받지 않고 배를 탈 수 있었던 건 노하평 나루에서 삼십 년째 사공 일을 해온 감(甘) 늙은이 덕분이었다.

감 늙은이는 나루가 수적들로 들끓자 갈대 속에 배를 숨겨놓았다가 한몫 단단히 받기로 약조하고 인도와 우공을 태웠다.

삐이걱삐이걱.

‘…근데 난 저것들이 정이 안 간단 말씀이야.’

감 늙은이는 내심 중얼거렸다.

신선 같이 새하얀 외모와 붉은 불 지펴진 눈동자를 지닌 늙은이도 정이 안 가지만, 물소가 말을 한다는 게 도무지 믿어지지 않는다.

피잉—

“어이쿠!”

감 늙은이는 고개를 움츠리고 화살을 피했다.

낙수는 강폭이 좁아 강 이쪽에서 벌어지고 있는 싸움과 강 저쪽에서 구경하는 사람들을 다 볼 수 있다.

‘이거 뭔가가 크게 잘못된 것 같은데?’

감 늙은이는 그제야 후회했다.

강 저쪽에선 ‘역시 감 늙은이야. 이런 마당에도 돈을 벌려고 버르적거리다니’ 라며 동료 사공들의 성원과 질시가 쏟아지는 중이었고, 강 이쪽에선 ‘뭐냐, 저건 우리편이 아니잖아?’ 라며 수적들이 화살을 쏴붙이기 시작했기 때문이었다.

탁탁! 핑핑핑!

더러는 뱃전에 박히고 더러는 스쳐서 화살들이 지나갔다.

“흠.”

돈도 좋지만 우선 살고 봐야 한다.

끼이익.

감 늙은이는 잽싸게 배를 돌렸다. 나루로 되돌아갈 생각이었다.

하지만 노하평 삼십 리 전체가 전쟁터로 변한 마당에 노하평을 휘도는 물결이 조용하면 정상이 아니었다.

뒤에서 천천히 다가온 거선이 집채만했다.

"헉!"

감 늙은이는 입을 떡 벌렸다.

상류에서도 거선이 떠내려오고 있었다. 뱃머리에 매단 험상궂은 용두(龍頭)로 보나 울긋불긋 날리는 각종 깃발로 본다면 거선은 세곡선을 강탈해 꾸민 해적선이 분명했다.

"에잇!"

감 늙은이는 물로 뛰어들었다.

풍덩!

"어?"

사라지는 사공 늙은이를 본 인도가 벌컥 화를 냈다.

"에이, 빌어먹을! 우리가 탄 배는 어찌 된 게 사공 녀석들이 다 물로 뛰어드나? 이거 원, 고사라도 지내던가 해야지……."

그때 우공이 상류의 거선을 바라보며 입술을 비틀었다.

"흠, 장강지살이란 애송이가 직접 나섰구먼?"

"뭐? 장강지살이 직접?"

인도도 거선을 바라보았다.

펄럭펄럭

거선 꼭대기에 매달린 깃발은 장강지살의 상징, 흰 바탕에 검은 용이 수놓아진 흑룡기(黑龍旗)였다.

촤아아—

물살을 가르며 흘러온 거선들이 인도와 우공이 탄 배를 가운데로 몰아 넣고 짜부라뜨릴 듯 선수를 밀착시켰다.

그 바람에 물이 넘어와 발을 적셨다.

"이봐, 인도."

우공이 발을 털며 거선을 바라보았다.

"왜?"

"켈켈켈… 아무래도 저 녀석들이 우리를 깔보는 것 같지?"

"그런 것 같긴 해."

둘의 단정을 증명하듯 거선에서 야지가 날아왔다.

"어이, 늙은이."

"으?"

"잉?"

"당신 말야, 성질깨나 있게 생긴 얼굴을 믿고 그냥 버텨보려고 하는 모양이지? 근데 이걸 어쩌나? 우린 그런 얼굴에 겁먹는 분들이 아니거든? 그러니까 어지간하면 그냥 돌아가서 그 물소 물이나 먹여라. 여긴 전쟁터야. 까닥 잘못하면 얼마 남지 않은 비루한 인생, 종치는 수가 있다고."

"저런 건방진 놈! 내가 배를 당장 불 싸질러 버리리라!"

인도가 광분했다.

뭐라고 씨부렁거린 늙은이가 어깨를 슬쩍 움직였다.

이때까지만 해도 이명(里明) 채주 풍살오조(風殺烏爪) 방국상(方鞠尙)은 잠시 뒤에 벌어질 불행을 전혀 눈치 채지 못하고 있었다.

펑!

뱃전이 부서지면서 시뻘건 화염이 이 장이나 위로 솟구쳤다.

"뭐, 뭐냐?!"

펑펑펑!

뱃전을 때려부수는 폭음이 계속해서 이어졌다.

풍살오조 방국상은 얼른 누대를 바라보았다.

누대엔 총채주 진염백이 들어 있는 것이다.

"뭐야, 이거!"

"뭐긴, 이놈들아!"

방국상은 깜짝 놀랐다.

"저, 저건?"

물소를 탄 늙은이가 허공을 날아 천천히 뱃전에 내려서고 있었다. 수적질로 한평생을 보내며 별일을 다 겪어보았지만, 방국상은 맹세코 오늘과 같은 괴사를 본 적이 없었다.

그건 수하들도 마찬가지인 모양이었다.

당황한 방국상은 수하들을 먼저 앞으로 내보냈다.

"저것들을 당장 죽여라!"

순간 물소가 희미해진 것 같았다.

퍽!

우공에게 차인 방국상이 훨훨 날아 누대 한가운데 박혔다.

와장창—

"감히 애송이들을 시켜 날 욕해? 장강지살, 이 긴빙진 애송이, 당장 나와!"

화르르르—

인도의 팔을 타고 솟아오른 화염장이 화룡처럼 맹렬한 소리를 내며 날아가 진염백이 들어 있는 누대를 직격했다.

펑펑펑!

진염백은 다른 배의 누대에 앉아 지금 인도와 우공이 신나게 두들겨 부수는 배를 바라보고 있었다. 여기서는 앞의 배뿐만이 아니라 노하평 전체가 다 내려다보인다.

"박린이란 녀석 하나만도 버거운데… 곤륜색마와 진청자, 곽파와 광불이라? 그리고 정체를 알 수 없는 화산파 고수와 색목인, 발초곤을 휘두르는 늙은이, 철갑여인네와 괴이한 놈들이라?"

진염백은 인상을 찌푸렸다.

"여기에 저 말썽꾼들인 인도와 우공까지 끼어들었으니, 오늘은 길보다 흉이 많다. 적들은 개별적이고 소수이지만, 사방에서 우릴 겁박해 온다. 무공 역시도 상상을 초월한다."

"하오면?"

장강이귀 중 단창신귀(短槍神鬼) 맹획(孟劃)이 물었다.

입술을 깨물고 있던 진염백이 천천히 입술을 풀었다.

"이봐, 맹획."

"예, 대종."

"우리가 전력의 반을 이 노하평에 묻으면 강북상련이 어찌 나올 것 같나? 당장 칼을 바꿔 잡고 우리에게 진군해 올 게 뻔하겠지?"

"그건 그렇사옵니다만."

"그렇다면 말이다. 다음을 기약하는 게 낫지 않을까? 이 노하평에 전력의 반을 묻을 수는 없다."

"끄음."

"당장 후퇴기를 올리고 어서 합전채주 진보잠을 불러와라. 이번 사태는 다 그놈의 판단 실수로 벌어진 일이다."

"……"

"혈편만리염 사편귀가 제대로 보고를 올렸는데, 그놈이 엉뚱한 작전을 세워서 우리 대장강수로채가 이 꼴이 된 것이야. 괘씸한 놈. 낯가죽을 벗겨 버리고야 말겠다!"

"명."

그러나 올 때는 맘대로 왔어도 갈 때는 마음대로 갈 수 없는 모양이었다.

단창신귀 맹획은 깃발을 올리다가 말고 눈을 동그랗게 떴다.

"저게 뭐냐?"

하늘에 뜬 물체는 마치 연처럼 보였다.

"글쎄다?"

곁에 선 금부신귀(金斧神鬼) 조양쇄(趙陽鎖)도 하늘에 떠 있는 물체의 정체를 알 리 없었다.

둘이 어리둥절해하는 사이에 그 정체 모를 물체는 유유히 하늘을 한 바퀴 돌아 새매처럼 낙하했다.

쑤악―

척!

"하하! 이거 간만이외다. 만령하에서 한 번 뵈었지요?"

박린이 요광수신리성금을 짊어지고 나서도 한참이나 더 있다가 둘의 반응이 나왔다.

"너, 넌 바, 바로 바, 박린이란 놈?!"

"거, 건방진 놈! 가, 감히 이곳이 어디라고⋯⋯!"

"어험."

박린은 둘을 살폈다.

별것도 아닌 것들이 주둥이만 살아서 까불고 있구먼?

하얗게 질린 얼굴로 뒷걸음질치는 주제에 입만 살아 나불대는 모습들이 참 가관이었다.

하지만 궁지에 몰린 자들을 몰아붙이는 짓은 선비가 취미로 삼을 만한 짓이 아닌 게 확실했다. 이런 경우 선비는 저들의 험한 주둥이와 거친 행동을 점잖게 몇 마디 말로 나무라고 퇴로를 열어주어야 역시 선비! 라는 말을 듣는다.

박린은 제의했다.

"이 자리에서 종아리를 몇 대 맞겠소, 아니면 피를 볼 것이오?"

"뭐?"

"저, 저런 방자한 놈!"

박린은 심각해졌다.

"어허! 서로 구면이라 웃는 낯으로 좋게 제의했으면, 응당 그에 상응하는 대답을 해야 하는 게 도리 아니오? 한데 오히려 펄펄 뛰시며 엉뚱한 소리만 마구 지껄이시다니요. 대국 예법이 본래 개차반이라는 소릴 들었지만… 증세가 매우 심각하외다?"

"무슨 개소리냐!"

금부신귀 조양쇄가 사납게 보이는 턱을 내밀고 물었다.

물어보나마나 별 신통치 않은 대답이 나올 것임을 알면서도 이리 물은 건 사실 시간을 벌기 위함이었다.

"개소리라니요?"

"개소리가 아니면 말소리냐?"

수적들로 가득 차 있는 배 한가운데 홀홀단신 뛰어내렸으니 박린이 지금 처한 사정이야 뻔했다.

"어허, 말소리라니요?"

"그것도 아니라면 닭소리겠지!"

박린을 포위한 수적들이 와하하, 웃어 젖혔다.

박린은 여전히 이상한 소리만 지껄여 댔다.

“이보쇼, 귀공.”

“뭐냐?”

“소생 말씀을 잘 못 알아들으신 모양인데, 예법이 개차반이면 사람을 가려가며 그 개차반 예법을 내밀란 말씀이외다. 지금처럼 아무한테나 그 개차반 예법을 내밀다간 큰코다치는 수가 왕왕 있소이다? 그러니 어렵게 말을 돌려 하지 말고 차라리 그냥 ‘날 때려줘…’ 라고 대답하쇼.”

박린이 어깨를 슬쩍 흔들었다.

빡!

뒤에서 달려든 수적 하나가 턱을 감싸 쥔 채 뒤로 날아갔다.

스윽.

발이 원위치되었다.

이때 박린의 오른 팔꿈치는 다른 수적의 명치를 함몰시키고 곧게 뻗어져 또 다른 수적의 턱에 박혀 있었다.

빠박!

“컥!”

왼 팔꿈치도 달려든 수적의 명치를 함몰시키고 수평으로 뻗어져 다른 수적의 배를 위로 걷어 올리며 휘돌고 있었다.

휘리링.

동시에 팔목에서 뿜어진 광환이 좌측면을 쓸어버렸다.

파콰쾅!

분분히 날리는 먼지, 갑판 깨진 쪼가리, 부러진 깃대, 널브러진 각종 병기들, 나가떨어져 끙끙 앓는 수적들을 흘긋 바라본 박린이 오른팔을 한 바퀴 돌려 허공을 휘어 감았다.

사아악—

순간 수적들이 뒤로 물러섰다.

"중오지(衆惡之)라도 필찰언(必察焉)이요, 중호지(衆好之)라도 필찰언(必察焉)이니라. 여러 사람이 미워해도 반드시 살펴보아야 하며, 여러 사람이 좋아해도 반드시 살펴보아야 한다는 말씀이라오. 하물며 선비를 대함에 있어서야 더 말해 무엇 하리오."

쾅!

박린이 발을 구르자 겁을 잔뜩 집어먹은 수적들이 더 물러섰다.

박린은 그들을 무시하고 앞에 서 있는 장강이귀를 보았다.

"어느 분께서 종아리를 먼저 걷으실 예정이신지?"

"나다!"

금부신귀 조양쇄가 금부를 양손에 갈라 쥐었다.

조양쇄는 이내 양 무릎을 구부리고 금부 갈라 쥔 양손을 늘어뜨려 자세를 낮추었다.

"오너라, 이 건방진 애송이!"

"귀공이 오쇼."

"뭐라?"

박린은 엉뚱한 것에 흥미가 동하는 모양이었다.

"참으로 비싼 도끼를 지니셨구려?"

"……?"

"그 금 도끼를 보니 우리 조선에서 유명한 옛날이야기가 생각나외다. 옛날 옛적 호공(虎公:호랑이)을 비롯한 모든 동공(動公:동물)들이 사람의 언어로 말씀을 하시던 시절이었소이다그려."

빡!

파리 잡듯 슬쩍 휘둘러진 주먹에 슬금슬금 뒤에서 달려들던 수적 하나가 코를 감싸 쥐고 널브러졌다. 주먹을 거둔 박린이 아무렇지도 않은 표정으로 다시 이야기를 이었다.

"어험, 아무튼 조선 사대문 안 남산골 사는 나무꾼 박씨(朴氏)가 어느 날 문득 용꿈을 꾸고 나무를 하러 가지 않았겠소? 그가 간 산명이 바로 서란산(西蘭山)인데, 계곡이 울울창창하고 깊었다고 하오. 이 계곡 끝머리에 자리한 용소(龍沼)라 불리는 못 역시 깊고 깊어서 실이 두 타래나 들어가고도 한참이나 모자랐다고 하지요."

"지금 무슨 개소리를 지껄이고 있는 거냐! 혹 원군이라도 오길 기다리는 거냐?"

조양쇄가 한 발자국 다가오며 으르렁거렸지만, 박린은 태연한 척했다. 박린은 조양쇄의 눈동자에 얼비친 광경을 보고 있었다. 월아산을 든 그림자가 소리없이 다가오는 중이었다.

그림자가 월아산을 번쩍 쳐든 순간,

빡!

박린의 발이 먼저 날아가 그림자의 가슴을 후벼 팠다.

우당탕—

"선비가 말씀을 하시는데 이리 끼어드는 짓은 참 무례한 짓이오. 어험, 좌우단간 이야기를 마저 해야겠소이다. 그 박씨 나무꾼은 용소 근처에서 나무를 하기로 마음먹었소. 왜냐하면 용꿈이 영 심상치 않았기 때문이오. 그러다가 아뿔싸! 실수로 그만 도끼를 용소에 빠뜨리고 말았다지 뭐요?"

“……?”

“나무꾼은 도끼가 너무 아까워 용소가에 주저앉아 엉엉 울었다고 하오.”

“……?”

“사실 생각해 보면 까짓 도끼가 뭐 그리 아깝다고 다 큰 어른이 민망하게 엉엉 울기까지 했겠소. 용이 여의주를 물어다가 준 꿈을 믿고 다른 꿍심이 있었던 게지. 그런 잣대로 보면 도끼를 용소에 빠뜨린 실수 역시 약간 의심을 안 해볼 수 없소이다.”

“저 자식이 대체 뭔 소리를 하는 게야?”

조양쇄가 물었지만 단창신귀 맹획도 알 리가 없었다.

“크음.”

박린은 아예 이야기에 빠져 있는 모양이었다.

“어험, 박씨가 눈이 멀지 않은 이상 용소에 대고 도끼질할 리는 없을 테고… 험험, 그렇다면 일부러 도끼를 용소에 집어 던졌다는 이야기인데… 허참! 아무튼 이 문제는 선비로서 차마 입에 담을 수 없을 만큼 점잖치 않은 의심을 동반하므로 그냥 넘어가기로 합시다.”

팍!

다시 좌측면에서 다가오던 수적이 눈을 싸쥐고 나가떨어졌다.

쭉 뻗었던 요광은정도를 거둔 박린이 조양쇄 앞으로 한 걸음 성큼 나아갔다.

“헉!”

조양쇄가 뒤로 물러섰다.

“그리 한 시진 정도를 엉엉 울다 보니 박씨는 목도 무쟈게 아프고 눈물도 무한정 있는 게 아니라서 그만 지쳐 버렸다고 하오. 주먹밥을 두덩어리나 먹은 박씨는 다시 한 시진 정도 없는 눈물을 짜내며 억지 울음을 울다가 '에이, 씨불! 용이 안 나타나잖아? 괜히 아까운 도끼 한 자루만 버렸네' 라고 투덜거리며 돌아섰다고 하외다. 그때 기적이 일어난 게요."

"너 도대체 지금 무슨 소리를 하는……."

"쉿!"

"으?"

"거 목소리도 아주 탁한데 어지간하면 조용히 들어주셨으면 하외다. 여기서부터가 진짜 무쟈게 중요한 대목이니까 말이오."

"……?"

"퍼엉~ 하는 소리와 함께 용소에서 하얀 연기가 모락모락 올라오더니 웬 호호백발 할머니가 지금 귀공이 들고 계신 것과 똑같은 금 도끼 한 자루와 은 도끼 한 자루씩을 들고 나타나신 게요. 박씨는 당연히 반색했소."

"큼."

"으흠."

"하지만 할머니께선 왠지 성이 잔뜩 난 얼굴이셨소. 할머니가 화통 깨지는 소리로 물었소이다. '이 비써 보이는 금 도끼가 바로 네놈 도끼렷다?' 박씨는 얼른 고개를 저었소. 속으론 '네, 그렇소이다!' 라는 말이 맴돌았지만, 착한 척해 보이려고 할머니를 속였던 것이라오. 이런 엉큼한 박씨 같으니! 어험."

갸우뚱갸우뚱.

조양쇄는 저 선비 놈이 도대체 무슨 꿍꿍이가 있어 싸움은 안 하고 저런 헛소리를 주절대는지를 도통 알 수 없었다.

그건 그의 뒤에 서 있는 단창신귀 맹획도, 누대에서 이 이상한 모습을 지켜보는 중인 장강지살 진염백도 마찬가지였다.

진염백이 중얼거렸다.

"흠, 요광은정도와 요광수신리성금을 가진 걸로 보면 그것들을 충분히 부릴 수 있다는 이야기인데… 어째 정신은 영 떨어지는 것 같아 보이는구나. 얼굴 생김은 전혀 그렇지 않은데 말이지. 거참, 해괴한 일이로다. 흠흠, 어디 좀 더 지켜볼까?"

이때 사실인지 거짓인지도 불불명한 박린의 옛날이야기는 점점 점입가경으로 치닫고 있었다.

"…에, 그래 다시 용소로 들어가셨던 할머니께서 이번엔 박씨가 집어 던진 쇠 도끼를 가지고 나오신 게요."

"으?"

"잉?"

"할머니께선 날이 다 문드러지고 녹도 벌겋게 슨 쇠 도끼를 내밀며 이렇게 물으셨다고 하오. '그럼 이 못생긴 도끼가 네놈의 도끼렷다?' 박씨는 얼른 고개를 끄덕였소. 그리고 이런 말을 기다렸소이다. '넌 참 보기 드물게 선량하고 착한 나무꾼이로구나. 옜다! 이 금 도끼와 은 도끼까지 다 가져라!' 그런데 할머니 말씀이 매우 괴이했소."

"음?"

"크흠."

"할머니께선 이리 말씀하셨소. '이런 괘씸한 놈! 신성한 용소에 도끼를 던져 노신의 수행을 방해하다니! 당장 꺼지지 않으면 뜨거운 맛을 보여주겠다!' 결국 박씨는 쇠 도끼마저 잃고 황급히 산을 내려왔소."

이야기를 다 마친 박린이 빙그레 웃었다.

"소생은 그 나무꾼과 같은 박씨이지요. 하지만 절대 그 박씨처럼은 행동하지 않을 작정이라오."

웃음을 지운 박린이 오른발을 반 보 앞으로 내디뎠다.

조양쇄가 볼 때 박린의 움직임은 겨우 그 정도에 불과했다.

제2화 혈사(血師)
피를 가르치다

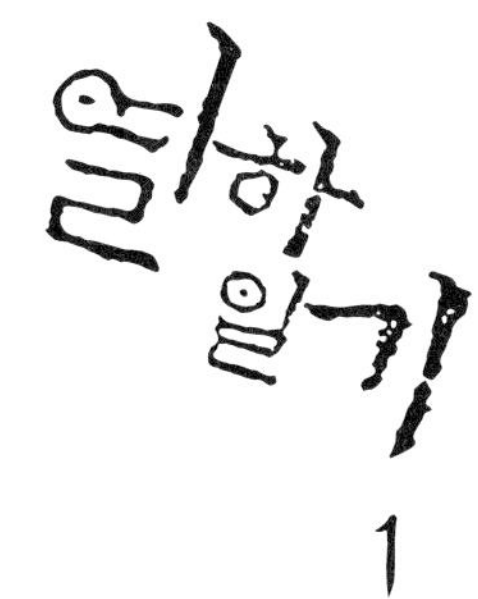

휘릭—

투명한 바람 같은 무엇이 자신을 스쳤다고 생각한 순간,

조양쇄는 왼손이 매우 허전함을 느껴야 했다. 손을 들어보니 금부가 사라지고 없었다. 사라진 것은 금부만이 아니었다.

반 보를 슬쩍 앞으로 내민 것 같던 선비 역시 거짓말처럼 사라지고 없었다.

"잉?"

사방을 둘러보던 조양쇄가 천천히 시선을 고정시켰다.

"놈!"

그의 뒤편에서 박린이 금부를 깨물어 진짜 금인지를 확인하다가 눈이 마주치자 얼른 금부를 소매에 집어넣고 아는 체를 했다.

"하하! 진짜 금이었구려."

“으읔!”

“이 귀한 걸 주시다니… 역시 귀공께선 간이 매우 크신 수적이 틀림 없소이다. 좌우단간 노자로 잘 쓰겠소이다. 대신 소생도 답례를 해야 하는데, 어떤 것이 좋을까나? 험험, 우선 이걸 드리겠소이다.”

쿵!

박린이 바닥을 찍었다. 그러자 바닥을 뒹굴고 있던 쇠 도끼 한 자루가 팅겨 올려왔다. 텁! 소리와 함께 도끼를 잡아챈 박린의 손이 그대로 조양쇄에게 내밀어졌다.

“약소하외다!”

팔랑팔랑—

박린의 손을 떠난 쇠 도끼가 가벼운 궤적을 그리며 날아갔다.

어떻게 보면 뒤집어지고 젖혀지는 간격이 거의 없어 우아하게도, 혼란스럽게도 보이는 궤적이었다.

‘젠장!’

조양쇄는 쇠 도끼를 받으려고 손을 내밀기 전에 진땀부터 흘렸다. 도끼는 아주 작은 손도끼에 불과했지만 거기에 놈이 실어놓은 무게가 장난이 아니었고, 날아오는 궤적 또한 이루 말할 수 없이 예리해서 도무지 빈틈이 없었다.

‘분명히!’

쇠 도끼를 받는 그 순간, 손가락이 날아갈 게 틀림없었다.

그렇다고 안 받자니 이마에 꽂힐 게 분명하고, 피해 버리자니 이미 늦어버린 상황이었다.

이러지도 저러지도 못할 상황에서 조양쇄가 나머지 한 자루의 금부를 휘둘렀다.

휘릭—

제 딴에는 순발력을 발휘해 쇠 도끼를 쳐내기로 작정한 것인데, 결과는 그게 아니었다.

"으?"

조양쇄는 애꿎은 허공만 가른 금부를 회수하며 얼른 서너 걸음이나 물러섰다.

그리고 자신에게로 던져진 쇠 도끼의 행방을 찾았다.

쇠 도끼는 믿을 수 없게도 어깨를 슬쩍 튼 그 순간에 무려 사 장이나 되는 거리를 무시하고 바로 그의 가슴팍으로 쇄도해 버린 박린이 쥐고 있었다.

팡!

박린이 쇄도할 때 갈라 버린 공기가 그제야 소리를 내며 터졌다.

정녕 믿을 수 없는 빠르기였다. 아니, 빠르기란 말로 표현할 수도 없는 빠르기였다.

"헉!"

조양쇄는 악몽을 꾸고 있는 기분이었다.

자신은 현재 무림을 영도하는 삼정팔괴십미 중 무공에 있어서는 십마에 비견된다는 징깅이귀 중 금부신귀 조양쇄가 아닌가.

이런 경우는 꿈에서라도 상상해 보지 않았다.

그런데 지금 이게 뭔가. 이 무슨 꼴인가. 천하의 금부신귀가 금부 한 번 제대로 휘둘러 보지 못하고 새파란 애송이에게 제압당해 버리다니!

하얗게 질린 조양쇄 목에 쇠 도끼가 대어졌다.

"이왕 주기로 작정하신 것, 나머지 금부 한 자루도 내놓으시오!"

"으으……"

“금부는 쇠보다 약해서 날이 무뎌지면 제값을 받지 못하오. 그래 이렇게 선비가 몸을 날리는 수고를 감행하였소이다. 놀라셨다면 정중히 사과드리는 바이오.”

“꿀꺽!”

한 자루 남은 금부를 빼앗은 박린이 말을 이었다.

“어험, 금부를 두 자루씩이나 내놓으신 공을 참작해서 피를 보진 않겠소이다. 대신 한 대만 맞으쇼.”

“……!”

“왜 맞아야 하는지는 귀공께서도 짐작을 하실 게요.”

“으으으…….”

“소생이 아까 웃는 낯으로 인사를 했는데 귀공이 대뜸 쌍욕을 날렸기 때문이외다. 쌍욕은 말이오, 하는 사람은 어떨지 모르나 듣는 당사자는 상당히 불쾌하다오. 언어라고도 볼 수 없소이다. 저속하게 한마디로 표현하면 ‘씨블!’ 이라고나 할까?”

퍽!

조양쇄가 널브러졌다.

배에 꽂힌 주먹이 뱃살을 걷어 올리며 정확히 명치를 파고들었기 때문이다. 주먹은 창에라도 찔린 것처럼 위력이 막강했다.

“선비의 주먹이 매운 이유는 이렇게 중지를 앞으로 약간 내밀어 쓰기 때문이라오. 이리 생긴 주먹에 정통으로 가격당하면, 그게 누구든 반드시 거품을 물게 되오.”

조양쇄에게 주먹을 흔들어 보인 박린이 천천히 돌아서서 이번엔 단창신귀 맹획을 보았다.

“어험.”

박린이 물었다.

"귀공께선 소생에게 무엇을 보태줄 생각이시오?"

"미친 새끼!"

맹획은 금부신귀 조양쇄가 어어, 하며 실컷 놀림을 받고 난 다음 단한 방에 당하는 순간, 이미 만반의 공격 준비를 마치고 있었다. 맹획은 양손을 한꺼번에 앞으로 내뻗으며 소리쳤다.

"받아라!"

그의 등에서 단창 다섯 자루가 솟아올라 와 박린에게로 쇄도했다. 이게 바로 맹획의 성명절기인 단창출룡(短槍出龍)이었다.

팡팡팡팡팡!

부챗살처럼 펼쳐진 단창들의 눈부신 공세가 하늘을 꽉 메웠다.

엄청난 공세에 갇혀 버린 박린의 얼굴에서 이때까지 보여졌던 여유와 웃음이 사라졌다.

정말 갑작스레 펼쳐진 놀라운 공세였다.

맹획이 무공의 고하만을 가지고 따진다면 조양쇄보다 몇 수 위인 것 같았다.

박린은 요광수신리성금을 펼쳤다.

"칫, 선비를 이렇게 핍박했으렷디?"

꽈르르릉!

요광수신리성금 위로 떨어져 내린 단창출룡이 만장폭포가 떨어져 내리는 것 같은 굉장한 소리를 냈다. 공세에 실린 엄청난 무게를 반증하듯 진동도 이만저만이 아니었다.

단창출룡이 다시 떨어져 내려 요광수신리성금을 울렸다.

꽈르르릉!

한 번 더 떨어져 내렸다.

꽈르르릉!

계속 떨어져 내렸다.

꽈르르릉! 꽈르르릉!

"역시……."

진염백은 비로소 태사의에 등을 기댈 수 있었다.

사실 그는 지금 멋지게 박린을 공격하고 있는 맹획보다 아까 패배해 버린 조양쇄를 더 많이 믿었다.

맹획은 무공 강한 수하들 대부분이 그러하듯 종종 상관을 불편하게 만드는 바보 천치인 반면, 조양쇄는 무공이 약할지는 몰라도 상관의 심중을 알아채는 재주가 있어 매우 귀하게 여겼다.

그래 진염백은 조양쇄가 어이없이 패배당해 버렸을 때, 당장 뛰어내려 가 박린을 처치해 버리고 싶은 충동을 느꼈었다.

"조양쇄는 방심하다 당한 게야. 암 그렇고말고."

진염백이 손에 땀을 쥐며 이런 평을 내리는 동안.

진염백 반대편의 거선은 인도와 우공에 의해 다 부서지고 불타서 용골만 겨우 앙상하게 남은 상태였다.

노하평도 일진일퇴의 공방이 다 끝나가고 있었다.

진염백이 싸움에 취해 후퇴기를 올리지도 못했지만, 수적들은 뿔뿔이 흩어져 상류인 성야촌(盛野村)으로 패주하는 중이었다.

"헉헉헉!"

선두는 그릇된 판단으로 패배를 자초한 합전채주 진보잠이었다.

"진보잠, 당신이 어찌 이럴 수 있나, 앙?"

그에게 뒤질세라 그와 나란히 달리는 자는 바로 박린에게 실컷 당한 경험을 지닌 천주채주 혈편만리염 사편귀였다.

"당신 말이야, 본채에 가서 보자고!"

"잔말 말고 따라오기나 해!"

둘을 따라서 살아남은 각 채주와 수적들이 넘어지고 자빠지며 도주하는 모습이 참 볼 만했다.

이 상황에서 진염백이 한껏 여유를 부리며 싸움을 구경할 수 있는 이유를 대라면 단 두 가지였다.

첫째는 자신의 실력을 믿기 때문이었다.

그가 생각하기로 현재 무림 서열인 삼정팔괴십마는 소주혈사가 일어나기 전, 그러니까 십 년 전에 정해진 서열일 뿐이었다.

세간에서는 어떨지 몰라도 습관처럼 영광과 부침을 거듭해 온 무림에서 십 년은 결코 적은 세월이 아니었다.

아무리 삼정팔괴십마라 해도 이 세월 동안 무공이 진일보할 수도, 아니면 형편없이 줄어들었을 수도 있기 때문이다.

길고 짧은 것은 직접 대봐야 알겠지만, 진염백은 자신의 지살신공(紙殺神功)이 과거와는 비교도 할 수 없을 만큼 확실히 상승했다고 굳게 믿고 있었다.

그의 자부는 결코 과대망상에 의한 것이 아니었다.

실제 시험을 해봐도 전대 총채주이자 그의 사부였던 지살만리(紙殺萬里) 갈이홍(葛梨紅)을 훨씬 상회하는 게 사실이었다.

두 번째 이유는 바로 이번 작전을 그릇되게 짠 결과 패배를 자초했고, 지금 맨 앞장서서 도주에 열심인 합전채주 진보잠을 믿기 때문이었다.

사실 진보잠은 내외의 정보를 다루는 채주로서 적합한 인물이 아니었다. 그가 만약 진염백의 사촌이 아니었다면 진염백은 그에게 그런 중책을 맡기지 않았을 것이다.

다시 한 번 말하지만 그는 각종 정보를 취합하고 분류해서 명확히 하나의 결론을 도출할 수 있는 능력을 갖추지 못한 위인이었다.

그가 가진 능력은 병력을 점검해 이탈자와 병자를 가려내고, 병기와 식량의 출납과 재고를 파악하며, 스물여덟 개나 되는 각 채의 채주도 미처 알지 못했던 사항, 이를테면 그 채가 가장 필요로 하는 것이 무엇인가를 파악해 내는 것이었다.

이렇듯 뒷수습이라면 무한한 능력을 발휘하는 위인이었기에 진염백은 진보잠을 믿고, 믿어 이런 여유를 부리고 있었다.

"에잉, 저런… 쯧쯧쯧! 그러니까 쉴 틈을 주지 말고 계속 밀어붙이란 말이다, 이 아둔한 녀석아!"

진염백은 마치 자기 자신이 싸우듯 주먹을 휘두르고 발을 구르며 맹획에게 고래고래 소리쳤다.

슈욱―

쾅!

슈욱―

팡팡!

진염백의 염려대로 맹획은 박린에게 선수를 빼앗긴 상태로 거푸 얻어맞고 있었다. 요광수신리성금을 때린 단창출용의 공세가 단조로웠던 게 역전의 원인이었다.

역전은 박린이 요광수신리성금을 비틀면서 시작되었다.

직선으로 팅겨 올라와 회수되어야 정상인 단창출룡이 요광수신리성금의 바뀐 방향에 맞추어 좌측으로 약간 비틀리자 맹획은 당황한 나머지 공세의 간격을 벌릴 수밖에 없었다.

쩡!

다른 사람이라면 잘 분간하지도 못했을 그 미세한 간격으로 박린은 왼발을 밀어 넣었다.

슉—

발은 맹획이 단창을 회수하느라 정신없는 사이에 아무런 제지도 안 받고 경쾌한 타격음을 내곤 깔끔하게 회수되었다.

빡!

턱을 잡고 물러난 맹획이 미처 정신을 수습하기도 전에 박린이 쳐낸 두 번째 발길질이 날아들었다.

맹획에게는 그저 뿌연 선이 한 줄 쭉— 그어진 것같이 보이는 발길질이었다.

빡!

피와 함께 어금니가 세 개나 튕겨졌다.

"우욱, 퉤퉤퉤!"

맹획이 광분한 것은 당연했다.

부러져 나간 어금니는 결국 그의 생애였다.

일곱 살 때부터 수채를 들락거리며 살아온 세월이었고, 수채에서 강간을 비롯한 갖은 악행을 저지르며 우헤헤— 웃고 즐겼던 양심이었다. 여기서 더 나아간다면 오늘은 몇 명을 죽였고 몇 명을 강간했느냐를 시시콜콜히 기록했던 자랑스러움도 포함될 것이다.

"박린, 너 죽인다! 반드시 죽인다!"

맹획이 헝클어진 말을 단음절로 뱉어내며 자세를 바로잡았다.

시뻘겋게 뒤집혀진 눈알, 입술을 적시고 흘러내리는 피, 부들부들 떨리는 손, 격한 숨결을 타고 오르내림을 반복하는 어깨로 본다면, 맹획은 구천 지옥에서 금방 뛰쳐나온 염왕이라 불러도 별 손색이 없었다.

"너, 오늘 나랑 간다! 너, 죽는다. 나 죽겠다!"

맹획에 비해 박린은 차분하게 가라앉은 상태였다.

"어험."

"덤벼, 덤벼!"

"선불 맞은 웅씨(熊氏:곰)가 천방지축 마구 날뛴다 들었소만, 귀공이 꼭 그 짝이구려?"

"뭐야?"

"사전 경고도 없이 다짜고짜 선비를 두들겨 팬 건 생각지도 않고 몇 대 맞으니까 같이 죽자라? 하하! 이거 웃기는구먼. 이보시오, 귀공. 이런 말씀이 있다오."

"드, 듣기 싫다, 이놈!"

"그래도 한번 들어나 보시오."

"크음."

"귀공이 가실 황천길, 동행은 불가하니 염라대왕께서 귀공을 시험할 때 요긴하게 쓰일 문자를 몇 글자 일러주겠소이다."

"듣기 싫다!"

"허허, 혹시 아오? 염라대왕께서 문자를 지닌 귀공을 귀히 여긴 나머지 귀공을 천상으로 방면할지? 어험. 자, 그럼 읊어보겠소이다. 귀공은 귀를 씻고 들어야 도리일 것이외다. 으험험."

박린이 낭랑한 목소리를 냈다.

"자왈(子曰) 군자(君子)는 유삼외(有三畏)해야 하느니, 그것은 바로 외천명(畏天命)이요, 외대인(畏大人)이며 외성인지언(畏聖人之言)이니라아."

"……?"

"험험, 이 말씀을 풀이하면 다음과 같소이다. 물론 자왈(子曰)이 어느 분을 말씀하시는 건지는 아시리라 믿고……."

"……?"

맹획의 불타는 두 눈에 천연덕스런 박린이 담겼다.

"군자라면 두려워해야 할 일이 세 가지가 있느니라. 그 첫째가 천명을 두려워해야 하는 일이고, 둘째가 큰 인물을 두려워해야 하는 일이며, 셋째가 성인의 말씀을 두려워해야 하는 일이니라아."

박린의 풀이는 여기서 끝이 아니었다.

"자아, 모든 말씀에는 나오게 된 사연이 있소이다. 이걸 문자로 배경(背景)이라고 하는데… 배경은 여기서 중요한 게 아니니 설명을 생략하기로 하고… 험험. 좌우단간 소생이 이런 문자를 읊게 된 배경을 말씀드리면 한마디로 귀공은 군자로선 부적합하다… 이런 말씀이외다."

박린은 맹획의 눈치를 한 번 본 다음 말을 이었다.

"왜 군사로서 부적합할까, 불만을 갖기 전에 먼저 설명을 들어보시오. 마찬가지로 귀를 씻고 들으셔야 도리일 것이외다. 하지만 그냥 들으셔도 무방하외다. 이거 자찬하기는 쑥스러우나 소생은 생각보다 마음이 넓은 선비라오. 어험. 그럼 차근차근 설명을 해 보이겠소."

"……?"

"에, 귀공은 저 위에서 말씀하신 군자라면 마땅히 두려워해야 할 세 가지를 모두 어긴 상태외다. 천명을 어기고 소생에게 같이 죽자고 말했으니 우선 외천명(畏天命)을 어긴 것이외다!"

"으으… 으."

"다음이 소생과 같은 큰 인물을 두려워하지 않고 감히 먼저 공격을 퍼부은 것이외다. 이건 외대인(畏大人)을 어긴 것이오. 여기에 소생의 가르침을 죽인다는 식의 개소리로 대항했으니, 이는 외성인지언(畏聖人之言)을 어긴 것이외다!"

"우욱!"

맞은 통증도 달랠 겸 거창한 말도 들어볼 겸 잠깐 귀를 기울였던 맹획이 다시 미친 물소 날뛰듯 광분했다.

이건 문자를 이용했다는 것만 다를 뿐 욕이 아니냐?

이에 두들겨 맞아 어금니를 뽑힌 데다가 욕까지 한 바가지 얻어먹자 맹획은 정말 저 얄미운 놈과 동귀어진이라도 해버리고 싶은 심정이 되었다.

"받아라!"

맹획은 단창출룡 다음 초식인 단창백섬(短槍百閃)을 펼쳤다.

단창출룡이 상에서 하를 때리는 수법인 데 비해 단창백섬은 수평으로 찔러 들어가는 수법이었다.

기세가 얼마나 교묘하고 재빠른지 마치 번개 일백 개가 횡으로 퍼져 나가는 것 같다 해서 백섬이란 명칭이 붙었다.

백섬이란 명칭답게 한순간 횡으로 분열된 단창이 시퍼런 뇌전으로 변해 박린을 압박해 들어갔다.

쩡쩡쩡쩡!

단창백섬이 밀려옴을 뻔히 보면서도 박린은 태연자약했다.

"이리 화를 내다니, 에잉. 귀공은 확실히 군자가 아니로다. 그렇다면 사정 봐줄 필요 없지. 괜히 아까운 시간만 허비했네.”

콰쾅!

요광수신리성금에 단창백섬이 부딪친 순간,

맹획은 승리를 예감했다. 적절하게 시전된 데다가 정확하게 맞았다면 당연히 갖게 되는 예감이었다.

수적질로 평생 굴러먹은 맹획은 종종 이런 때 이른 예감이 어떤 사태를 불러일으킨다는 걸 잘 알고 있었다. 목을 잘라 확실히 죽였어도 돌아보기를 귀찮아하면 죽은 시체가 벌떡 일어나 등에 칼을 꽂아 넣을 수도 있는 게 바로 무림이었다.

맹획은 방심하지 않고 한 번 더 단창백섬을 쳐냈다.

쩡쩡쩡쩡!

다시 요광수신리성금이 흔들린 순간, 박린은 길게 늘어나면서 요광수신리성금을 가볍게 차올렸다.

팡!

치달아온 단창백섬이 그대로 박린을 통과해 누대 하단부를 후려쳤다.

파쾅!

하단부가 날아산 누대가 제대로 서 있을 리 없었다.

와르르—

누대가 부서져 내렸다.

누대를 날아 내려온 진염백이 구시렁거렸다.

“맹획, 저 어리석은 녀석이 날 죽이려고 작정했구나.”

말은 이렇게 했어도 진염백은 내심 흡족했다. 생각 이상으로 맹획이 정말 잘해주고 있기 때문이다.

맹획이 아니었으면 어쩔 뻔했나 그래.

패배야 어쩔 수 없다 쳐도, 출전한 이상 애송이에게 대장강수로이십 팔채가 지닌 위엄마저 안 보여줄 수는 없었다.

그렇다고 총채주인 자신이 직접 애송이를 상대로 위엄을 보여줄 수도 없는 노릇이었다. 이런 고민을 맹획이 해결해 준 것이다.

"으하하! 좋아, 잘해주고 있어."

진염백이 눈살을 찌푸린 건 그 다음이었다.

"노, 놈이 없어졌다!"

맹획도 없어진 박린을 찾고 있었다.

귀신이 곡할 노릇이었다.

단창백섬에 맞았으면 뭉그러진 살과 뼈라도 바닥에 있어야 정상이었다. 그런데 바닥은 먼지 한 점 없다.

그야말로 거짓말처럼 꺼져 버린 것이다.

"이게……?"

맹획은 진염백을 건너다보았다.

진염백이 펄쩍 뛰었다.

"뒤다! 뒤에 있다!"

"으?"

맹획은 돌아설 수 없었다.

등판에 대어진 박린의 손바닥, 그 안에서 윙윙거리며 돌아가고 있는 어떤 기운 때문이었다.

"돌아보지 마시오!"

2

“……”

“세상엔 돌아보면 안 되는 것들이 참 많소.”

박린은 청죽수를 제어하고 말을 이었다.

진염백도 들을 수 있을 만큼 큰 목소리였다.

“그것들이 뭔지 아시오? 떠나온 집에서 오르는 연기, 그 집에서 짖어대는 삽살개, 이렇듯 버렸으나 버리지 못하는 것들. 그리고 한주먹도 안 되는 권력, 먹으면 먹을수록 더욱 배가 고파지는 야욕, 남을 희생시켜서라도 빼앗고 싶은 탐욕 같은 것들을 돌아보면 안 된다오.”

박린은 맹획 앞으로 이동했다.

스윽—

맹획은 자신과 불과 두 치밖에 안 떨어진 박린을 보았다.

그림같이 아름답게 휘어진 눈썹, 찬란한 눈망울, 고집스럽게 흘러내린 코, 선이 분명한 입술…….

“돌아보아야 할 것들도 참 많소.”

“……”

“내가 깔고 앉은 사람들이 질러대는 비명 소리, 내가 때린 사람들이 흘리는 피, 내가 살해한 사람들이 떠도는 구천 같은 것들 말이오. 군자가 되려면 이런 돌아보지 말아야 할 것들과 돌아보아야 할 것들을 분명히 구분할 수 있어야 하오.”

“……”

박린의 목소리가 깊었다.

그 얼굴 어디에서도 아까와 같은 장난기를 찾아볼 수가 없었다.

“주, 죽여라!”

얼떨결에 나온 소리이긴 했지만 맹획은 진심이었다.

총채주 진염백이 뻔히 지켜보고 있는데, 수하들이 지켜보고 있는데 사로잡히고야 말았다는 자존심이 이런 성급한 결론을 내리게 만들었다.

"원하신다면."

맹획은 눈을 감았다.

팡!

엄청난 진동과 함께 밀려온 장력에 맹획이 뒤로 날아갔다.

이제 끝이로구나, 끝은 이렇게 가까이도 있었구나.

날아가면서 맹획은 서글퍼졌다.

한 번도 생각해 보지 않았던 인생의 종말.

멀리 있으리라, 결코 다가오지 않으리라 믿어 의심치 않았던 돌연한 끝은 사실 돌아서면 바로 보일 만큼 가까운 곳에 있었다.

빠직—

맹획이 뱃전을 부수면서 물로 떨어졌다.

풍덩!

물은 편안했다.

맹획은 팔과 다리를 위로 늘어뜨리고 천천히 가라앉았다.

얼마나 깊은지 모르겠지만 바닥은 좀처럼 닿지 않았다.

하염없이 가라앉던 맹획이 문득 정신을 차리고 눈을 번쩍 뜬 것은 기이한 느낌 때문이었다.

'내력이 실린 장에 맞았는데… 왜 아프지 않는 걸까?

뼈가 분질러지고, 내장이 파열돼 이미 끊어졌어야 할 목숨이 아니냔 말이다. 그런데 가슴을 시원하게 파고들어 전신을 초록빛으로 물들이는 이 기이한 느낌은 뭐란 말인가. 마치 박하 잎을 깨문 듯 시원하구나.

“어푸, 어푸!”

물 위로 올라온 맹획이 본 것은 가을빛 진한 쓸쓸한 노하평이 아니라 온통 푸른빛 천지인 한여름의 노하평이었다.

끝 간 데 없이 펼쳐진 갈대밭, 새파란 자락을 끌며 달려가는 바람, 검붉게 지펴진 노을에 취한 맹획은 몇 번이고 고개를 털었다.

“내가 지금 귀신한테 홀렸나?”

진염백은 분노했다.

지살신공으로 장포를 부풀린 것은 말할 필요도 없었다.

“이익!”

녀석이 장난하듯 하는 태도만 안 보여주었어도 천하팔대금기무공이라는 지살신공을 이 협소한 배 안에서 친히, 그것도 새파란 애송이를 상대로 펼치는 일은 없었을 것이다.

“맛을 보여주겠다, 이놈!”

지살신공이 천하팔대금기무공이 된 것은 악독함이 원인이었다.

지살신공은 말 그대로 종이를 날려 사람을 죽이는 무공.

문제는 종이였다.

모르는 사람이 볼 때 서책을 찢어낸 것처럼 보이는 종이였지만, 사실은 운남산 독물인 비천점홍사독(飛天點紅邪毒)에 절인 종이였다.

이 종이가 살에 박히면 도무지 대책이 없었다.

피에 절여진 종이를 빼낼 수도 없을뿐더러, 설사 빼낸다 해도 살에 박힌 부분은 그대로 남긴 채 나머지만 찢어내는 수준이기 때문이었다.

사람들은 말했다.

일수일장일사(一手一張一死)!

일수에 일장이 날아가 하나의 죽음을 만든다고.

여기서 간과하지 말아야 할 게 한 가지 더 있다면 종이의 변환이 무궁무진해 화살처럼 접어서 날릴 수도, 공처럼 구겨서 날릴 수도, 비수처럼 오려서 날릴 수도 있다는 것이었다.

부우욱—

끼고 있던 서책 한 장을 찢어낸 진염백이 피식, 웃었다.

'흠, 놈은 꼬장꼬장한 선비의 나라 조선에서 왔다. 제 사부 천변귀수가 특별히 일러주지 않았다면 이 서책이 병기임을 모를 것이다. 미치광이가 되어버린 사부가 설마 일러주었을 리가 없다. 그렇다면 승리는 뻔하다.'

하는 짓을 보면 선비가 아니지만 말을 들어보면 선비가 분명하니… 선비가 제일 귀히 여기는 서책을 찢어 던지면 녀석은 엉겁결에 받으려고 할 게 분명했다.

천변귀수 역시 처음엔 받으려고 몸을 움직였으니까.

박린은 진염백의 예상대로 나왔다.

"성현들의 말씀으로 가득한 서책을 함부로 찢다니, 귀공 역시 선비가 아니구려?"

진염백은 나비를 접으며 대답하지 않았다.

녀석도 굳이 먼저 덤빌 것 같지 않은 눈치였다.

진염백은 녀석의 스승, 천변귀수 하요광과 대결했던 십 년 전을 떠올렸다.

하요광은 당시 후원 세력이었던 강남상련맹을 혈사교에게 격파당하고 단신으로 쫓기고 있었다.

겨울이 물러가는 항주(杭州)에서부터 봄이 막 시작된 순안(淳安)을 건너 황산(黃山)까지 길게 이어진 도주가 그에겐 이루 말할 수 없이 피곤하고도 험난했을 것이다.

하지만 황산에서 기다리고 있던 진염백에겐 그 피곤함과 험난함이 오히려 득이 되었다.

정예 수하 오백을 이끌고 단숨에 그가 쉬고 있는 황산평원으로 쏟아져 내려갔을 때, 그는 피곤에 찌든 얼굴로 모닥불 앞에 앉아 토끼 고기를 먹고 있었다.

"내일 하지. 난 좀 쉬고 싶네, 장강지살."

친한 친구에게 부탁하듯 일어나지도 않고 돌아보면서, 토끼 고기를 물어뜯으면서 하요광은 그렇게 말했다.

진염백은 그때 그가 보여주었던 눈빛을 아직까지 기억한다.

'젠장! 마치 이 세상 끝을 보고 있는 듯한 눈빛이었어. 아무 감정도 들어 있지 않았지. 난 그때 그 눈빛에서 그가 그리 간절히 원하던 평화를 보았을지도 몰라.'

"천변귀수, 당신을 추살하라는 황상의 명이 추상같소."

하요광이 푸스스― 웃었다.

"도적들이 언제부터 황상의 신민이 됐나? 유근의 명이겠지."

"누구의 명이 됐든 내겐 중요하지 않소. 내게 중요한 건 황궁에서 우리에게 내려줄 보상이오. 난 오늘 당신을 베어내 수하들의 배를 영원히 불릴 것이오."

"영원히란 없다네."

"듣기 싫소."

"하하! 유근이 도적들에게도 손을 벌렸구먼. 하긴 세상에서 제일 큰 도적이 바로 황궁이지. 날 베어도 황궁에서 자네에게 내려줄 포상은 없네. 황궁에서 자네가 크는 걸 가만히 보고 있을 것 같나?"

"궤변은 필요없소."

"자네의 포악함은 내 들어서 익히 알고 있네. 그래, 배 채울 시간도 주지 않을 것인가?"

하요광이 고개를 돌리고 불을 다독였다.

잠시 침묵이 흐른 뒤에 진염백이 말했다.

"배 채울 시간은 주겠소."

하요광이 토끼 고기를 다 먹었다.

바로, 지금 생각해도 어이없는 일 대 오백의 싸움이 벌어졌다.

마병 서열 일위 요광은정도가 울고 요광수신리성금이 하늘과 땅을 갈랐다.

하요광과 진염백이 부딪친 것은 싸움이 거의 종료되어 가던 시점, 무공 약한 자들은 다 죽고 정말 일류만 남았을 때였다.

이백여 명을 베어버린 하요광도 성하지 않은 상태였다.

너덜거리는 장포, 베어진 어깨, 창백해진 얼굴, 거칠게 내뿜어지는 숨소리……

삼 합 만에 지살신공을 파악하고 오 합에 진염백을 제압한 하요광이 말했다.

"자넬 베지 않겠네. 그러니 수하들을 더 죽이지 말고 돌아가게. 내게 배 채울 시간을 준 것에 대한 보답이네."

진염백은 십 년이 지난 지금까지도 생생하게 울리는 하요광의 말을 지워 버렸다.

"원래 사부가 지은 죄는 제자가 대신하는 법이지."

"어험. 귀신 씻나락 까먹는 말씀이오."

"뭐라?"

"엄연히 사람도 다르고 씨도 다른데 죄를 대신 받아야 한다니요? 조선에선 그리 하지 않소이다그려. 물론 대신 받을 수 있는 건 숱하오. 그걸 크게 정의하면 대신 받아도 무방한 것은 경사, 즉 포상이고 흉사는 안 받소이다만?"

"입만 살았구나, 이놈!"

"호놈하지 마시오. 듣는 선비야 귀를 씻어내면 그만이지만, 주둥이를 나불거린 귀공 입장은 좀 다를 텐데요? 주둥이야 씻어낼 수 있을지 모르나 까마귀같이 컴컴한 마음은 어찌 씻어내려고 그리 험악한 견성(犬聲)을 토해내시는 거요?"

"견성?"

"개소리를 고상하게 표현하면 견성이지요. 하하! 좌우단간 그만 왈왈거리시라고 귀공께 부탁드리는 바이오. 지나치게 왈왈거리다간 양기가 주둥이로만 몰려 버리는 수가 있어요."

"정녕 관을 봐야 눈물을 흘릴 놈이로구나!"

"정녕 관을 봐도 눈물을 흘리지 않을 견공이로세!"

"끄음."

진염백은 나비를 다 접었다.

"받아라, 이놈!"

손을 뻗자 나비들이 허공을 메우며 박린에게 쇄도했다.

파라라라라락—

"나비라? 약간 생뚱하구먼."

박린은 나비 떼를 보았다.

나비들은 팽팽하게 당겨졌던 긴장을 비웃기라도 하듯 한가롭게 날았다. 박린은 생명을 지닌 것처럼 나풀나풀 날아든 나비들에게로 손을 뻗었다.

스윽.

날갯짓이 얼마나 소박한지, 모르는 사람이 보면 진염백이 박린에게 나비들을 선물했고 박린은 그걸 기꺼워하며 받고 있는 줄로 착각했을 것이다.

팔랑팔랑—

어서 잡아라. 잡는 순간 나비, 즉 지살신공 중의 비접혈해(飛蝶血海)는 네 손바닥을 뚫고 들어가 손목까지 이르리라. 그리되면 넌 바로 저승을 볼 수 있을 것이다.

'노하평을 울리는 네 비명 소리 또한 들을 수 있을 게다!'

진염백은 믿어 의심치 않았다.

착!

박린에게 나비가 잡히자 진염백은 공력을 가해 나비를 박린의 손바닥으로 박아 넣었다. 동시에 주위를 맴돌던 나머지 나비들을 박린의 전신으로 쑤셔 넣었다.

나비 떼와 박린이 격돌하는 소리가 노하평을 흔들었다.

빠드등!

"으?"

진염백은 귀를 의심했다.

종이가 사람 살에 박히는 소리가 저리 클 리는 없었다.

그리고 하얗게 피어오른 저 이상한 연기는 뭐란 말인가.

"저럴 수가!"

박린이 나비를 잡은 것처럼 보인 건 착각이었다.

나비는 박린의 검지 위에 올라앉아 있었다. 엄청난 소리와 동시에 새하얗게 피어오른 연기는 연기가 아니라 나머지 나비들이 호신강기와 부딪쳐 바스러지면서 낸 소리였다.

"어험."

박린은 나비를 하늘로 날리고 탄식했다.

"귀한 종이에 독을 처바른 것도 용서치 못할 일이거늘, 그걸 찢어 나비를 접고, 그걸 날려 선비를 해치려 하다니… 정말 상종치 못할 견공이 아니뇨! 나이는 존장이 분명하나 행동거지는 철부지보다 못하구나. 저런 견공은 볼기가 고생하는 법이지."

이만하면 멋스럽지 않소? 라는 표정으로 진염백에게 돌아선 박린이 한숨을 푹— 내쉬었다.

까오?

설사자가 까닭을 물었다.

"에잉, 말하는 사이에 도주해 버렸다네."

진염백은 그때 성아촌(盛野村)으로 내달리고 있었다.

"연경에서 나머지 승부를 내자, 이놈!"

진염백은 으르렁거렸다.

그를 장강이귀가 따랐다.

장강이귀의 꼬락서니는 차마 눈 뜨고 볼 수 없을 만큼 한심했다.

조양쇄는 연신 피를 게워내고 있었고, 맹획은 물에 빠진 생쥐였다.

"대, 대종, 정녕 승부를 내시려 하시옵니까?"

"맞사옵니다, 대종. 이제 녀석은 강북상련에 맡기시고 잠시 숨을 골 랐다가 결과를 보고 대응해도 늦지 않사옵니다."

둘이 사정을 해도 진염백은 으르렁거릴 뿐이었다.

"연경에서 반드시 승부를 낼 것이다!"

멀어지는 세 사람을 보며 박린이 빙그레 웃었다.

"연경에서 걸리면 국물도 없소이다!"

박린은 이제 막 어두워지기 시작하는 노하평에 눈을 묻었다.

어떻게 생각하면 무모하기 짝이 없었던 싸움이 끝났다. 큰 산을 하 나 넘은 것 같은 기분이었다. 그러나 넘어야 할 산은 아직 많고 싸움 역시 이제부터 시작이었다.

그걸 증명하듯 누군가 아는 척을 해왔다.

"과연 대단한 솜씨로다!"

박린은 소리가 나는 쪽으로 천천히 눈을 돌렸다.

이제 막 침몰을 시작하는 저쪽 거선을 차고 날아오른 인도와 우공이 뱃전으로 떨어져 내리고 있었다.

"네 녀석이 바로 박린이렷다?"

"그렇소."

"우리를 알겠느냐?"

박린이 대답했다.

"알다마다요. 두 분께선 신선을 가장한 속물 노인네… 그리고 물소 를 가장한 음흉한 노인네가 아니시오? 두 분 모두 붉은 뱀파[血蛇敎] 소 속이라고 알고 있소이다만?"

"우헤헤헤!"

“캐캐캐캐…….”

인도와 우공이 배를 쥐고 웃었다.

문득 웃음을 멈춘 인도가 물었다.

“네 사부 천변귀수는 강녕하시겠지?”

“덕분에 아주 편안히 계시오이다.”

우공도 물어왔다.

“물건을 가진 이상 각오는 돼 있겠지?”

“무슨 물건인지는 잘 모르겠지만, 스승님께서 두 분께 전하라는 안부를 전할 용의는 있소이다. 다만 때와 장소가 좋지 못해서 그걸 염려하는 바이오.”

“무슨 잡소리냐?”

인도가 물었을 때 박린은 이미 사라진 뒤였다.

까마득한 허공에 그어진 흰 선을 본 인도가 구시렁거렸다.

“칫! 저리 빠른 녀석을 무슨 수로 잡겠나?”

“성경에서 잡을 수 있다니까 그러네.”

인도가 벌컥 화를 냈다.

“만약 못 집으면 어떡할 텐가?”

우공의 대답은 아주 간단했다.

“그땐 주씨 계집아이를 덮치면 돼.”

“으?”

“두 가지 물건 중 아무거나 하나만 잡고 있으면 돼. 생각해 봐, 이 멍청아. 용봉쌍환이 아닌가? 그중 하나만 손에 넣어도…….”

“가만!”

“으?”

"자네 지금 나보고 멍청이라고 했나?"

"케케케… 으음. 들었구먼."

인도가 광분했다.

"아무튼 성경에서 못 잡기만 해봐!"

우공이 픽픽 웃다가 말했다.

"헐! 사람도 참, 성격 한번 더럽네. 자넨 어찌 된 게 나이를 먹을수록 어린애가 되나? 나처럼 느긋해야지."

"시끄러워, 이 먹통아!"

"먹통?"

"그래, 왜?"

"케케케… 사부님을 봐서라도 이번엔 성격 좋은 내가 참지. 하지만 인도, 분명히 기억해 두게. 다음에 다시 한 번 더 그 따위 망언을 내뱉으면 자네와 사생결단을 낼 게야."

"무서워 죽겠네, 씨불."

"험험."

티격태격대던 둘이 거선을 떠났다.

그러자 구석 이곳저곳에 숨어 있던 수적들이 슬금슬금 기어나와 노를 잡았다.

삐이걱, 삐이걱—

거선은 상류로 올라갔다.

높이 치솟은 닻에 둥그런 달이 걸렸다.

3

연연도 달을 보고 있었다.

어디에서나 똑같은 달일 테지만, 초원에서 보는 달과 갈대밭에서 보는 달은 확실히 다른 느낌이었다.

푸르게 엎질러진 것 같은 달빛, 푸르게 일렁이는 바람과 함께 사방을 채운 소리는 갈대들이 달에 얼굴을 비비며 몸살 앓는 소리였다.

쏴아아—

'비로소 가지게 된 힘.'

떨어진 달빛이 손에 내려앉았다.

연연은 손을 내려다보았다. 손이 가진 힘은 분명 아니었다.

그러나 손금마다 아래쪽이 저려왔다.

아아, 힘이란 이리 저린 것이었던가.

자유라 생각했고, 그리 믿어 의심치 않았던 힘은 자유만이 아니었다. 나를 지키기 위한 것만도 아니었다.

힘이란 탐욕의 다른 이름이기도 했다.

더불어 좁은 그릇에 담기면 안 되는 물이었다.

차고 넘쳐 바닥을 더럽히는 물이 되어선 안 되는 무엇이었다.

연연은 신청자와 광불, 곽파를 보았다.

꼬박 하루 동안의 격전은 신(神)이라 추앙받는 세 사람을 바닥에 눕혔다. 연연은 그들이 살생을 피하고 부상만 입혀 수적들을 물리쳤음을 알고 있었다.

그래서일까.

일찌감치 저녁을 해 먹고 모닥불에 둘러앉은 세 사람의 눈 그늘이 피곤으로 얼룩져 있었다.

이미 깊어질 대로 깊어진 가을이라 날씨가 쌀쌀했다.

부서진 배에서 떠내려온 널빤지를 사람 인(人) 자로 세워 아쉬운 대로 바람을 막았지만, 새벽에 내릴 무서리와 냉기까지 막기엔 턱없이 빈약했다.

연연은 자리를 떴다.

세 사람이 편하게 누워 쉴 수 있도록 하려는 배려였다.

불의 따뜻함에 취해 졸던 곽파가 따라붙었다.

"아니에요, 파파. 따라오지 마세요."

"아가씨, 여긴 전장이옵니다. 수적 놈들은 음흉하기 그지없어서 언제 다시 기어 내려올지 모르옵니다."

"물리치면 되지요."

이런 말이 서슴없이 나올 수 있는 것도 자신이 가진 힘을 확실히 자각해서일 것이다.

곽파가 주름 가득한 입술을 허물어뜨렸다.

"흘흘… 아가씨."

"예, 파파."

"아가씨께선 아직 어린애이시옵니다."

"아녀요, 파파."

"아닙니다, 아가씨."

곽파는 연연이 실망할까 봐 매우 염려하는 눈빛으로 잠시 망설이다가 차근차근 설명을 해나가기 시작했다.

"아가씨."

"예."

"전방에서 달려드는 적과 측면에서 달려드는 적은 무섭지 않사옵니다. 왜냐하면 눈으로 본 이상 본능이 작용해 어느 정도 방어를 해주기 때문이지요."

"……."

"정작 무서운 적은 후방에서 달려드는 적이옵니다. 거긴 본능이 작용하지 않사옵니다. 즉, 현재 아가씨께서는 볼 수 있는 곳만을 방어하실 수 있다, 이런 말씀이옵니다. 그러므로 뒤가 가장 위험하고, 전방과 측면 역시 적이 숨어서 공격해 올 시에는 위험하옵니다."

"……."

"뿐만 아니옵니다. 생명과 감정이 없는 것. 이를테면 사람의 손을 떠난 화살이나 비도일 경우는 아가씨께서도 어쩌지 못하시옵니다. 그런 것들과 감정을 주고받을 수 없기 때문이옵지요. 이제야 왜 어린애인지를 아셨사옵니까?"

"……."

침묵했던 연연이 이마를 짚었다.

"아아, 그러네요."

"예?"

"참 다행이네요. 전 제 힘을 자각하곤 어른이 다 되어버린 기분이었어요. 세상을 다 보아버린 듯한 기분이었다니까요? 그런데 알고 보니 전 성면만을 볼 수 있네요. 세상의 사분지 일만을 알고 있었네요."

지금 연연은 자신이 눈에 보여지는 것만을 조종할 수 있다는 걸 한탄하는 게 아니었다.

뒷면과 측면엔 또 얼마나 많은 손금 저럼이 있을 것인가.

"혼자 있고 싶어요."

연연이 걸어나갔다.

"……."

연연은 계속 걸었다.

딱히 어디를 가자고 정해놓은 것이 아니면서도 똑바로 걸음이 걸어졌다. 곽파가 멀찌감치 떨어져 따라오고 있었다.

연연은 곽파에겐 안 들리게 한숨을 내쉬었다.

'휘유……'

입김이 일어났다.

발 사이에서 달빛이 출렁거렸다.

연연은 낙수에 당도해서 손을 담갔다.

물이 차가웠다. 그래도 손금에 박힌 저림은 없어지지 않았다.

연연은 면사를 들어 올리고 얼굴을 씻었다.

푸득푸득.

물을 보니 물에 잠긴 연녹빛 눈망울을 가진 계집애도 자신을 올려다보고 있었다.

"연연… 넌 참 바보다?"

똑.

떨어진 물방울이 계집애를 지웠다.

"……."

연연은 지평에 눈을 묻었다.

지평엔 바람이 내달리고 있었다.

싸아아—

바람의 투명한 발굽 아래 갈대들이 머리를 흔들며 수런거렸다.

연연은 다시 물을 내려다보았다.

그리고 천천히 고개를 옆으로 돌렸다.

언제 온 것일까.

“그간 별래무양하셨소이까, 낭자.”

“선비님!”

연연의 동공이 활짝 열렸다.

반가워하는 기색이 얼굴에 드러났으리라.

부끄러워진 연연이 고개를 돌렸다.

“흥!”

박린은 머쓱한 표정을 지었다.

“어험.”

“뭔 할 말이 있으신 게죠?”

“그렇소이다.”

“해보세요.”

“사나이 대장부가 인사를 건넸으면 그쪽도 마땅히 인사를 건네야 도리이거늘… 그 어인 박대란 말이오? 대국 예절이 시원치 않은 건 알지만, 막상 이리 박대를 받고 보니 얼굴이 뜨뜻해지는구려. 이래 가지고서야 누가 우리를 부부라 할 것이오?”

“부부… 라고요?”

박린은 뻔뻔했다.

“당연하지 않소?”

“왜 당연하죠?”

“낭자와 소생은 이미 유별하지 않은 연을 맺었소이다. 뿐이오? 병을 고쳐 주기까지 했소. 또한 낭자를 지키기 위해 하루 종일 싸웠소이다. 누가 생판 모르는 처자에게 그 정도 정성을 쏟는단 말이오?”

박린은 연연 옆에 주저앉아 갈대를 씹었다.

곁눈질로 박린을 본 연연은 그가 장난하고 있는 게 아니라는 걸 알아차렸다.

"선비님."

"험, 갈대가 생각보다 맛이 없구려."

"참 이상한 말씀을 하시네요. 수적들은 선비님을 노린 게 아닌가요? 덕분에 우리까지 싸움에 끼어들었어요. 정작 도움받은 쪽은 제가 아니라 선비님이라고 보는데요?"

"에잉, 좌우단간 우린 이제 부부요. 소생이 그렇게 알고 있으니 낭자께서도 그렇게 알고 있으시오. 선비는 한 번 한다면 목에 칼이 들어와도 하는 성격이란 말이외다."

설사자가 연연을 보자 아는 척했다.

까오?

연연은 설사자를 안았다.

마음이 안온해졌다.

"어험, 몸은 좀 어떠하오?"

무엇을 묻고 있을까, 이분은. 건강 상태를 묻고 있을까, 아니면 자각한 능력을 묻고 있을까?

"……."

"힘들어하지 마오. 이 세상 어느 것이든 다 각자가 지닌 무게가 있다오."

"……."

"험험, 여기 갑(甲)이라는 물건이 있다고 칩시다. 갑을 들게 되면 제일 먼저 느끼는 건 갑이 지닌 무게일 거요. 낭자 또한 무게가 있소. 만일 낭자의 무게가 갑이 지닌 무게를 감당하지 못하면 갑은 무거운 것이고, 감당할 수 있으면 가벼운 것이오."

“……”

“처음엔 다 그리 무겁고 버겁소. 장점은 안 보이고 단점만 보인다오. 소생도 그랬소. 그러나 자꾸 다독거리고 정을 붙이다 보면 어느새 오랫동안 입어온 옷처럼 무게를 전혀 느끼지 못할 거요.”

“정말… 인가요?”

“그렇소이다.”

“……”

“다만 꼭 기억하구려, 처음에 왜 무겁게 생각할 수밖에 없었는지를. 그걸 기억한다면 낭자의 능력은 밖으로 흘러 넘치지 않을 게요.”

“……”

“힘이 지탄받는 건, 가진 자가 지탄받는 건, 권력이 지탄받는 건 초심(初心)을 기억하지 않고 밖으로 흘러 넘쳤기 때문이라오. 한번 흘러 넘친 물은 다시 되돌릴 수 없소. 자만하지 말라는 이야기요. 과용하지 말란 이야기요. 낭자는 그것 말고도 많은 것을 가졌단 이야기요.”

“……”

한꺼번에 너무 많이 말을 쏟아내서일까.

박린은 입을 다물고 낙수만을 바라보았다.

바람이 지나갔다.

쏴아아—

이동하는 물고기 떼처럼 낙수가 반짝였다.

그 반짝임을 가득 담은 눈으로 연연이 물었다.

“지금… 매우 힘드신 게죠?”

“연경이 멀지 않소.”

“선비님.”

“말씀하시오.”

“방금 말씀은 제게 하신 말씀이지만 선비님께도 통용되는 말씀이지요? 스스로에게 다짐하신 말씀이지요?”

“……”

“하하! 제가 어리석었어요.”

“뭘 말이오?”

잠시 사이를 두었던 연연이 말을 이었다.

“전 용환(龍環)이 봉환(鳳環)과 비슷하게 생긴 반지인 줄 알았어요.”

“어험, 또 반지타령이구려.”

“근데 아무리 생각해 봐도 아니에요. 누가 전대에 만들어진 반지 따위를 믿고 저를 도와주겠어요? 그렇다면 용봉쌍환은 반지로 위장되어 있는 사람들일 수도 있어요. 아닌가요?”

“……”

“음음, 용봉쌍환이 마련한 안배는 준비되어 있는 세력을 말하는 게 아닐 수도 있어요. 준비될 세력을 말하는 것일 수도 있다는 이야기지요.”

“어험.”

“그런 맥락으로 보면 봉환은 음, 세력 결집을 위한 구심점, 이를테면 유근에 반대하는 세력을 결집시킬 만한 어떤 사람이 되겠지요? 봉(鳳)은 여인네를 가리켜요. 물론 황족(皇族)이지요. 유근이 진정으로 두려워하는 건 반지가 아니라 바로 그 여인네예요.”

“……”

“그럼 용환은 어떤 분일까요?”

“……”

“용(龍)은 물론 남정네를 가리켜요.”

“어험험.”

“용환의 남정네는 봉환을 지닌 여인네를 인도하고 수호하는 역할일 공산이 커요. 근데 봉환을 제가 가지고 있네요. 그럼 제가 바로 봉환이란 말이지요. 근데 또 용환은 선비님이 가지고 계시네요. 그럼 선비님께서 바로 용환이지요!”

“……”

“제 추론에 이의있으세요?”

“……”

박린은 갈대만 씹고 있을 뿐이었다.

오 장 밖.

곽파는 박린과 연연이 나란히 앉아 있는 모습을 보고 있었다.

“저 나쁜 녀석!”

곽파는 울화가 끓었다.

생각 같아선 당장 뛰어가 박린과 연연을 떼어놓고 싶었지만, 저 여우 같은 녀석이 용환을 지니고 있는 이상 함부로 할 수 없는 입장이었나.

‘강물에라도 던져 버리면 낭패가 아닌가?

그럴 리 없다고 믿으면서도, 어찌 행동할지 예측 불가능한 녀석이라 별 생각이 다 든다.

곽파는 청력을 끌어올렸다.

둘이 무슨 이야기를 나누나 엿들어보기로 작정한 것이다.

‘이런……’

누가 쳐놓은 기막(氣幕)일까. 화살처럼 쏘아진 청력은 기막을 뚫지 못하고 맥없이 떨어졌다. 보나마나 박린이 쳐놓은 수막일 것이다. 곽파는 또 울화가 끓었다.

'으이그, 내가 저 녀석 때문에 오래 못 살지.'

곽파는 머리를 절레절레 저었다.

박린이 쳐놓은 수막은 희한했다.

이런 경우에 흔히 쓰는 기막이라면 소리의 오고 감 일체를 막아야 정상이었다. 그런데 연연이 입을 틀어막고 쿡쿡 웃는 소리, 박린이 큰 기침하는 소리는 다 들린다.

다시 말하면 저쪽에서 이쪽으로 오는 소리는 들리고, 이쪽에서 저쪽으로 쏘아보낸 청력은 막아버리는 방식이었다.

"별수없지."

곽파는 둘을 지켜보는 걸로 만족해야 했다.

둘을 보고 있으니 가슴 한구석에서 불현듯 천변귀수 하요광과 함께 했던 지난날이 슬며시 고개를 쳐들었다.

"아가씨, 이번에도 녀석에게 용환에 대한 단서를 얻어내지 못하시면 종아리를 칠 것이옵니다. 각오하소서."

곽파는 둘을 지켜보는데 온 신경을 집중한 상태라 우측 십오 장 뒤에서 자신을 지켜보는 자들을 알아채지 못했다.

"클클, 아미 장문을 했던 년이로세."

"저 녀석이 유근이 말했다는 박린인가?"

"주씨의 딸년이라… 제법 먹을 만하겠는데?"

"성야촌에서 칠 것이야. 이제부터 슬슬 준비하자!"

북행전의 인물들이었다.

북행전이 자신들을 노리는 걸 모르는지, 박린과 연연은 이야기에 열심이었다. 주로 박린이 말하고 연연은 다소곳이 듣다가 가끔 웃는 쪽이었다. 박린은 연연을 웃기기로 작정한 것 같았다.

사실 박린은 연연의 웃음소리가 좋았다.

"…에, 짚신은 너덜거리지, 땀은 흐르지, 소금은 무겁지… 당시 박씨는 엉망이었소. 그래 소금 장수 박씨가 험악한 산적들에게 물었소."

"뭐라고 물었는데요?"

연연의 눈이 별처럼 반짝였다.

"짐작해 보시오."

"몰라요."

"어험, 소금 장수 박씨는 이렇게 물었소. '앞을 막아선 걸 보니 당신들이 내 소금을 사줄 모양이오?' 물론 배를 쑥 내밀고 말이오."

"쿡! 눈치없는 소금 장수 박씨네요."

"으?"

"소금을 털고자 길을 막아선 산적들이잖아요?"

"그건 그렇지요."

"근데 도리어 소금을 사달라고 했으니… 음음, 이제 박씨 신세는 뻔해요. 소금을 몽땅 털리고 볼기깨나 맞았겠네요. 어쩌면 옷까지 홀랑 빼앗겼을 수도 있어요. 아니에요?"

"부인."

"……."

한참이나 있다가 연연이 겨우 말했다.

"에이, 그렇게 부르지 말아요. 징그러워요."

으? 속으로는 무쟈게 좋으면서… 쿵쿵.

“어험험, 알겠소이다. 참, 아까 소생이 소금 장수의 덩치를 살짝 까 먹고 이야기를 안 했소이다. 사실 박씨는 각지를 떠돌아다니며 제법 험하게 놀던 자였소. 무공은 모르지만 주먹만큼은 돌주먹이었다지 뭐요?”

“그럼 산적들이 당했어요?”

“당할 산적들도 아니었소. 산적들 역시 안성(安城) 일대를 횡행하며 인정머리없는 부자들과 비열한 벼슬아치들을 혼내줄 만큼 몸 재간이 좋았소이다.”

“피유— 명나라나 조선이나 같네요.”

“무슨 말씀이오?”

“부자들은 부자답지 못하고 벼슬아치들은 벼슬아치답지 못해요. 그들은 인색하고 잔인하며 교활해요. 돈이든 권력이든 한번 거머쥐면 놓을 줄 몰라요. 그것들이 천년이고 만년이고 영원할 줄 알아요.”

“으? 아, 그런 뜻으로 한 말은 아닌데…….”

삼 년을 내리 쫓기고도 아직 더 쫓겨야 하는 여정이 남아 있는 방랑 생활이 연연을 저리 만들었을까.

연연은 사람을 가진 자와 갖지 못한 자, 두 갈래로 나눈다. 이건 마음속에 미움을 가지기 시작했다는 반증이었고, 타도해야 할 대상을 확실히 인식했다는 이야기이기도 했다.

딱한 일이었다.

박린은 서둘러 이야기를 끝내기로 마음먹었다.

“어험, 좌우단간 소금 장수가 이겼소이다.”

“예?”

이야기가 더 이어질 줄 알았던 연연이 어처구니없다는 눈이 되었다. 이제부터 소금 장수 박씨와 산적들 간의 흥미진진한 싸움 이야기가 펼쳐져야 정상이 아닌가.

하여튼 알다가도 모를 분이라니까.

'웃겨, 정말.'

휘둥그레졌던 연연의 눈꼬리가 아래로 내려갔다.

동시에 말려 올라갔던 입매가 비틀어졌다.

"풋!"

연연은 튕기듯 튀어나온 웃음을 얼른 한 손으로 가리고 다른 손으론 가슴을 두드렸다. 그러나 웃음은 제어되지 않고 얼굴 전체로, 몸 전체로 번져 나갔다.

"호호호—"

"으?"

박린은 연연을 보았다.

"호호호—"

연연은 얼굴을 하늘로 쳐든 채 가슴을 두드리며 웃고 있다.

금방울을 굴리는 듯한 웃음소리도 매혹적이었지만, 한 줌도 안 되어 보일 만큼 가늘고 긴 목이 다 드러나 있다.

정말 선비만 아니라면 한번 쓰다듬어 주고 싶을 만큼 아름다운 목이었다. 이런 때 침 삼키는 소리를 내면 선비가 아닐 것이다.

"꿀꺽!"

어인 연유로 그리 웃는 게요? 라고 질문을 던지는 것 또한 지금 상황에선 도리가 아니었다. 세상에 어떤 작자가 자신이 지대한 관심을 쏟아 붓고 있는 여인이 웃는 걸 시비한단 말이냐.

“어험.”

박린은 은근슬쩍 연연의 어깨에 손을 올려놓았다.

그것도 모르고 연연은 웃음을 마무리하는 데에만 온 정신을 쏟고 있는 모양이었다.

박린은 아주 근사한 목소리로 낮게 연연을 불렀다.

“낭자.”

“아유! 신나게 웃어서 눈물이 다 나네요.”

박린은 연연이 눈물 훔치는 걸 본 척 만 척하며 연연에게 엉덩이를 바짝 가져갔다.

“낭자의 웃음소리가 얼마나 청량하고 맑은지, 답답하던 소생 마음이 뻥 뚫렸소이다그려. 역시 낭자와 소생은 전생에 몇억 겁의 인연이 쌓여 이리 만나게 된 것이 틀림없소이다. 그런 의미로 본다면⋯ 험험. 소생이 잠깐 낭자의 입술을 진맥하는 게 아무런 허물이 되지 않을 게요.”

“지, 진맥? 이, 입술이요?”

웃음을 간신히 멈춘 연연이 얼굴을 굳혔다.

연연은 입술을 진맥한다는 엄청난 소리에 박린이 자신의 어깨를 조몰락거리는 것도 몰랐다.

박린은 속으로 웃었다.

‘어흐흐.’

참 작고 따뜻하고 예쁜 어깨가 아닐 수 없구나.

험, 이거야말로 동쪽을 치는 듯하면서 실제로는 서쪽을 친다는 성동격서(聲東擊西)가 아니고 무엇이랴. 선비로서 이런 경우에 문자를 써먹어서 안 되겠지만, 달리 비유할 마땅한 말이 떠오르지 않으니 한 번쯤 써먹는 것이야 어떠랴.

"어험, 낭자. 입술이란 말이오, 유식하게 표현하면 구순(口脣)이라고 하오. 시정말로 하면 입 가장자리를 말하는 것이올시다. 위의 것을 윗입술, 그 아래는 아랫입술이라 하며 그 두 사이를 일러 구열(口裂)이라고 하지요."

"그, 그래요?"

"뿐만 아니라 윗입술은 비순구(鼻脣溝)로 볼과 경계를 이루고, 아랫입술은 하악순구(下顎脣溝)로 턱과 경계를 이루오. 험험, 윗입술의 중앙에는 인중(人中)이라고 톡 튀어나온 부분이 있는데… 으? 어험, 잉?"

연연이 표독스럽게 팔을 떼어내고 펄펄 뛰며 야단하는 걸 무마하기 위해서, 더불어 선비의 박식함을 자랑하기 위해서… 보통 사람은 알 필요도 없는 입술에 대한 연구 결과를 떠벌리던 박린이 심각해졌다.

"어험."

왜 조용한가 했더니 연연은 눈을 꼭 감고 있었다.

이렇게 눈만 감고 있다면 심각해질 필요도 없었다.

졸고 있구나, 여기면 그뿐이니까.

문제는 입술을 조금 내민 상태라는 것이다.

표정도 '제발 빨리 진맥해 주세요' 였다.

취릭

박린은 사방을 둘러보았다.

으잉, 정말 보탬 안 되는 노인네가 보이네?

박린은 입맛이 썼다.

'어험, 어찌 선비 체면에 저 곽 노인네가 도끼눈을 뜨고 뻔히 지켜보는 야외에서 아무런 거리낌도 없이 입술 진맥을 하랴. 만약 그리한다면 호색한이라 불려도 할 말이 없으리.'

하나 매사 그렇게 도리를 따지다 보면 어느 천년에 수결(手決:사인)을 놓으리요. 달아나는 계공(鷄公:닭)을 멀거니 바라보아야 하는 견공(犬公:개) 신세가 될 게 뻔하도다.

'그렇다면?'

박린은 입술을 천천히 연연의 입술로 가져갔다.

틱!

으잉? 뭐가 걸렸다. 올려다봤더니 갓이네.

대체 왜 이런 불편하기만 하고 아무짝에도 쓸모없는 물건을 머리에 쓰고 다녀야 한단 말인가?

"어험험."

박린은 갓을 뒤로 넘겼다.

마침내 입술과 입술이 닿았다.

스윽——

행동을 도무지 종잡을 수 없는 조선 선비와 어린아이처럼 작고 앙증맞은 명나라 공주의 입술이 생애 최초로 닿은 것이다.

"아아……."

연연이 작게 소리를 냈다.

박린은 두 손으로 연연의 볼을 감싸 안았다.

"아아……."

연연이 또 소리를 냈다.

연연의 입술은 촉촉했다.

연연에게선 들에 핀 야생화에게서나 맡아지는 향기가 났다.

오래도록, 아주 오래도록 두 사람은 눈을 뜨지 않았다.

4

"아니! 저런 괘씸한 놈을 보았나!"

곽파는 분노했다.

"감히 순진한 우리 아가씨를 능욕하다니… 당장 때려죽이리라!"

곽파는 서둘러 일어섰다.

단전 저 아래에서 올라온 내공이 그녀의 분노를 물고 대번 땅을 박차게 만들었다.

파앙—

곽파는 얼마 전진하지 못했다.

발에 무엇이 걸렸던 것이다.

퍽!

떠올랐던 곽파가 유연한 공중제비를 넘으며 착지했다.

"이런 젠장할!"

갈대 속에서 투덜거리며 일어선 사람은 다름 아닌 화노였다.

화노는 곽파를 보자마자 대뜸 삿대질부터 해붙였다.

"피피! 도대체 이 미남 도사님과 무슨 철천지원수가 졌다고 이리 핍박이 심한 게요? 왜 가만히 자고 있는 도사님을 발로 차느냐아— 이 말씀이외다! 한번 붙어보겠다는 거요, 뭐요? 젠장, 아파 죽겠네."

화노가 무릎을 비볐다.

'흥! 저 녀석은 도사를 가장한 색마, 속물덩어리가 아니냐!'

"누가 거기 누워 있으라고 했나? 그러잖아도 한번 차주고 싶던 참이었는데 마침 잘됐네그려."

"뭐요?"

곽파는 몸을 돌렸다.

'저 지분 냄새나는 속물과 더 주고받을 말도 없지만, 있다 해도 시간이 아깝다.'

화노가 곽파를 잡았다.

"이보쇼?"

"뭐냐?"

"사람을 치고 정말 그냥 가는 게요?"

"뭐라?"

"미안하다고 해야 도리가 아닌가?"

화노가 아프다던 다리를 절룩이지도 않고 슬슬 걸어왔다.

곽파는 기가 막혔다. 인간이 더러워서 상대를 안 하려고 했더니 이건 아예 시비네?

"건방지구나, 곤륜색마!"

"하! 뭐요? 건방져?"

곽파는 아차 했다.

아무리 인간 말종이라도 허옇게 머리가 세어버린 늙은이가 아닌가. 그래 버릇없는 아이를 혼낼 때나 쓰는, 건방지다는 말은 분명 크나큰 말실수였다.

어슬렁어슬렁.

말실수였다는 것을 증명하듯 화노가 또 걸어왔다.

그가 새파랗게 독 오른 눈빛을 바짝 곽파에게 들이밀었다.

"케헴. 파파!"

"……?"

"당신이 지금 뭘 모르시는 모양인데… 우린 피차 나이도 먹을 만큼 먹고 살 만큼 살아서 이젠 세상을 알 만한 처지가 아뇨?”

“……?”

“어지간하면 그런 싹수머리없는 말이나 뚝 부러진 반말을 툭툭, 던져 대지 맙시다아! 이 도사님도 곤륜에만 가면 당신만큼 대접받는다우.”

“그래서?”

말이야 백 번 지당했다. 그렇다고 겨우 색마 따위에게 청정한 수행으로 이름 높은 아미 전대 장문이 사과할 순 없었다.

“으음.”

살펴보니 화노는 엉망으로 헝클어진 머리 하며 차림새가 진짜 잠을 자다 나온 사람처럼 꺼벙했다. 그래도 소매 속에 손을 찔러 넣은 모양을 보면 정말 한판 붙어볼 작정인 것 같았다.

“사과하쇼! 하마터면 양물을 밟힐 뻔했소이다!”

“네놈이 정녕 뜨거운 맛을 보고 싶은 게로구나!”

“뜨거운 맛이라?”

화노가 실실거렸다.

“사내기 이찌 뜨거운 맛을 보고 싶이하리요. 그런 맛은 색에 환장한 계집이나 과부댁이 맛보고 싶어하는 맛인네? 헴헴, 이 도사님께서 과심 끊었수다. 어쨌든 좌우지간 사과하쇼. 내 뜨거운 육봉을 밟을 뻔한 것에 대한 사과는 받아야겠소이다. 케헴.”

곽파는 분노했다.

저 추레한 노색마가 아예 죽으려고 환장을 하지 않은 이상 어찌 감히 저런 더러운 말을 내 앞에서 씨부리랴.

“오냐, 그 더럽기 그지없는 주둥이를 다신 놀릴 수 없도록 박살 내주마!"

곽파는 사두괴장을 쳐들기 전에 우선 연연을 힐끔 바라보지 않을 수 없었다. 뭐가 어찌 되었든 상대는 팔괴 중 하나인 곤륜색마였다. 예상 외로 싸움이 길어질 수도 있었다.

뿐만 아니라 박린 녀석이 이쪽 소란을 알아채고 지난번처럼 연연을 납치해 해괴한 수작을 벌인다면 큰일이었다.

남녀 간의 일이란 감정의 문제여서, 특히 여자의 감정이란 하나가 무너지기 시작하면 얼마 안 있어 전체가 무너진다.

연연은 박린 녀석과 아직도 입맞춤 중이었다.

"원 길기도 하지."

곽파는 무의식 중에 튀어나온 말 모양새가 너무 괴이해서 당황했다. 이게 왜, 왜 이런 저속하기 그지없는 말이 내 입에서 불쑥 튀어나온 것일까.

이유를 생각해 봤지만 짚여지지 않았다.

그렇다고 도로 쓸어 담을 수도 없었다.

화노는 정말 보탬 안 되는 인간 말종답게 쓸데없이 귀도 참 예민한 모양이었다.

"파파, 어지간하면 내버려 두쇼."

"뭐라?"

"새파랗게 젊은 청춘들이 아니오? 이 황량한 변방, 피 튀기는 전쟁터에서 만난 청춘들이… 아, 서로가 지닌 색을 좀 나누어 써보겠다는 거 아뇨? 그럼 인생의 대선배로서 도와주지는 못할망정 훼방을 놓겠다고 뛰어가는 그 심사는 대체 뭐요?"

"끄음."

저런 개소리를 나불대는 걸 보면 화노는 진작부터 둘을 지켜보고 있
던 게 틀림이 없었다.

그것도 혼자만 지켜보고 있던 게 아니었다.

화노의 말이 떨어지기가 무섭게 화노의 주변에서 그림자들이 일렁
거렸다. 그들은 바로 조선의 소봉이 박린을 감시하기 위해 파견한 장
향과 한물 빠져 버린 도둑 장작빈, 낭만에 죽고 사는 신부 야소와 혈사
교 살수들이었다.

"도대체?"

곽파가 어리둥절해하자 화노가 웃었다.

"푸할할할! 파파, 사과는 받은 것으로 하겠소이다."

"끄, 끄음."

"같이 늙어가는 처지에 이 도사님이 좀 심하게 파파를 몰아붙였던
것 같소. 여긴 이 도사님을 흠모해 색도에 입교하기로 작정한 아우들
이외다. 어지간하면 파파도 입교하시우. 영원한 복락을 누릴 거외다."

"뭐라?"

곽파는 하품이 다 나왔다.

"서, 선비님."

"으? 왜, 왜 그러시오?"

"지, 진맥이 너무 길지 않나요?"

"본디 이런 진맥은 기, 긴 법이라오. 그래야만 사, 상세한 정황을 알
수 있는 거라오."

"어, 언제까지 하실 건데요?"

"최소한 새벽까지는 해야 되지 않겠소?"

“수, 숨이 막혀요. 가, 가슴도 막 뛰어요. 기분이 이상해요.”

“소생도 마, 마찬가지라오.”

“아아······.”

“으으흡.”

“으음.”

“험험.”

인도와 우공도 박린과 연연을 지켜보고 있었다.

인도가 시뻘건 눈알을 굴리며 인상을 찌푸렸다.

“에잉, 저것들이 매우 대담한 짓거리를 아무 거리낌 없이 저지르고 있구먼? 괘씸한 녀석들 같으니라고. 요즘 아이들은 당최 부끄러움을 몰라서 탈이라니깐.”

“크크, 자네··· 지금 질투하는 게지?”

우공이 동그란 눈알을 한 번 끔벅이고 인도를 툭 쳤다.

“다 알고 있어, 이 사람아.”

“뭘?”

“아, 말이야 바른말이지, 우리의 청춘은 얼마나 삭막했나?”

“큼!”

“사부님의 불호령이 떨어질까 무서워서 변변한 연애 한번 못해보고 어영부영 세월을 보내다 보니 훌쩍 나이 사십이 넘었고, 또 어영부영하다 보니까 오늘날까지 흘러온 게 아닌가 말이야.”

“큼큼.”

“수양이 깊은 나도 저 꼬락서니를 보면 신경질이 벌컥 솟는데, 수양이 덜된 자네는 어떻겠나?”

“뭐?”

“자네의 꼬부라진 콧구멍에서 시커먼 연기가 다 나는 것 같으이. 아아, 그나저나 큰일이야. 다 늙어 꼬부라진 주제에 이제 와서 새삼스럽게 장가가겠다고 설칠 수도 없고… 에이, 젠장! 저것들을 확 공격해 버릴까?”

“아냐, 이 눈치없는 사람아!”

“잉?”

“지금 공격하면 더 좋은 구경거리를 놓치는 게야. 이 사람이 뭘 알고 떠들어야지.”

“잉?”

“조금만 더 기다려 보세. 자네보다 머리가 매우 좋은 내 예상대로라면 매우 볼 만한 구경거리가 곧 펼쳐질 모양이니까.”

“으? 크음. 그, 그러지 뭐.”

눈에 불을 켜고 한동안 박린과 연연을 지켜보던 우공이 문득 고개를 돌려 인도를 보았다.

“자네…….”

“뭔가? 빨리 말하게. 집중력 떨어지네.”

“흠흠, 그래? 그럼 한 가지만 물어보겠네.”

“빨리 물어보라니까!”

“으? 크, 크음. 그럼 단도직입적으로 묻겠네.”

“빨리 물으라니까!”

“이런 젠장! 성질은 있어서. 큼큼.”

잠시 사이를 두었던 우공이 넌지시 물었다.

“자네 말이야, 혹시 곤륜색마 녀석에게 뭔 비법을 전수받았나?”

“뭐?”

“아무래도 그런 것 같아서 말이지.”

“밑도 끝도 없이 무슨 소리야?”

“난 말이지, 험험. 자네가 이렇게나 색에 대해서 지대한 관심을 갖고 있는지를… 예, 예전엔 미처 몰라서 말이야. 으험험!”

“……?”

“무, 무슨 병이 있나요?”

“아, 아니오이다, 나, 낭자.”

“그, 그럼 왜 이렇게 오래 진맥하시나요?”

“으, 음음. 그 이유는 이, 입술 주, 주름이 몇 개인지를 다 헤아려야 하기 때문이외다. 이제 겨우 윗입술 주름만을 헤아렸소이다.”

“이, 입술로 입술 주름을 헤아리는 진맥이라니… 소녀는 첨 들어보는 진맥법이네요.”

“조, 조선에선 다 이리 하외다.”

“아아, 자꾸만 몽롱해져요.”

“조, 조금만 참고 계시오.”

“으음. 기어코 저놈이 사고를 치는구먼!”

어금니를 뻐득이며 요양휘가 벌떡 일어났다.

요양휘는 우선 육도 두 자루를 뽑아 옆구리에 붙이고 앞으로 달려나가기 위해 상체를 구부렸다.

순간 왕특이 요양휘를 끌어안았다.

“이 자식이 미쳤나? 이거 안 놔?”

“너 이 자식, 산통 깨지 마!”

“뭐?”

요양휘는 몸을 빼내기 위해 마구 움직였지만 소용없었다.

장남 눈짓을 받은 왕씨 형제들이 달려들어 사지를 하나씩 잡고 늘어지는 데야 별 도리 없이 주저앉을 수밖에.

“도대체 내가 뭘 산통을 깬다는 말이냐?”

“몰라서 물어?”

요양휘는 어리둥절했다.

“얌마, 너희들 정말 왜 이래? 어지간하면 저 소저 체면을 봐서 여기선 공격하지 말자고 한 거잖아. 근데 저 조선 거지… 아! 이, 이젠 거지가 아닌가? 좌우지간 저놈이 염장을 지르잖아? 너희들은 눈도 없냐?”

왕특이 인상을 구겼다.

“눈이 있으니깐 산통 깨지 말라는 거야, 임마.”

“으?”

“크험.”

왕특은 박린과 연연을 흘끔거린 다음에 요양휘를 불렀다.

“야, 관원 나으리.”

“왜?”

“너도 사내가 칼을 뽑았으면 썩은 무라도 베어야 한다는 말을 들어 봤지?”

“……?”

“마찬가지야, 임마! 기왕지사 입맞춤까지 훔쳐봤으니, 인내심을 갖고 다음 단계를 기다려 보자… 뭐, 이런 말씀이지. 에… 다시 말씀을 하자면 더 참아주자, 뭐 이런 말씀이야.”

“형님 말씀이 옳소!”

“나도 찬성이라고.”

“역시 우리 큰형이라니깐. 헤헷.”

왕씨 형제들이 이구동성으로 왕특의 말을 지지했다.

요양휘는 멍하니 왕씨 형제들을 바라보았다.

‘에이, 이 미친놈들!’

자신도 마찬가지일 테지만, 왕씨 형제들 꼬락서니는 상거지가 따로 없었다. 낮에 벌어진 격전으로 옷은 넝마가 됐고, 얼굴들은 하나 같이 피 범벅, 머리카락은 까치집이었다.

그런 상황에서도 다친 사람이 없는 걸 보면 참 불가사의한 형제들이 아닐 수 없었다.

“그러니까 우리 형님 말씀은 저것들이 방사를 치른 다음에 공격해도 늦지 않는다는 말씀이오. 너그럽게 인정을 베풀어주자는 말씀이지. 덕분에 좋은 구경도 즐기고 말이오. 이런 구경이 어디 흔한 줄 아쇼?”

매사 의견이 안 맞았던 왕오까지 능글맞은 웃음을 흘리며 찬성을 하고 나서자 왕특은 매우 우쭐한 모양이었다.

“크험. 이봐, 관원 나으리.”

“……?”

“인간이 그렇게 매몰차면 못쓰는 게야.”

“으음.”

“닭 쫓을 때도 도망갈 구멍을 보고 쫓으라고 했네. 아, 입장을 한번 바꿔놓고 생각해 보라고. 저 박린이란 여우 자식이야 어찌 되든 우리 알 바가 아니잖아?”

“그건 그렇지.”

"하지만 저 소저를 생각해 보라고. 저러고 있는데… 우리가 난데없이 뛰어들어 칼을 휘두르면 얼마나 놀라겠어? 엄청나게 창피하기도 할 게야. 안 그래?"

"끄음."

"좌우지간 난 말이지, 남 연애하는 데 뛰어들어 깽판 부리는 놈들을 제일 싫어해!"

말은 근사했지만, 벌게진 눈을 보면 공격하지 말자는 목적이 딴 데 있는 게 뻔했다.

"으음."

요양휘는 다시 엎드려 조선 선비 녀석과 정체가 모호한 소저를 지켜보았다. 참 질긴 종자들이었다.

무슨 입맞춤을 이각(30분)이나 하고 있단 말인가. 침 냄새도 안 나나?

생각하면 할수록 머리가 복잡해지는 요양휘였다.

"빨리 해라. 방사가 끝나면 보자, 이노옴!"

"아, 아랫입술 주름은 다 헤아리셨나요?"

"이건 좀 시, 시간이 더 걸리는구려."

"누, 누가 보고 있으면 어떡해요?"

"이런 진맥은 자신이 직접 해봐야지 깨닫는다오."

"예?"

"훔쳐봐서는 배울 수 없다오."

"…근데 왜 소녀의 가, 가슴을 더, 더듬으세요?"

"아, 아랫입술과 여, 연결된 혈을 차, 찾고 있소이다."

"저, 정말이세요?"

"의심하면 부, 부정 타외다."

"조선에선 다 이, 이런 식으로 진맥하나요?"

"이런 식으로 진맥을 안 하면 도, 돌팔이 취급을……."

"온몸이 간지러워져요."

"피, 피차일반이올시다."

"이런 진맥을 뭐라고 하나요?"

"살신성인(殺身成人) 진맥이라고 하외다."

"사, 살신성인… 으음."

"으흡흡!"

웅녀는 비탄에 잠겨 있었다.

"이해할 수 없어요, 불뇌선생… 난, 나는……."

"고정하시오."

불뇌는 박린과 연연에게 관심없는 척했다.

선생이 왜 선생인가.

성품이 고아하기 때문에 선생이었다.

그게 아니라도 식자는 저런 해괴망측한 구경을 즐기면 안 되는 법이었다. 하지만 자꾸 눈알이 돌아가는 데야 무슨 대책이 있단 말인가. 바늘도 없으니 허벅지를 찌를 수도 없고 말이다.

이런 때는 그저 표시 나지 않게 본능대로 행동하는 것이 식자로서, 선생으로서 갖춰야 할 교양이…….

"불뇌선생."

"아, 예, 예."

"나의 소중한 에르텐(보석)께서, 텡그리(천신)께서 보내신 에르텐께서 지금 바람을 피우시는 거예요. 에르텐께서는 지금 엉뚱한 년에게 씨앗을 떨구려 하고 있어요. 이 꼴을 소녀가 봐야 하나요? 아니면 당장 달려가 저년을 뽑아버려야 하나요?"

"카, 카함!"

불뇌는 고민 아닌 고민에 휩싸이고 말았다.

왜 자기 고민을 내게 떠넘기나 그래?

속으로 투덜거려 봐야 이미 던져진 물음이었다.

'무슨 대답을 한다?

불뇌는 어떤 대답이든 해야 했다. 나이 스물일곱에 한 무리를 이끄는 지존이라면 이런 결정은 스스로 내려야 옳다.

그러나 웅녀는 믿을 수 없을 만큼 커다란 덩치와 그 덩치에서 뿜어져 나오는 힘이 산을 들 만하지만 제 스스로 결정을 못 내리는 성격, 나이와 몸만 어른이지 정신은 순진 무구한 열 몇 살짜리 소녀인 것이다.

'어허, 이것 참. 무슨 대답을 한다?

불뇌가 머리를 쥐어짜고 있을 때, 불뇌 대신 간단명료하게 대답하는 자가 있었다.

"거 절대 아니 될 말씀이외다!"

혁철씨족 군사인 왕란자두였다.

왕란자두는 괴이하게 생긴 머리를 좌우로 흔들며 손사래까지 쳤다. 절대 안 된다, 그렇게 행동하면 절대 안 돼… 라는 의지가 손사래 사이에서 읽혀졌다.

웅녀가 말간 눈으로 물었다.

"왜 안 된다는 것이죠?"

왕란자두가 대답했다.

"자고로 임신을 할 여인네는 몸가짐을 바로 해야 한다고 했소이다. 아까의 싸움은 자신을 지키기 위해 어쩔 수 없이 한 것이니까 괜찮겠지만, 지금은 입장이 다르잖소?"

"그건 그래요."

"성질이 나도 고요히 다스려야 하오. 아름다운 것만 보고, 색깔 좋은 과일만 먹고, 입에 맞는 음식만 먹어도 부정을 타는 게 바로 임신이라오. 더구나 에르텐의 씨를 받으려면 더욱더 몸가짐을 조심해야 할 거외다."

역시 눈치라면 왕란자두였다.

에르텐, 텡그리와 같은 말을 듣고 눈치로 대충 짐작해 낸 것이다. 왕란자두는 억지로라도 얼굴을 편안히 하려고 애쓰는 웅녀를 슬쩍 넘겨다본 다음, 이내 눈을 돌려 박린과 연연을 지켜보았다.

'이제 곧 뭔 일이 벌어지고야 말 게야. 흐흐!'

그의 옆에 엎드려 있는 개구사치와 가율무지도 똑같은 생각이었다. 성질 급한 개구사치는 침까지 질질 흘렸다.

가율무지가 개구사치를 툭— 쳤다.

"형님, 그만 좀 밝히슈. 그러다 눈알 터지겠수다."

"터져도 좋아."

"응?"

"저 중원 계집의 뽀샤시한 속살을 볼 생각하니… 꼬리뼈가 다 찌르르 울리네그려. 난 역시 중원 계집을 첩으로 얻어야 할라나 봐. 임무를 마치고 돌아갈 때 계집 하나를 납치해 가야 되겠어. 어흑."

“그러다 뼈 삭아요.”

“냅둬. 이렇게 살다 죽게.”

“쿵! 아예 빠졌구랴?”

“장군들 조용!”

왕란자두가 무시무시하게 눈알을 굴렸다.

“참 딱하오, 장군들은.”

“으음.”

“크음.”

“이런 중차대한 순간에 그런 시시껄렁한 잡담들이나 나누다니… 저 것들이 시, 시작하고 있질 않소이까?”

“으? 꿀꺽.”

“아으… 꾸, 꿀꺽.”

5

박린은 자신을 흠모하는 사람들이 간절히 원하는 것은 그게 무엇이 든 들어주지 않기로 작정한 모양이었다.

하긴 여기까지 흘러오면서 그리하는 게 관례였으니 특별히 새삼스 러울 것도 없었다.

“낭자.”

“마, 말씀하세요.”

입술을 뗀 박린은 매우 애석하고도 아쉬운 표정을 지었다.

사실이 그랬다.

박린은 새벽까지라도 진맥을 빙자한 입맞추기를 할 마음이었다.

아무리 봐도 연연이란 이 낭자는 하늘이 선비에게 점지해 주신 배필이 분명했다.

이처럼 작고, 예쁘고, 다소곳하고, 순진하고, 그러면서도 당돌한 낭자를 어디 가서 만날 수 있단 말인가.

망할!

눈에 불을 켜고 지켜보는 무리만 아니었으면, 에잉.

'에유……'

연연도 표정은 내보이지 않았지만, 박린과 별로 다르지 않은 심정이었다. 입술을 떼자마자 안온했고, 감미로웠고, 달콤함으로 가득 채워져 황홀했던 감정이 신기루처럼 사라져 버리고 여운만 남아 있었다.

"선비님."

"왜 그러시오, 낭자."

"왜 불러 놓고 암 말씀도 안 하세요?"

"으?"

"진맥이 끝나자마자 소녀를 부르셨잖아요?"

"아, 아, 그랬었지요. 어험."

박린은 그윽이 연연을 바라보았다.

연연은 빨개진 볼로 뭔가를 잔뜩 기대하는 눈치였다.

"지, 진맥 결과는 어떤가요?"

"자세한 것은 몇 번 더 해봐야 알겠지만, 뭐 별문제는 없어 보이오이다. 하지만 진맥이란 자주하면 할수록, 길게 하면 할수록 좋은 법이라오."

"그, 그래요?"

"어험."

한참이나 뜸을 들인 박린이 넌지시 제의했다.

"소생이 낭자를 납치해야 되겠소이다?"

"납치요?"

"아, 아, 말이 잘못 나왔구려. 납치가 아니라 소생이 낭자께 한 약조를 지켜야 되겠소이다그려. 남아일언은 중천금이 아니겠소?"

"무슨… 약조를 말씀하시는지…….."

"일전에 낭자께서 말씀하시길 '소녀를 원래 있던 자리로 보내주시지 않을래요?' 라고 하셨소이다."

"그래요, 그랬어요."

"소생은 '반드시 그리하겠소이다' 라고 약조했소이다. 그래서 이제부터 낭자께선 소생을 따라야 하오이다. 그 약조도 약조지만, 여필종부(女必從夫)라… 아내는 반드시 남편의 뜻을 좇아야 한다, 이 말씀이오."

박린은 알고 있었다, 사이한 기도를 가진 인물들이 새로 나타났음을.

하긴 진청자와 광불, 곽파가 워낙 강하니 별문제 안 일어날 수도 있었다. 그러나 천려일실(千慮一失)이라고 만에 하나 오늘처럼 연연이 그들과 떨어지는 경우가 발생하면 다시 돌이킬 수 없는 사태가 벌어질 게 분명했다.

안 사람을 못 지켜서야 어디 선비 체면이 서나?

박린은 이런 꿍꿍이였지만 연연은 반대였다.

"어림없는 말씀 마세요!"

"으?"

"진 노야, 광불 대사님, 파파께선 영하에서부터 지금까지 삼 년을 같이 지내온 분들이세요. 그분들께선 소녀에게 부모님과도 같으세요. 소녀가 어떻게 그분들을 버리고 선비님과 같이 갈 수 있나요?"

이때까지 조용히 있던 설사자도 과연 옳은 말이라는 듯이 머리를 끄덕였다.

왈!

에이, 도무지 보탬 안 되는 녀석 같으니.

박린은 설사자에게 눈을 한번 흘겨주고는 난감해졌다.

입술 진맥으로 확실히 수결을 찍었다고 믿었는데, 에잉! 그게 아닌 모양이었다.

"어험, 낭자."

"말씀해 보세요."

"여인네는 말이오, 계집애였을 때나 부모님 품 안에서 부모님 말씀을 따르는 것이라오. 일단 여인네가 되면 남편을 따라야 하는 게 고금의 법도요. 어디 감히 남편의 말씀을 거역할 수 있단 말이오!"

연연이 지지 않고 말했다.

"괜한 고집 부리시지 말아요."

"어험."

"그분들 참 좋은 분들이세요."

"그걸 몰라서 이러는 게 아니지……."

"말 끊지 마시고 더 들으세요."

"으음."

"소녀는 그분들께서 왜 선비님을 핍박하는지는 잘 몰라요. 하지만 선비님께서도 그분들께 잘하신 게 없다는 건 알고 있어요. 그러니 어지간하면 선비님께서 먼저 서운한 마음을 풀고 그분들께 숙이세요."

“왜 소생이 먼저 숙여야 한단 말이오?”

“정말 모르서서 그리 물으세요?”

“어험.”

“연로하신 분들께선 젊은 사람보다 뼈가 꼿꼿한 법이에요. 왠지 아세요? 세파에, 풍상에 시달려서 딱딱하게 굳으셨으니까요. 그래 여간해선 쓰러지시지 않지요. 물론 굽히시지도 않아요. 그러니 젊은 선비님이 굽혀서야 해요. 모르셨어요? 공자님께서도 그렇게 말씀하신 걸로 아는데요?”

“공자님께선 그런 말씀을 하신 적이 없소이다!”

“그럼 이 말씀은 누가 하셨어요?”

연연이 연녹빛 눈을 깜박였다.

“불환인지불기지(不患人之不己知)이면 환불지인야(患不知人也)니라. 풀이하면 남이 나를 알아주지 않음을 걱정하지 말라. 내가 남을 알지 못함을 걱정할지니… 가 돼요.”

“어험.”

“또 있네요. 유군자지도사언(有君子之道四焉)이니 기행기야공(其行己也恭)이요, 기사상야경(其事上也敬)이며, 기양민야혜(其養民也惠)이고, 기사민야의(其使民也義)이니라아.”

연연은 막힘이 없었다.

“군자가 지켜야 할 도가 네 가지 있으니, 몸가짐이 공손하며, 윗사람을 섬김이 공경스러워야 하며, 백성을 기름이 은혜로워야 하며, 백성을 부림이 의로워야 한다아.”

박린도 딴전이었다.

“어험험. 논어(論語) 공야장(公冶長) 편은 배운 지가 꽤 오래돼서 당최 기억이 가물가물하외다. 그런 말씀을 다 하셨나?”

“이러시지 말아요, 선비님!”

“으?”

“소녀도 선비님을 알 만큼 아네요.”

“어, 어찌 그런 일이?”

“호호! 문무양과 급제하신 분께서 아이들이 배우는 논어 공야장편을 모르신다면 말이 안 되지요.”

“으?”

박린이 깜짝 놀라는 시늉을 해 보였다.

연연이 또 눈을 빛냈다.

“진 노야께서, 광불 대사께서 선비님에 대해 다 말씀을 해주셨어요. 소녀가 선비님을 얼만큼 알고 있는지, 말씀을 해드려 볼까요?”

“아, 아니올시다!”

에이, 치사한 노인네들 같으니라고.

연연의 아름다운 입에서 민망하기 그지없는 별호, 색선이었다는 말이 나오기 전에 박린은 서둘러 사태를 봉합하고자 했다.

연연이 결심한 듯 박린의 팔짱을 꼈다.

“선비니임.”

“헉!”

흠칫 놀란 박린이 몸을 경직시켰다.

“왜, 왜 이러시오, 낭자.”

“예?”

“야심한 밤이 아니오? 체통을 지키시구려. 청춘 남녀가 이런 행동을 하면 오해받기 딱 좋소이다. 험험.”

“오해하려면 하라지요 뭐.”

“으?”

“우리 그 세 분께 인사드리러 가요.”

“뭐요?”

“정식으로 인사드리면 아마 동행을 허락하실지도 몰라요. 그러니 어서 가요, 예?”

“하!”

“가실 거지요?”

“이, 이거야 원.”

한참 동안 무엇을 생각한 박린이 흔쾌히 고개를 끄덕였다.

“까짓 것 그, 그럽시다. 소생이 무엇이 두려워 낭자의 간곡한 청 하나도 못 들어주겠소. 삼수갑산 가는 한이 있어도 일단 부딪쳐나 봅시다.”

박린은 결연한 표정으로 연연과 같이 일어섰다.

“호호, 좋아라.”

연연은 박린이 하도 엉큼한 위인이라 도무지 속을 알 수 없어서 이런 추론을 지금 하긴 좀 뭣하지만, 어쩌면 박린이 원했던 방향으로 일이 진행되어 가고 있을지도 모른다는 생각을 했다.

“따지고 보면 소생에겐 그분들이 장인, 장모님 같으신 분들이 아니겠소? 기왕지사 맞을 매라면 일찍 맞는 게 낫지요. 어험.”

“뭐예요?”

연연은 하마터면 팔짱을 풀어버릴 뻔했다.

“아가씨!”

곽파는 연연이 박린과 다정하게 팔짱을 끼고 나타나자 멍한 나머지 딱딱하게 굳어버렸다.

그건 곽파와 함께 옥신각신하고 있던 화노도 마찬가지였고, 둘의 다툼을 호기심 어린 눈으로 지켜보고 있던 장향과 장작빈, 야소, 혈사교 살수들도 마찬가지였다.

"으으……!"

잠시 후 정신을 차린 십호를 비롯한 혈사교 살수들이 먼저 검파로 손을 가져갔다가 스르륵— 내렸다.

장작빈도 발초곤을 꺼내 들려다가 그만두었다.

생각 같아선 당장에라도 발초곤을 날려 여우처럼 약아빠진 녀석, 박린을 해치우고 싶었다.

그러나 무시무시한 곽파와 화노가 있는 자리가 아니냐.

삐끗했다간 늙은 도둑의 목숨은 없었다.

'크흠, 왜 하필이면 이런 때 나타났단 말인가?

정말이지 약아도 보통 약은 녀석이 아니었다. 그렇게 생각하니 더욱 분노가 치밀어서 악이 받쳤다.

"아으으으!"

장작빈은 수염을 쥐어뜯으며 끙끙 앓았다.

박린은 장작빈과 혈사교 살수들이 이렇게 이를 부득부득 갈거나 말거나 우선 화노에게 아는 척을 했다.

"형님, 잠시 못 본 사이에 신수가 아주 훤해지셨소이다?"

"말도 걸지 마, 이 나쁜 인간아!"

"어험."

"돈 쓰기 아까워 들르는 객잔마다 사기를 치고 문제를 일으키더니,

결국 불쌍한 형님은 죽거나 말거나 내버리고 혼자 도망을 쳐? 선비라는 위인이 그렇게 행동해도 되는 게냐? 어디 입이 있으면 말을 좀 해봐!"

"형님."

"음?"

"돈공(豚公:돼지) 눈엔 돈공만 보이고, 부처 눈엔 부처만 보이며, 선비 눈엔 선비만 보이는 법이외다. 어찌 인간성을 이 많은 사람들 앞에 그리 적나라하게 드러내시는 게요, 나이 든 양반이?"

"뭐라?"

화노가 주먹을 치켜들었다가 연연과 눈이 마주치자 얼른 내렸다. 그래 놓고 언제 주먹을 치켜들었냐 하는 표정으로 능글맞고도 음흉해 보이는 웃음을 흘렸다.

"음헤헷! 누구신가 했더니… 소저였구려?"

"예?"

"하마터면 이 늙은 오라비가 큰 결례를 범할 뻔했소이다그려. 그래, 재미는 좋으셨소? 아까 보니까 저 돼먹지 않은 선비 녀석과 무엇을 나누고 있는 것 같았소이다만?"

연연이 얼굴을 붉혔다.

"지, 진맥을 했을 뿐이에요."

"흠, 진맥이라?"

케헴, 어흠흠, 헤헷! 하는 등의 별 이상한 소리 끝에 화노의 시선이 매우 뾰족해졌다.

"듣자 하니 참 해괴한 말씀을 하시는구려?"

"예?"

“헴헴, 얌전한 강아지가 부뚜막에 먼저 올라간다더니… 음? 아아, 하려던 말이 이게 아니었지. 헴헴. 좌우지간 별 이상한 진맥도 다 있구려. 세상에 입술로 하는 진맥이 다 있소이까?”

“조선에선 다 그리한다던데요?”

“으?”

화노가 장향을 바라보았다.

장향은 얼굴을 붉혔다.

보나마나 박린이 순진한 낭자를 감언이설로 꾀어 입맞춤을 한 게 분명했다. 슬쩍 박린을 바라보니, 박린은 매우 뻔뻔하게도 뒷짐을 지고 달을 감상하는 척하고 있었다.

어찌한단 말이냐, 이 일을.

돌아가면 소봉께 무어라 보고를 드려야 할 것인가.

물론 소봉께선 곧이곧대로 보고드리기를 바라실 것이다.

그렇다고 곧이곧대로 보고를 드리면 소봉은 특유의 성질을 참지 못하고 앓아 누울 게 뻔했다.

보고를 누락하는 것도 장향 자신의 성격이 용납하지 않는다. 장향이 이런 저런 생각으로 고민을 하는데, 꼭 이런 경우에만 눈치가 없어지는 화노가 장향에게 물어왔다.

“이봐, 동생. 정말 조선에선 진맥할 때 입술을 쓰나?”

모든 사람의 시선이 장향에게 쏠렸다.

아뇨!

장향은 차마 대답을 입 밖으로 꺼내놓지 못했다.

태어나고 자란 땅은 못 속이는 모양이었다.

장향은 자신의 대답 한마디로 인해 사기꾼이 되어버릴—이미 다른 일로 인해 사기꾼으로 찍혔지만—박린의 처지를 이해했다.

사내냐, 여인네냐 하는 성별 역시 속일 수 없는 모양이었다.

아무것도 모르고 입술을 빼앗겨 버린 연연이 받을 충격과 상처, 혐오감 등을 장향은 이해했다.

장향이 입을 열었다.

"그게 구순맥찰법(口脣脈察法)이라 해서 오래전에 실전돼 시정에선 쓰이지 않는 진맥법이지요!"

"으?"

"산중에서나 선가에서 명맥을 잇고 있다고 들었사옵니다만, 오늘 예서 볼 줄은 몰랐사옵니다."

장향이 진지하게 문자까지 써서 대답하자 모든 사람의 시선이 박린에게 돌려졌다. 모두들 '사기만 치고 다니는 줄 알았는데, 그런 실력도 있었어?' 하는 표정이었다. 이런 방면에 꽤 조예가 깊다는 곽파와 화노도 속아 넘어간 것 같은 표정이었다.

'히유……'

박린은 연연이 몰래 안도의 한숨을 내쉬는 걸 곁눈질로 훔쳐보았다. 이런 절호의 기회를 놓치면 선비가 아니리라.

"형님, 자알 들으셨소이까?"

"케, 케헴."

"다들 들으시오."

"음?"

"잉?"

"논어 공야장편에 보면 이런 말씀이 있소이다."

연연은 배운 지 오래돼서 다 까먹었다는 논어 공야장편을, 그렇게 말했던 장본인인 박린을 통해 생생하게 들을 수 있었다.

"어험, 이의호(已矣乎) 오미견능견기과이내자송자야(吾未見能見其過而內自訟者也)니라아. 풀이하면 아~ 어쩔 수 없구나! 자신의 허물을 보고서 내심 스스로 자책하는 사람을 나는 보지 못하였다, 라고 공자님께서 탄식하신 것이올시다."

"케헴."

"으음."

"흠흠."

"해괴한 생각으로 남의 진맥을 훔쳐봤으면서도 부끄러운 줄을 모르면 그건 사람으로서 도리가 아니외다!"

사람들이 모두 민망한 표정을 지으며 돌아섰다.

그중에서 곽파와 화노의 표정이 제일 볼 만했다.

박린은 내심 흐흐, 하고 웃었다.

그럼 그렇지. 선비가 행하는 일치고 의롭지 않은 일이 어디 있으랴.

그제야 연연도 고개를 반듯이 들고 '오해하지 마세요' 라는 표정으로 사람들을 바라보았다.

이때 강적이 나타났다.

그는 이제까지 뒤에서 흘러가는 꼴을 가만히 지켜만 보고 있던 성스런 신부, 야소였다.

야소는 박린과 연연의 앞으로 걸어나와 우선 매우 신실한 얼굴로 성호를 두 번이나 긋고 이상한 질문을 던졌다.

"미쉽니까?"

"……?"

"……?"

"믿는 자는 구원을 받습니다, 아멘."

박린과 연연에게 뭐가 뭔지 모르는 말을 지껄인 야소가 사람들에게로 돌아섰다. 그리고 열렬한 강론을 펼치듯 양손을 들어 올렸다.

"이 두 분들께서 하신 행위는 우리 나라에선 아주 흔한 인사법이외다. 키스(Kiss)라고 하지요. 연인들 간에 하는 인사법인데 방법은 다음과 같은 순서를 지켜야 아주 감미롭다고 하외다."

"그, 그래?"

무슨 눈치를 챘는지 야소의 말에 화노가 지대한 관심을 보였다.

그게 야소는 매우 귀찮은 모양이었다.

"형님, 거 말 끊지 마쇼!"

"아, 알았네."

야소가 말을 이었다.

"에, 우선 키스를 하는 방법을 말씀드리겠소이다. 일단 코와 코가 먼저 부딪치면 곤란하니까 제일 먼저 고개를 옆으로 비튼 다음 입술과 입술을 대고… 빨아들이면서 살짝 이와 이를 부딪친 다음에 혀를 안으로 밀어 넣어……."

이때 곽파가 나서지 않았더라면 박린과 연연은 망신을 당할 뻔했다. 곽파는 뭐가 어찌 됐든 일은 이미 벌어졌고, 화노란 속물 늙은이가 빙해해서, 그 입술 진맥인지 뭔지를 말리지도 못한 형편이었으므로 연연을 보호하기로 작정한 것이다.

"어이, 코쟁이 총각!"

"으? 저 말이외까?"

야소가 곽파를 보았다.

"자넨 뭘 믿나?"

“그야 여호와 하나님과 그분의 독생자이신 예수, 성령으로 그분을 낳아주신 마리아님을 믿소이다.”

“믿는 게 많으니 아는 것도 많겠구먼?”

“과, 과찬이시오이다. 그분들 앞에만 서면 전 한낱 미물만도 못한 존재로서 그분들의 사랑을 간구하며 보혈로 대속하오신…….”

“자네가 보기에 이 늙은이는 뭘 믿는 것 같나?”

“글쎄올시다. 아마 마귀를 믿지 않을까 생각하외다. 예수님 이외엔 모두 마귀가 아니옵니까?”

“틀렸어!”

“예?”

“이 늙은이는 이 주먹을 믿네.”

말을 마치는 것과 동시에 곽파가 주먹을 내밀었다.

추릿!

야소는 무언가 희끄무레한 그림자가 자신을 향해 밀려들어 옴을 보고 얼른 머리를 내밀었다.

순간 야소 이마에서 노하펑 전체를 울리는 굉음이 터졌다.

팡!

야소가 뒤로 날아가 갈대밭에 처박혔다.

야소는 벌떡 일어나 톨레도검을 뽑으려고 했다.

그러나 손을 탁탁 턴 곽파가 다시 손을 뻗자 맥없이 딸려왔다.

발이 질질 끌리는 걸로 보면 야소는 의지와는 무관하게 끌려오는 게 분명했다.

“아미홉반장이네. 난 주로 이런 것들을 믿지.”

“그, 그렇소이까?”

“그러니 쓸데없는 헛소리는 그만 걷어치웠으면 하네. 말이란 아끼고 있을 때 더욱 아름답게 빛나는 법이야.”

도대체 뭐가 어떻게 된지 모르는 야소가 고개를 갸웃했다.

엄청난 굉음이 일었어도 그리 아프지 않았던 모양이다.

장작빈 역시 방금 일어난 일을 도저히 믿을 수 없다는 표정으로 입만 떡 벌리고 있었다.

혈사교 살수들도 얼굴을 굳혔다.

그러나 화노는 뭘 믿는지 힐끔 곽파를 쳐다본 다음에 헛기침을 내뱉었다.

“케헴헴.”

“……?”

“이 팔팔한 도사님이라면 또 모를까. 늙어서 젊은이들에게 힘 자랑하는 건 만수무강에 해롭소이다, 파파. 좌우지간 자중하시오.”

곽파는 화노의 조언 같지도 않은 조언이 비위가 거슬렸지만, 참았다. 어디 인간 같아야 상대를 하지.

곽파는 연연에게 손을 벌렸다.

“이리 오세요, 아가씨.”

“예? 아, 예, 파파.”

연연보다 먼저 달려간 설사자가 곽파에게 안겼다.

왈왈!

“그래, 이 녀석아. 못된 주인 녀석을 만나 네 고초도 이만저만이 아니겠구나.”

과연 그렇다는 듯 설사자가 고개를 끄덕였다.

왈!

"어험."

박린은 연연이 잡고 있었던 자리가 시려오는 느낌이었다.

연연을 안은 곽파가 몸을 돌렸다.

곽파는 이런 인간 말종들과는 한시도 같이 있고 싶지 않았다.

그 뒤를 박린이 따라갔다.

어슬렁어슬렁.

"아니, 저 인간이 또 어딜 가는 게야?"

화노가 박린의 뒤를 따랐다.

장향도 박린을 따라가야만 하는 신세였다.

장작빈은 기회를 봐 박린을 해치우려고 장향을 따라갔다.

이루어질 수 없는 꿈같은 일이었지만, 장작빈은 한번 마음먹은 것이면 반드시 성공했던 옛날의 자부를 아직까지 버리지 못하고 있었다.

"오오, 주여. 이 길에 축복을 주소서."

야소도 장작빈을 따라가야 하는 신세였다.

혈사교 살수들이 박린을 따라가야 하는 이유야 더 이상 말을 안 해도 알 만했다.

전혀 어울리지 않는 사람들끼리 뭉친 길고 이상한 행렬이 만들어졌다. 이런 행렬은 다른 데서도 만들어지고 있었다.

제3화 합세(合勢)
뭉쳐서 일을 저지르다

　성야촌(盛野村)은 요동에서 성경을 가기 위해선 반드시 거쳐야 하는 촌락이었다. 여기서 약수로 유명한 벽산구(碧山丘)를 넘으면 성경의 초입, 장가촌(長家村)이고 이 장가촌에서 오십 리를 더 서진하면 바로 요동의 중심인 성경이었다.

　변방 촌락답게 한적했던 성야촌이 떠들썩해진 것은 도무지 정체를 알 수 없는 사람들이 노하평에서 칼부림을 벌인 다음날 아침에 나타난 사람들 때문이었다.

　쾅쾅!

　"어험. 이리 오너라아."

　삐이걱—

　"으?"

　성야촌 제일 부호인 성가장(成家莊) 문지기 방일수(方一洙)는 문 밖에 서 있는 조선인을 아래위로 훑어볼 수밖에 없었다.

그도 그럴 것이 그 조선인은 선비라 칭해지는 자가 분명했는데, 문제는 선비라는 자가 아니라 그가 거느리고 온 거지들 수십 명이었다.

사내, 여인, 늙은이, 젊은이, 스님, 도사, 색목인, 물소, 철갑에 몽고족, 복면인들까지 뒤섞인 거지들을 보고 이상하게 생각하지 않는다면 어딘가 모자란 사람일 것이다.

선비의 차림도 괴상망측했다.

거지 같은 병풍을 왜 지고 다니는 거냐?

방일수는 문지기답게 일단 몽둥이부터 꼬나 들고 조선 선비의 정체를 물었다.

원래는 그냥 몇 대 두들겨 패거나 몇 푼 줘서 돌려보낼 생각이었다. 하지만 거지들의 인상과 들고 있는 무기가 가히 상상을 초월하는 수준이라 꼬리를 내리고 물을 수밖에 없었다.

"다, 당신들 뭐유?"

대답은 금방 나왔다.

"어험, 지나가는 길손들이외다."

"뭔 용무가 있는 거유?"

"장주 어른을 만나뵙고자 왔소이다."

"선약은 되어 있으쇼?"

"물론 안 되어 있소이다."

"그럼 당장 꺼지쇼!"

쾅당!

"별 이상한 것들이 아침부터 설치네."

방일수는 아무 일도 없었다는 듯 발을 옮겼다.

일 년에 만 석을 거두어들이는 대부호 집답게 성가장의 정원은 호수와 가산, 귀한 나무들이 가득했는데, 계절은 대부호의 정원도 빗겨가지 않아 총관 거처와 이어진 길엔 낙엽들이 떨어져 있었다.

"담 근처엔 더하겠구먼?"

높이가 이 장 반이나 되는 담 아래 놓여진 길, 청석로는 장주 성삼추(成杉錐)가 아침저녁으로 산책하는 길이었다.

성삼추는 성격이 이상하리만큼 인색하고 깔끔해서 이 청석로에 낙엽이 떨어져 있으면 총관 이사원(李思元)을 불러 야단을 쳤다. 총관 매복상은 다시 호원 무사들을 비롯한 식솔들을 불러 게거품을 물었다.

사정이 이러니 방일수는 낙엽에 마음을 졸여야 하는 것이다.

"가뜩이나 오늘은 특별한 행사가 있는 날인데… 으음."

문득 담 쪽을 쳐다본 방일수가 하얗게 질렸다.

담 안쪽, 그러니까 청석로 위.

잎이 많아 늘 신경 쓰이는 은행나무 가지 위에 누군가 앉아 있었다. 노란 물감이 퍼부어지는 것처럼 우수수— 잎들을 떨어뜨리면서 말이다.

"어험, 별래무양하시오?"

거지들을 잔뜩 거느리고 문을 두드렸던 조신 신비였다.

어떻게 그 높은 담을 넘어왔단 말인가.

의문이 들어야 당연하지만, 방일수는 분노한 나머지 불끈 몽둥이를 앞세우고 녀석에게 달려갔다.

"너 누구야, 이 자식아!"

"지나가던 길손이오."

"근데 왜 귀찮게 해, 앙?"

“아침밥 좀 같이 먹으려고 들렀소이다. 뭐 잘못됐소?”

“맡겨놨냐?”

“당연히… 안 맡겨놨소.”

“너, 당장 거기서 내려와!”

“못 내려간다면?”

“내가 올라가마!”

방일수는 낑낑거리며 나무에 올라갔다.

“어라?”

녀석이 있던 자리는 텅 비어 있었다.

도대체 어찌 된 일인가 하고 아래를 내려다보니, 녀석은 청석로에 앉아서 위를 올려다보고 히죽히죽 웃고 있다.

귀신이 곡할 노릇이었다.

“너… 너?”

허겁지겁 나무를 내려온 방일수가 녀석의 멱살을 잡았을 때, 방일수에게 최악의 일이 일어났다.

쾅쾅쾅!

누군가 도끼로 문을 내리찍고 있었다.

문은 서역산 자단목(紫檀木)에 십장생을 양각한 귀한 것이었다.

장주 성삼추는 이 문을 구하기 위해 자린고비라는 별명에 어울리지 않게도 무려 십만 냥이라는 거금을 쏟아 부었다.

처음엔 당황했고, 다음엔 황당해했고, 그 다음엔 하얗게 질린 방일수가 멱살을 풀고 냅다 문으로 뛰었다.

후닥닥—

얼마나 급히 달려갔는지, 문에 도착한 방일수는 신발이 벗겨진 것도 몰랐다.

박린은 그가 남겨놓은 신발을 내려다보며 중얼거렸다.

"어험. 또 공연한 핍박을 받았도다. 역시 인심이라면 조선이 최고라고 아니 할 수 없구나. 지나가는 길손을 대접하기 위한 사랑채를 지어 놓고 환대를 하지 않는가 말이다."

쾅쾅쾅!

둥그런 해와 기암 절벽이 솟아오른 산, 졸졸 흐르는 물, 영험하게 생긴 돌, 청정한 소나무가 도끼에 찍혀 뭐가 뭔지 모르는 모습이 됐다. 달을 흐르던 흰 구름과 불로초 밑에 웅크려 있던 거북이, 창공을 나는 학과 그 아래 사슴이 무식한 도끼질에 패어 나갔다.

쾅쾅쾅!

도끼질하는 개구사치의 뒤에선 왕란자두가 도끼질을 할 수밖에 없는 이유를 사람들에게 설명하고 있었다.

"으에, 그러니까 말요. 녀석이 아침을 대접하겠다고 해서 우린 그냥 순순하게 믿고 따라왔쇠다. 여기 도착하기 전까지만 해도 우린 녀석이 이 장원 주인과 잘 아는 사이로 알았지요. 근데 그게 아니었다 이런 소리외다!"

"그긴 그렇소."

"맞소, 잘 아는 처지라면 담을 넘어가진 않았을 게요."

왕특과 장작빈이 흉광을 내뿜었다.

불뇌선생도 가만히 있지 않았다.

"또 슬그머니 도망친 게 아닐까요?"

왕특 일행, 그러니까 요양휘를 포함한 왕특 육 형제가 진청자 일행과 합치게 된 건 어디까지나 박린을 잡기 위한 결단이었다.

그건 웅녀와 불뇌선생도 마찬가지였다. 에르텐의 씨앗을 받기 위해선 에르텐 곁에 있어야 했다.

왕란자두 일행도 뭐가 뭔지는 모르겠지만 함께 싸운 사람들이 다 모였는데, 자신들만 따로 떨어질 이유가 없었다.

뭐가 어찌 되었든 엉뚱한 싸움에 휘말려 갈팡질팡하느니, 괘씸한 '털가슴파' 놈들과 같이 있다가 기회를 봐 냉큼 목을 잘라 요동으로 돌아가자고 마음먹은 것이다.

지금 맨 뒤에서 있는 인도와 우공도 사정은 비슷했다.

"우헤헤헷!"

"크크크… 저 녀석 제법 하는구먼."

그들은 박린이 진청자 일행과 동행해 버리자 뒤만 졸졸 따라다니다가는 진청자 일행에게 용환을 빼앗길 것 같은 마음이 들었다.

그래 성경까지만이라도 동행해서 용환을 어찌해 볼 생각이었다.

이렇게 각자 동상이몽을 꾸는 사람들 앞에서 개구사치는 열심히 도끼질하고 왕란자두는 열변을 토하고 있는 것이다.

쾅쾅쾅!

"우린 봉성에서부터 녀석에게 이용만 당해왔소. 뿐이오? 낙수객잔과 저기 보이는 노하평에선 목숨을 걸고 싸워야 했소. 이번에 녀석을 놓치면 또 어디서 이상한 놈들이 나타나 우리에게 덤벼들지 매우 불안하기 짝이 없을 것이오. 해서 문을 빠개는 것이오. 녀석처럼 담을 넘어 들어갈 수도 있으나, 대체 우리가 왜 그래야 한단 말이오?"

귀한 문을 빠갤 수밖에 없는 이유치곤 이상했지만, 혁철씨족인 왕란자두의 입장에선 문을 빠개는 게 아주 자연스러운 일이었다. 게르 생활만 해왔기 때문에 문은 그냥 까부셔야 할 장애물일 뿐, 거기에 어떤 의미를 부여하는 일은 하릴없고 비겁한 한족들이나 하는 짓이었다.

쾅쾅쾅!

그때 문이 열렸다.

삐이걱―

문지기 얼굴이 밖으로 내밀어졌다.

좀 전까지만 해도 위세가 당당했던 문지기는 엉망이 돼버린 문을 살펴보곤 얼굴이 시커메졌다.

"다, 당신들! 주, 죽으려고 화, 환장했지?"

대답은 금방 날아왔다.

"헛소리 말고 선비 녀석을 내놔라!"

"뭐?"

"장원을 수색해야 되겠다!"

퍽!

사람들이 문을 밀치고 들어섰다.

성가장 호원 무사 수령 반룡검(反龍劍) 완소(玩蘇)는 대처인 성경에서 제법 잘 나갔던 불한당이었다.

거리에서 배운 칼질 외에 뭐 하나 변변한 것이 없는 이자가 성가장 호원 무사 수령이 될 수 있었던 것은 오직 누나를 잘 둔 덕분이었다. 성삼추의 두 번째 부인인 완월부인(玩月夫人)이 바로 그의 누나였던 것이다.

"으흠."

대부호집 호원 무사 수령이란 자리는 참 괜찮은 자리였다.

위세 부리기 좋아하는 성삼추를 험악한 얼굴로 졸졸 따라다니며 꾸어간 돈을 제때 갚지 못하거나, 소출을 속인 작인들에게 사형(私刑)을 관장하고 집행하는 자리.

이백여 호 남짓한 성야촌에서는 아무도 그의 비위를 거스르지 못했다. 어쨌든 오늘 그는 기분이 아주 흉악했다.

"누구는 정력도 좋지, 씨블! 그 나이에 세 번째 부인이 다 뭔가?"

왜 먹는지도 모르고 맛도 잘 알지 못하는 모리화차(茉莉花茶)를 홀짝거리며 하녀를 주무르고 있던 완소는 어리둥절해했다.

"어험, 장주 좀 만나보려고 왔소이다만."

완소는 소리가 난 쪽으로 고개를 돌렸다.

"어?"

너른 연못 위로 은행잎 지는 풍경이야 늘 봐오던 것이었으니 뭐 그리 대수로우랴만, 그 아름다운 풍경 안에 이상한 녀석이 서서 이쪽을 올려다보는 것만큼은 여간 대수로운 일이 아니었다.

여기가 어디냐.

장주 이외엔 출입을 할 수 없는 별채 화안정(花安亭)이 아니냐.

자신도 장주 몰래 숨어들어 올 수밖에 없는 금지가 바로 이곳 화안정이었다.

근데 감히 저 괴이하게 차려입은 잡인이 들어와 이 아름다운 화안정을 어지럽히다니. 무엇보다도 오랜만에 치르려는 방사를 망치려 하고 있다니.

"넌 도대체 어떤 놈이냐?"

대뜸 이런 막말이 나오는 건 당연했다.

"지나가던 선비오만."

이상한 녀석, 박린도 눈이 힐끔해지는 게 당연했다.

있는 집 인심이 야박하다는 건 알았지만, 이건 해도 너무하는 처사들이 아닌가.

언제 봤다고 문전 박대에다가 대뜸 욕을 퍼부었던 문지기는 물론 화안정이란 편액이 걸린 월동문을 지나자마자 다짜고짜 칼을 빼 들었던 칼잡이들까지 참 이해할 수 없는 종자들이었다.

칼잡이들의 수령이 분명한 저자 역시 마찬가지였다. 산돼지처럼 생겨먹은 얼굴에 그려지는 저 엄청난 주름살이라니.

"넌 뭔데 자식아, 금지인 이곳에까지 들어온 게냐?"

박린은 대답을 하지 않아도 됐다.

월동문에서 손을 봐준 칼잡이 하나가 엉금엉금 기어들어 와 흠칫, 놀라는 눈빛으로 이쪽을 한번 바라본 다음 계단을 급히 올라갔다. 이쪽을 바라보며 손가락질을 하는 모양이 아마 보고를 하는 모양이었다.

"저 자식이 여차저차해서……."

"어험."

박린은 둘이 속삭이거나 말거나 뜰을 거닐었다.

대국이나 조선이나 가을이란 계절은 시흥을 불러일으킬 만큼 아름답다. 더구나 잘 꾸며진 정원, 파란 하늘, 은행나무 잎 지욱히 지는 중심에 서 있으니 힌비탕 춤사위라도 벌이고 싶은 심정이었다.

그러나 어찌 손님인 선비가 남의 집 정원에 드려진 고고한 적막을 깰 수 있으랴. 간단하게 시나 한 수 읊는다면 족하리라.

가을 맑은 물 백로 내려와
흰 서리 날리듯 내려와서
마음 한가해 가지 않고

모래 위에 홀로 서 있네.

[白鷺下秋水, 孤飛如墜霜, 心閑且未去, 獨立沙洲傍]

唐詩― 李白

가을 정한 많이 묻어나는 시가 아닐 수 없었다.

이런 시를 읊어주었으면 찬사가 날아와야 당연했다.

"암마!"

"으?"

"거 뭔 개소리를 중얼거리고 있어, 앙?"

"어험."

"너 잘 걸렸다, 이 자식! 감히 내 부하들을 패?"

완소가 빼 든 반룡검은 사실 검이 아니라 쇠몽둥이였다.

그래도 검이라 불려지는 것은 용이 뒤집혀진 형상으로 주조된 안쪽에 백련강(百鍊鋼)으로 자그마한 검날을 박았기 때문이다.

슉!

공기를 짧게 끊어낸 반룡검이 날아왔다.

기묘하게 생긴 쇠몽둥이 아래서 이빨을 세운 날이 번득였다.

거리에서 칼을 맞아가며 터득한 칼질이어서일까.

허초가 없어 현란해 보이지도 않는, 정직해 보이리만큼 즉각적인 공격이었다.

팡!

"어라? 제법 한가락한다 이거지?"

자신이 쳐낸 반룡검이 옆으로 튕겨지자 왜 그리 튕겨졌는지를 알지도 못하는 완소가 고리눈을 세웠다. 그가 본 것은 녀석이 언제 올렸는지도 모르는 발을 내려놓는 광경이었다.

"죽어!"

소리를 지르고 나서야 완소는 볼 수 있었다.

녀석이 내려놓았던 발이 땅을 가볍게 찍으며 다시 솟구쳐 올라와 만월처럼 둥근 호선으로 반룡검을 때리고 이내 방향을 비틀어 자신의 턱으로 날아오는 것을.

"…껀!"

십장생을 아로새긴 신발이 울대에 걸렸다. 고통은 없었다. 물결처럼 자연스럽게, 그러나 거부할 수 없게 밀려와 닿은 신발이었다. 완소는 마치 꿈을 꾸고 있는 듯한 기분이었다.

"어험."

박린은 발을 올린 그대로 뒷짐을 지고 물어보았다.

"부러뜨려 줄까요?"

설레설레.

"장주께 안내를 부탁해도 되겠소?"

끄덕끄덕.

"선약이 없는데 괜찮으시겠소?"

"예, 예, 나으리."

추릿!

회초리가 허공을 가를 때 내는 소리가 아니라 발이 거두어질 때 난 소리였다. 완소로서는 이해할 수도 없고, 이해해서도 안 되는 엄청난 빠르기가 아닐 수 없었다.

"저, 저를 따르시지요."

완소가 앞장섰다.

완소는 오줌을 지렸는지 바지 아랫부분이 흥건히 젖어 있었다.

"진작에 그리하실 것이지, 공연히 다리품만 팔았소이다그려."

박린이 매우 근엄한 표정으로 뒤를 따라갔다.

어슬렁어슬렁.

성가장 총관 이사원(李思元)은 주판을 내려놓고 창을 보았다.

금전과 곡식의 출납을 확인하고 맞추어보는 거야 매일 반복하는 일이라 별 특별한 일도 아니지만, 정원에 찾아오는 가을은 해마다 찾아와도 볼 때마다 감흥이 다르다는 걸 알기 때문이었다.

"에헴!"

올해는 유난히 햇빛이 좋고 수량도 적당해 농사가 풍년이었다.

초봄에 지낸 용왕제가 헛되지 않았는지 낙수엔 녹조도 빗겨가서 고기잡이도 풍년이었다. 그렇다면 농사를 부쳐먹는 작인들과 배를 세낸 어부들이 배불러야 정상이었다.

하지만 이사원은 그리 생각하지 않았다.

"제 깐 놈들이 누구 덕에 먹고사는지를 알아야 해."

작인과 어부들은 참 이상한 녀석들이었다.

녀석들은 곡식을 꾸러 왔을 땐 천자를 대하듯 굽실거린다.

반면 그것을 갚으러 왔을 땐 못내 억울해하며 은근히 경멸하는 것 같은 표정을 내보였다.

한마디로 배부를 때의 태도가 다르고 배고플 때의 태도가 달랐던 것이다. 그들이 배부를 때를 본 적은 없지만 아마 일도 쉬엄쉬엄할 것이라고 이사원은 생각했다.

이러니 녀석들의 분발을 촉구하는 의미에서 올해 거둬들여야 할 곡

식량과 어물량을 작년의 배로 책정했다. 그런 다음 흐뭇한 마음에서 창을 바라보았던 것이다.

예상대로 창밖은 가을이 지천이었다.

붉게 물든 당단풍나무, 노랗게 지는 은행나무 잎새, 잔잔한 수면 위로 떨어져 내리는 버드나무 잎, 반짝이는 수면을 뛰어오르는 오색 잉어들……

"날씨가 화창하니 장주의 기쁨이 더 크시겠구먼."

미소를 지었던 그가 하얗게 얼굴을 굳혔다.

"저, 저 거지들은 다 뭐냐?"

사내, 여인, 늙은이, 젊은이, 스님, 도사, 색목인, 물소, 철갑에 몽고족, 복면인들까지 뒤섞인 거지들이 달려오고 있었다.

우르르—

"이놈들! 오, 오늘이 어떤 날이데!"

이사원은 황급히 문을 열고 마주 달려나갔다.

2

오늘은 성가장 장주 성산추에게 매우 특별한 날이었다.

하루하루가 특별하지 않은 날이 어디 있으랴마는 오늘은 더욱 특별하다고 생각할 수밖에 없는 날이 분명했다.

그의 오랜 바람이 마침내 결실을 맺는 날이었기 때문이다.

"노력한 만큼 얻는 게 세상의 이치라지."

예순이 넘은 나이에 마음에 드는 첩을 얻기가 어디 쉬운 일인가.

돈을 주고 산다면 못 얻을 것도 없지만, 문제는 얼굴과 품성이었다.

꼭 그런 건 아니면서도 품성이 좋으면 얼굴이 영 안 되고, 얼굴이 좀 되면 품성이 따라주질 못했다.

"장단점이 있는 게야. 그래서 공평하다는 말도 나오는 게지."

그의 정실 성경부인은 품성이 좋은 편에 속하는지라 얼굴이 영 아니었다. 어떤 땐 누나 같다는 생각이 다 들 만큼 착하고 재미없는 사람이었다.

그래서 생각다 못해 얻은 사람이 완소의 누나인 완월부인이었다. 완월부인은 기녀 출신이라 얼굴은 좀 되는데 품성이 영 아니었다. 시기와 질투가 많아 사람을 피곤하게 만들었다.

두 부인에게서 재미를 못 느낀 성삼추가 첩을 하나 더 들이자고 작정한 건 당연했다.

"흠흠."

그는 몇 년을 두고 첩이 될 만한 재목을 물색했다.

두 번의 실패는 사람을 신중하게 만드는 모양이었다.

그는 성경부인에게 데인 상태라 가난한 대갓집 딸은 쳐다보지도 않았고, 완월부인에게 질려서 기녀들 또한 쳐다보지 않았다.

그가 면밀히 관찰한 재목은 자기 땅을 부쳐먹는 작인들 중 성실하고 인물도 반반한 감가(甘哥)의 딸이었다.

오 년이나 청석로를 산책하며 그가 내린 결론은 단 하나였다.

─몇 년 기다렸다가 데려오자!

그날이 바로 오늘이었다.

그녀가 올해로 꼭 열다섯 살이니까 성삼추는 그녀를 열 살 때부터 지켜보고 있었다는 결론이 난다. 참으로 집요하고도 엄청난 집착이 아닐 수 없었다.

성삼추가 총관을 시켜 넌지시 감가에게 의향을 묻자 감가는 청춘이 구만리 같은 딸을 다 삭은 늙은이에게 어찌 주겠냐며 앓아 누웠다.

저런 괘씸한 놈 같으니라고!

성삼추는 총관에게 감가에게 주었던 농지를 거둬들이라고 지시했다. 뿐만 아니라 완소를 감가에게 보내 감가가 대여해 간 곡식을 당장 회수했다.

이런 행패가 어디 있냐며 버티던 감가가 몽둥이찜질을 당했음은 물론이었다. 그리해도 감가는 버텼다. 참 질긴 고집이었다.

이에 성삼추는 모든 작인과 어부들에게 엄포를 놓았다.

만약 감가에게 곡식을 꾸어주거나 일을 주는 일이 발각되면 농지와 어선을 거둬들이겠다고.

사람이 혼자 살 수는 없는 법이었다.

한 계절을 혼자 버티던 감가도 그걸 깨달은 모양이었다.

마침내 감가가 두 손을 들었다.

성삼추는 총관과 호원 무사 수령 완소, 호원 무사 십여 명을 뒤에 죽 거느리고 감가에게 행차했다. 그리고 오십 먹은 감가에게 예순 살 먹은 머리를 조아리며 이렇게 말했다.

"장인어른, 우리 총관이 뭘 착각하고 장인어른께 실수를 저질렀습니다. 소생도 오늘에서야 알았지 뭡니까? 또한 소생의 호원 무사 수령도 어른께 손찌검을 했다고 들었습니다. 다 오해에서 빚어진 일이니 너그러이 용서해 주십시오. 당장 길일을 택해 날짜를 잡겠습니다!"

돌밭 몇 뙈기와 다 삭은 어선 한 척, 곰팡이 난 기장 열 가마를 앞마당에 부려놓자 감가의 부엌에서 울음이 터졌다.

감가 부인이 딸을 잡고 우는 모양이었다.

성혼이란 다 슬픈 게지, 라고 생각한 성삼추는 휘파람을 불면서 성가장으로 돌아와 길일을 잡았다.

생각 같아선 당장 그날 저녁으로 데려와 찍어누르고 싶었다.

물건값을 치른 이상 아무 날이나 데려와도 상관이 없었다.

하지만 뒤에서 욕을 해댈 작인들과 식솔들에게, 그리고 이제 세 번째 부인이 될 소녀에게 자신이 예와 절을 철저히 지키는 사람임이라는 것을 보여주고 싶었다.

"이제 다 되었다."

그는 옷을 떨쳐 입고 거처인 부명전(富名殿) 댓돌로 내려섰다.

그리고 정문과 죽 이어진 길을 바라보았다.

그 길은 자신과 나이 차가 무려 사십오 년이나 나는 열다섯 살짜리 세 번째 부인이 사뿐사뿐 걸어 들어올 길이었다.

"음?"

근데 저게 뭐냐?

성삼추는 눈을 끔벅거렸다.

"저자는 호원 무사 수령 완소가 아니냐?"

맞았다. 그는 유난히 시기와 질투와 많아 오래전에 정나미가 떨어져버린 둘째 완월부인의 유일한 혈육, 완소였다.

'에잉!'

성삼추는 인상을 찌푸렸다. 완소는 이번 일을 탐탁지 않게 여긴 완월부인이 보낸 게 틀림없었다. 그러잖아도 험악한 완소의 얼굴이 정말 심상치 않아 보인다.

완소는 혼자 온 게 아니었다.

"귀공께서 바로 장주이시구랴?"

녀석이 이렇게 물어올 때까지만 해도 성삼추는 오늘 자신에게 벌어질 끔찍한 일들을 전혀 눈치 채지 못하고 있었다.

성삼추는 유난히 점쟁이를 좋아하는 완월부인이 오늘 일을 훼방 놓기 위해 조선 복색을 한 사기꾼 점쟁이를 들여보냈나 보다, 고 생각했다. 완월부인은 어제도 남만 복색을 한 점쟁이 녀석을 들여보내 말도 안 되는 공갈과 협박을 가해왔다.

"에혀, 말년이 편해야 좋은 것인데… 이거 큰일났구려. 동쪽에서 기이한 바람이 불어와 근일간 필시 엄청난 횡액을 당할 운수요. 장원에 칼바람과 피바람이 난무하겠소이다. 그걸 막으려면 과도한 탐욕을 버리고 지극히 선행을 베풀어야 하오."

이런 염병!

누가 그런 소릴 못하랴.

성삼추는 그 점쟁이 녀석을 흠씬 두들겨 패서 쫓아버렸다.

그랬더니 이번엔 조선 복색을 한 점쟁이를 들여보내?

좋은 일에는 항상 마가 끼기 마련이라고, 정말 집요하기 짝이 없는 방해 공작이 아닐 수 없었다.

성삼추는 완소를 보았다.

"완소."

"예, 매, 매형."

"네가 데리고 온 점쟁이 녀석을 몇 대 패라!"

"예?"

다른 때 같았으면 기다렸다는 듯 냉큼 달려들어 몽둥이질을 퍼부었을 완소였다. 어제도 그리하지 않았는가 말이다. 근데 오늘은 이상했다. 식은땀까지 뻘뻘 흘리며 도리질을 치고 있다.

"매, 매형. 이, 이분 나으리께선……."

"시끄럽다! 네 누나 성질이 독하다는 건 알지만, 어찌 이리 남편을 우습게 여길 수 있단 말이냐? 한번 들여보내서 먹히지 않는다는 걸 알았다면 그만둘 일이지, 왜 반복을 하느냐 이 말이다!"

"그, 그게 아니라니까요."

"어서 몽둥이찜질을 가하지 않고 뭘 하느냐? 이제 너까지 네 누나를 닮는 게냐? 당장 몽둥이찜질을 해서 쫓아버리라니까!"

완소는 울상이 되었다.

완소보다 더 기가 막힌 사람은 박린이었다.

사정이 왜 이렇게 돌아가는지는 잘 모르겠지만, 선비를 점쟁이 취급한 것도 모자라서 몽둥이찜질을 가해 쫓아버리라니.

"어험. 이보시오, 장주."

박린의 목소리는 원래 근엄했다.

"장주께선 뭔가 오해를 하고 계신 것 같소이다그려."

"뭐라?"

"소생이 조선 묘향산에서 수행을 해 점사(占事)에 밝은 건 사실이오. 하나 선비가 어찌 그런 잡기를 자랑할 수 있겠소? 소생은 그저 장주와 겸상으로 아침을 먹으며 인생을 좀 진지하게 논의해 보고자 방문했을 뿐이······.”

“네 이놈!”

박린은 말을 중간에서 끊어버린 장주란 자를 노려보았다.

“어험.”

아무리 생각해도 알 수 없는 일이었다.

미치고 팔짝 뛰어야 할 사람은 누가 뭐래도 자신이 아닌가. 근데 왜 장주란 자가 저렇게 펄펄 뛴단 말이냐.

장주란 자는 말본새도 흉악하기 짝이 없었다.

“멀쩡하게 생긴 놈이 그래, 할 짓이 없어 사기를 치고 다니는 게냐? 새파랗게 젊은 놈이 뭘 못해서 사기를 치고 다닌단 말이냐? 너 같은 놈들 때문에 나라가 발전을 안 하는 게다! 그 자리에 당장 엎드리거라, 이놈! 내 친히 볼기를 칠 것이다!”

완소란 자에게 쇠몽둥이를 빼앗아 든 장주가 다가왔다.

성큼성큼.

장주는 대단히 분노한 모양으로 핏발 선 눈에 염소수염까지 부들거리고 있었다. 대뜸 장주가 쇠몽둥이를 날렸다.

에이, 선비답게 참으려니끼 꼭 폭력을 쓰게 만드시네.

픽!

성삼추가 나뒹굴었다.

대대로 부를 누려온 그에게 이런 불상사는 평생 처음이었다.

한낱 사기꾼 점쟁이 따위가 감히 내게 손찌검을 하다니.

성삼추는 벌떡 일어나 다시 반룡검을 날렸다.

슉!

픽—

성삼추는 다시 엎어졌다.

어디가 터졌는지 입 안이 찝찔했다.

성삼추는 또 일어섰다.

퍽!

코가 화끈했다.

아마 코뼈가 어찌 된 모양이었다.

손톱만한 핏방울이 뚝뚝 떨어져 옷을 물들였다.

성삼추는 땅을 의지해 간신히 일어섰다.

다행히 반룡검을 놓치지 않은 상태였다.

슉―

퍽!

이번엔 어금니 쪽이었다.

혀를 놀려보니 돌 같은 게 씹혔다.

성삼추는 낑낑거리며 일어선 다음 손을 보았다.

반룡검이 없었다. 놓쳐 버린 모양이었다. 입 안이 허전했다.

"어버버, 어버……."

퍽, 소리도 안 났는데 성삼추가 눈을 하얗게 깐 채 뒤로 넘어갔다. 완소가 달려들어 끌어안지 않았더라면 성삼추는 영영 못 깨어났을 수도 있었다.

"으윽!"

점점 혼미해지는 정신으로 성삼추는 정문과 이어진 길을 보았다. 셋째 부인이 걸어 올 길이었다. 그런데 환상일까.

셋째 부인은 안 보이고 총관 이사원이 달려오는 게 보였다.

하얗게 질린 총관은 혼자가 아니었다.

완소처럼 뒤에 사람들을 달고 있었는데, 한둘이 아니었다.

성삼추가 본 광경은 일단 여기까지였다.

"끄르륵……."

기절했다 깨어난 성삼추는 본능적으로 귀를 기울였다.

장원 전체가 잔칫집처럼 떠들썩했다. 음식을 지지고 볶아대는 소리와 좋은 냄새로 가득했다.

셋째 부인이 도착해서 잔치가 벌어진 모양이었다.

"으? 내가 악몽을 꾸었나?"

그렇다면 신랑인 내가 이렇게 누워 있어서는 절대 안 되지.

성삼추는 버둥거렸지만 일어날 수 없었다. 대신 입 주변을 휘도는 엄청난 고통을 느꼈다. 자신도 모르게 손을 입으로 가져간 그가 비명을 내질렀다.

"으악― 내 이빨!"

성삼추는 자신이 처해진 상황을 똑똑히 알 수 있었다.

왜 일어설 수 없었는지를.

비둥비둥.

그는 지금 정원 한가운데 높이 솟은 은행나무에 거꾸로 매달려 있는 상태였다. 정원엔 믿을 수 없게도 거지들이 가득했다.

총관을 비롯한 식솔들이 그들 사이를 누비며 부지런히 음식을 지어 나르고 있었다.

"도대체 이게 어찌 된 일이냐!"

대답은 금방 들려왔다.

"어험, 장주의 복락을 쌓고 있소이다."

“뭐?”

선비 녀석이었다.

“이제 조금 있으면 곳간도 열 것이오. 그리되면 이 성야촌 사람들이 장주를 칭송하는 소리가 천상까지 울려 퍼지리다.”

성삼추는 다시 기절할 수밖에 없었다.

“*끄르륵……*.”

성가장 밖.

핏빛 피풍을 두른 자들 칠십여 명이 정문에 걸린 편액을 바라보고 있었다.

“…….”

“…….”

그들은 하나같이 만도, 장검, 장도, 구환도, 장창 등 각종 무기를 빼 들고 무언가 명령을 기다리는 모습이었는데, 눈빛들이 아주 사이하고도 흉측했다.

“오신다!”

그들 중 누군가 손으로 하늘을 가리켰다.

순간 그들의 고개가 일제히 쳐들어졌다.

고오오…….

그들의 눈이 집중돼 있는 곳.

기이한 소리가 울려 퍼지면서 눈부신 점 한 개가 생겨났다.

점이 점점 그 크기를 키워 마침내 보름달만큼 커졌을 때, 그 점에서 팅겨진 핏빛 그림자가 정문 위에 내려섰다.

그림자는 피처럼 붉은 적포, 백설처럼 흰 댕기머리, 쑥 들어간 눈,

깡마른 볼, 새하얀 빛을 뿌리는 검 두 자루를 멘 늙은이였다.

"에헴!"

그를 향해 아래 있던 자들이 손을 쳐들며 낮게 중얼거렸다.

"혼세염왕강림(混世閻王降臨), 염왕성세천년(閻王盛世千年), 귀안천하독패(鬼眼天下獨覇)……."

"주씨의 딸년이 이 장원에 들어 있느냐?"

늙은이의 정체는 북행전 장로이면서 혈해혈룡(血海血龍)이란 끔찍한 별호를 지닌 적노였다.

"장로님, 이 장원엔 주씨의 딸년뿐 아니라 박린이란 조선 놈도 같이 들어 있나이다."

부복과 동시에 입을 열어 보고한 자는 이번에 자신이 한족임을 내세워 길잡이를 자청, 북행전 행군총관(行軍總管)이 된 적혈광마(赤血狂魔) 추풍치(秋風治)였다.

그가 말을 이었다.

"뿐만 아니오라 무당의 진청자, 소림의 광불, 아미의 곽부시가 함께 들어 있나이다."

"잘되었다."

적노가 피식, 웃었다.

"그것들은 파북련(破北聯)을 만들어 사도염(司道廉) 종사님을 패퇴시킨 자들의 후세들이 아니냐? 어차피 언젠가는 처치해 버려야 할 것들이었다. 그러잖아도 일일이 쫓아다닐 일이 걱정이었는데, 이리 한군데 모여 있다니 정녕 하늘의 도우심이 아니고 무엇이랴!"

"그렇사옵니다."

"그 밖에 다른 건?"

“곤륜색마 화노, 혈사교의 인도와 우공을 비롯한 삼십여 명도 같이 들어 있사옵니다. 아마 박린이란 자의 농간에 넘어가 그리된 것으로 추측되옵니다.”

“신경 쓸 필요 없다!”

“예.”

적혈광마 추풍치가 거대한 덩치를 일으켰다.

그가 짊어진 구환도가 덜걱거리는 소리를 냈다.

“내려오소서, 장로님.”

“……”

“폭열탄(暴熱彈) 한 방이면 방원 삼 장이 초토화되옵니다. 그걸 무려 쉰여섯 발이나 이 장원에 묻어놓았나이다. 이제 심지에 불 달 일만 남았사옵니다. 그러면 엄청난 폭발이 연쇄적으로 일어날 테고, 행여 그 와중에 장로님께서 해를 입지 않으실까 심히 염려되옵니다.”

“그런 염려 안 해도 된다.”

“예.”

“그나저나 그 폭발의 와중에 주씨의 딸년을 어찌 빼낼 생각이냐? 설마 죽여 버리자고 작정한 건 아니냐? 어쩔 수 없다면 모르겠으되 가능하면 그 계집년만큼은 생포할 수 있도록 노력해라. 화룡군(火龍君) 살리탑(殺釐塔) 소종사께서 그 계집년을 당신의 마흔여덟 번째 첩으로 삼고자 하신다!”

추풍치가 대답했다.

“연분은 하늘이 정하시는 일이온데, 어찌 그걸 소인이 좌지우지할 수 있겠나이까. 하오나 숯덩이 속에서 보석이 발견되어지는 경우도 가끔 있으므로 찾아보도록 노력하겠나이다. 양고기도 살짝 그을린 것이 더 맛있지 않사옵니까?"

씨익—

소리없이 적노가 웃었다.

"소종사께 시간(屍姦)을 권해 드리란 말이냐?"

"어차피 평생 해로하시지 않을 바에야 산 계집년과 죽은 계집년이 무슨 차이가 있으리까? 해서 감히 장로님께 청하옵니다. 소종사께서 그 계집과 행사를 치르신 연후, 장로님께선 그 계집년을 소인들에게 내리셔서 소인들의 황량한 뱃골을 채워주시고, 고픈 배 또한 그 계집년의 야들야들한 살점으로 채울 수 있게 특별히 배려해 주소서."

"킬킬, 좋다!"

허락이 떨어지자 추풍치가 돌아섰다.

"폭열탄에 불 당길 준비해라!"

"명."

핏빛 피풍 다섯이 방망이에 불을 붙였다.

추풍치는 냉혹했다.

"당겨라!"

도화선에 불 방망이기 닿았다.

지지직—

3

장주의 거처 부명전은 별채 화안정과 아주 가까웠다.

지글지글—

부명전 앞마당에서 만들어진 음식은 화안정으로 옮겨졌다.

화안정은 심처답게 근사한 정원과 나무, 너른 연못이 있어 풍경이 빼어났다. 잔치는 연못과 면한 정자 위에서 벌어지고 있었다.

"녀석이 정말 거나하게 한턱 내는구먼?"

"그러게 말이야."

다리가 부러질 정도로 음식이 쌓인 상의 중앙엔 연연과 진청자 일행 앉았다. 그 맞은편 끝엔 인도와 우공, 화노가 앉고 좌측엔 왕씨 형제들과 요양휘, 장작빈과 야소, 장향, 우측엔 왕란자두 일행과 웅녀 일행, 그리고 혈사교 살수들이 앉았다.

"자, 어서 먹자고."

"얼마 만에 먹어보는 귀한 음식인가?"

"그나저나 이 사기꾼 녀석은 어디 간 게야?"

"숙수들을 감독하는 것 같던데?"

"그래? 그럼 일단 먹고 보자고."

사람들은 허겁지겁 술을 들이키고 음식을 먹었다.

박린은 은행나무에 매달린 성삼추를 올려다보고 있었다.

성삼추는 얼마나 강하게 충격을 받았는지 아직도 깨어나지 않은 상태였다.

박린은 인상을 찌푸렸다.

"어험."

나이깨나 드신 노인네가 말년에 이 무슨 봉변인가.

선비를 박대하지만 않았어도 이가 분질러지는 일은 없었을 것이며, 은행나무에 달리는 불상사 역시 일어나지 않았을 것이다.

박린은 진심으로 탄식했다.

"기껏해야 칠팔십 년, 길어야 백 년 안 쪽을 사는 게 인간이거늘 어찌 노인장께선 움켜쥔 것을 놓지 않으려 하시오? 재물은 나눌수록 빛이 나고 악덕은 쌓을수록 공허해지는 법이라오."

소리가 들려온 것은 그때였다.

쾅!

소리는 정문에서 들려왔다.

천지가 뒤집히는 듯한 소리였다. 잠시 고막이 멍해졌다.

정문을 바라보니 무려 십 장이나 높이 치솟은 흙먼지와 검붉은 화염이 보였다.

"저런 식으로 선비를 겁주면 안 되지."

박린은 대번에 소리의 근원을 파악했다. 어제부터 뒤를 따라붙었던 무리, 정체를 알 수 없는 사악함과 가공할 살기로 버무려진 무리가 드디어 사고를 친 모양이었다.

정체를 알 수 없다고는 했지만, 그건 단지 그 무리의 소속을 모른다는 의미였다. 그 무리 뒤에 누가 웅크리고 있는지는 불을 보듯 뻔했다. 그는 황궁 깊숙이 들어앉아서 탐욕스럽고도 잔혹한 손으로 세상을 조율하는 그 누구일 것이다.

"소리가 요란한 만큼 실력도 출중한지 볼까?"

박린은 움직이려고 했다. 그러나 움직일 수 없었다.

폭발은 한 번으로 그친 게 아니었다.

사방에서 연속적으로 쾅쾅쾅! 터지면서 중앙으로 진입해 들어오고 있었다. 뿌연 먼지 속에 담장과 가산이 와르르— 무너지고 있었다. 전각들이 불타올랐다. 연못의 물이 튕겨 올라가서 소나기처럼 쏟아졌다. 파편에 나무들이 분질러지고 눈알을 태워 버릴 만큼 강렬한 섬광과 함께 뜨거운 열기가 몰려왔다.

폭발은 계속해서 이어졌다.

쾅! 쾅! 쾅!

"아악—"

"크흑!"

폭발 가까이 있던 성가장 식솔들이 내지르는 비명, 급히 내닫는 소리, 날려가며, 불타오르며 살려달라고 외치는 소리가 들려왔다.

지옥이 따로 없고 아비규환이 따로 없었다.

박린은 혼이 나간 것처럼 망연히 폭발만을 바라보고 서 있다가 아랫입술을 질끈 깨물었다.

"너희들이… 선비의 한계를 시험하는구나!"

쾅! 쾅! 쾅!

화안정도 난리가 아니었다.

"아가씨!"

곽파는 새파랗게 질린 연연을 안고 뒤로 날아가다가 멈췄다.

폭발은 앞에서만 일어나고 있는 게 아니었다.

쾅! 쾅! 쾅! 쾅!

뒤쪽에서도 일어나 거대한 해일처럼 가산과 담장, 나무들을 휩쓸어오고 있었다. 진청자가 딱딱하게 얼굴을 굳혔다.

"이건 폭열탄이네."

"뭐라?"

광불이 놀라 눈을 동그랗게 떴다.

광불에게 진청자가 고개를 끄덕여 줬다.

"그래, 북행전이 나타난 게야!"

진청자와 광불은 북행전의 폭열탄을 알고 있었다.

그들은 북행전이 처음 선을 보인 폭열탄에 대해 숱하게 들었다. 폭열탄은 작약에 세모꼴 날카로운 철편 수백 발을 버무린 염왕의 현신이었다.

터지면 사방 삼 장이 불바다로 변하면서 생명들이 벌집이 돼버린다. 이 염왕의 현신 앞에선 무공의 고하나 남녀노소가 따로 없었다. 정의도 없고 분별도 없었다. 오직 있다면 생명을 향한 염왕의 강한 적개심만이 있을 뿐이었다.

광불이 고개를 흔들었다.

"아아, 나무아마타불!"

"가세!"

곽파는 연연의 연녹빛 눈동자 속에 든 공포와 절망을 보았다.

뿌리째 뽑힌 나무가 날아오고, 깨진 기와, 흙덩이, 돌들이 날아왔다. 지상에 존재하는 것들은 모두 말살시켜 버리겠다는 듯 연신 폭열탄이 터졌다.

쾅! 쾅! 쾅! 쾅!

사방이 불바다였다.

"이게 뭐냐?"

"뭐, 뭐가 어찌 된 거냐?"

왕씨 형제들과 요양휘도 당황하고 있었다.

웅녀와 불뇌선생도, 장작빈과 야소도, 혈사교 살수들도 왕란자두 일행도 허둥지둥하기는 마찬가지였다.

폭발에 속수무책이었다.

와르르—

진동을 견디지 못한 정자가 주저앉았다.

연못으로 함몰되어 버리는 정자의 잔해에서 먼지가 피어올랐다.

폭발이 점점 가까이 다가왔다.

쾅! 쾅! 쾅!

산더미처럼 크게 일어난 불덩어리들이 높이 날아올랐다가 고개를 꺾고 떨어졌다. 하얀 섬광이 일어날 때마다 고막을 뚫어버릴 듯한 굉음과 함께 바위가 날아왔고, 아름드리 나무가 옆으로 드러누웠다.

"으아—"

"이런 젠장!"

비 오듯 쏟아지는 불덩어리와 바위를 피해 사람들이 참새 떼처럼 쓸려 다녔다. 어디에도 출구는 없는 것처럼 보였다.

"빌어먹을, 북행전이 끼어들었네."

어찌해서 등을 맞대게 됐을까.

인도와 우공에게까지 밀려와 그 둘과 등을 맞댄 화노가 구시렁거렸다. 합류한 새벽부터 진청자와 광불의 눈치를 보느라 한바탕하고 싶은 마음이 굴뚝같았지만, 애써 참아왔던 세 사람이었다.

그러나 지금은 한마음이 돼서 터져 오르는 폭열탄을 바라보고 있었다.

"우헤헤, 북행전 그 떨거지들이?"

"미친놈들일세! 다 죽이려고 작정을 했구먼."

"크크… 놈들은 큰 실수를 한 게야!"

눈이 마주치자마자 세 사람은 누가 먼저랄 것도 없이 폭발을 향해 뛰어나갔다. 순간 방금 전까지 세 사람이 서 있던 자리가 불쑥, 움직였다. 이어 그 움직인 곳으로부터 사방 삼 장이 움푹 내려앉았다. 패인 그곳으로부터 강렬한 섬광과 함께 불기둥이 솟구쳐 올라왔다.

폭열탄이었다.

콰앙—

왕오는 걸음을 멈추었다.

이제 더 이상은 어쩔 수 없었다. 장원 전체가 진동했다. 장원 전체가 터졌다. 어디에도 숨을 곳이 없었다.

굉장한 폭발음에 고막이 울어 폭발음 이외엔 아무 소리도 들을 수 없었고, 야수가 치뜬 눈처럼 날카로운 섬광이 눈썹을 깡그리 베어가 버려 전혀 앞이 보이지 않았다.

쇠라도 녹일 듯 뜨거워진 공기가 살갗에 달라붙었다.

왕오는 눈을 감았다.

잘살았든 못살았든 이제는 끝이다.

마지막은 이렇게 누구도 예측하지 못했던 순간에 찾아오는 모양이었다. 그렇다면 됐다.

'차라리 잘되었다!'

식구가 많아 화목했지만, 또 가난하기도 했던 집은 허무했고, 그 가난을 벗어나기 위해 택한 수적질 또한 허무했다.

생각해 보면 허무하지 않은 게 없었다. 모든 것이 허무했다. 맨몸으로 태어나 그랬으면 됐지 뭘 더 바라랴. 이런 게 죽음이라면, 끝이라면 내 기꺼이 껴 안아주마.

쾅!

저 앞에서 폭발이 일어났다.

왕오는 폭발을 끌어안듯 손을 벌렸다.

뒤에서 다가온 누군가가 왕오 목을 끌어안고 같이 뒹굴었다.

분분히 떨어져 내리는 불덩이, 잔돌들, 뿌옇게 일어난 흙먼지…….

왕오는 자신을 안고 뒹군 사람을 올려다보았다.

그는 자신이 그토록 못마땅하게 여겼던 장남 왕특이었다.

왕특이 씩씩거렸다.

"이 개식꺄! 감히 형님보다 먼저 죽으려고 해?"

"형, 난, 난……."

"너 나한테 찍혔어, 식꺄!"

벌떡 일어난 왕특이 왕오를 들쳐 메고 내달렸다.

후닥닥—

믿을 수 없는 괴력이었다.

요양휘도 망연해 있었다.

자하신공을 끌어올려 몸을 보호할 마음도 일어나 주지 않았다.

평생이라고 말하기엔 좀 어폐가 있지만, 평생이라고 말하지 않으면 안 될 만큼 쌓아온 내공이었고 수련이었다.

견딜 수 없이 힘들 땐 몰래 울었고, 진전이 있어 보람을 느낄 땐 조용히 웃으며 그렇게 청춘을 다 바친 무공은 이제 와서 보니까 아무것도 아니었다.

자연에서 추출한 몇 가지 성분, 그리고 철편을 버무려 뚝딱 만들어 낸 저 폭열탄의 엄청난 위력 앞에서 인간의 노력이란 한낱 물거품에 지나지 않았다.

세상이란 원래부터 이런 것인지도 몰랐다.

세상이란 애써 지키고자 했던 무엇, 애써 간직하고자 했던 무엇, 애써 모아놓은 무엇들을 한순간에 함몰시켜 버리고, 그 폐허 위에서 잔인하게도 키득키득, 웃고 있는 존재인지도 몰랐다.

요양휘는 쓰게 웃었다.

철편에 맞은 어깨가 점점 마비돼 왔다.

"이럴 줄 알았으면 쉬엄쉬엄 할 걸 그랬다."

이렇게 무너지고야 마는 것을, 이렇게 끝나고야 마는 것을 무려 십오 년이란 긴 세월 동안 오로지 무공만 생각했고 무공만 익혔다. 무공을 익혀 세상에 나아가면 세상을 다는 아니더라도 조금은 변화시킬 수 있으리라 생각했다. 그러나 아니었다. 고지식하게 무공만 익힌 세월은 아무것도 아니었다.

그 길고 길었던 인고의 세월은 한순간의 허망한 꿈이었다.

불을 품은 주먹만한 쇳덩어리, 그 안에 든 적의로 가득 찬 철편, 폭열탄이라는 이름을 지닌 기물 한 방이면 깨끗하게 끝나 버리는 것이었다.

"헛살았다. 세월은 사람을 기다리지 않는 게다."

요양휘는 그걸 깨달았다.

언제나 그랬지만, 언제까지고 그러힐 깃이지만 세상은 저 쾅! 쾅! 터져 오르는 폭열탄, 저것이 만들어낸 것과 다르지 않은 자극적이고도 강렬한 광풍이 가득할 것이다.

어리석게도 그걸 몰랐다.

나를 태우는 것이 어찌 저 폭열탄만이랴.

요양휘는 내달렸다.

순간 앞에서 눈을 꿰뚫어 버리는 듯한 섬광이 일어났다.

뒤이어 들려올 소리는 듣지 않아도 뻔했다.

섬광이 굉음을 이을 게 분명한 그 짧은 순간,

요양휘는 참 많은 생각을 했다.

평소에는 전혀 떠올라 주지 않았던 유년 시절부터, 화산에서의 수련 생활, 그리고 고통스럽고도 재미있었던 조금 전까지의 전 생애를 눈앞에 펼쳐 보았다.

짧다면 짧고 길다면 긴 생애 속엔 참으로 여러 가지 감정이 담겨 있었다. 그중에 좋았던 감정만을 추려내 각인하자 비로소 눈을 감을 수 있었다. 마지막은 생각 이상으로 따뜻했다.

"어서 오너라, 기다리고 있었다."

쾅!

순간 철판에 모래가 와 부딪치는 듯한 소리가 났다.

따다다다당!

눈을 뜬 요양휘에게 보여진 것은 이런 전장과는 전혀 안 어울리게 깨끗한 박린의 웃음이었다. 소리는 박린이 세워놓은 요광수신리성금이 철편을 튕겨내는 소리였다. 그림처럼 아름다운 눈매로 박린이 말했다.

"세상이 미쳐 돌아간다고 기다렸다는 듯 같이 미쳐 돌아가거나 포기해 버리면 그게 바로 변절이라오. 세상이 망하지 않는 이유는 그런 변절자들을 안타깝게 바라보는 사람들이 더 많기 때문이오. 우리 연경에서 술 한잔 나누어야 하지 않겠소?"

"너, 너 이 자식!"

요양휘가 할 수 있는 말은 더 이상 없었다.

새벽에 처음 조우했을 때, 요양휘는 전통을 내놓으라고 박린을 윽박

질렀다. 전통을 되찾고자 이 험난한 길을 따라왔다.

요양휘는 당장 육도를 뽑아 사생결단을 낼 수도 있었지만, 화노란 괴물과 진청자, 광불의 눈치가 심상치 않아 참은 것이었다.

그랬더니 박린은 생사람 잡지 말라며 없다고 뚝 잡아뗐다.

아무러면 고아한 선비가 그런 치사한 도둑질을 하겠냐는 것이었다. 여기에 한술 더 떠 요양휘 자신의 기억력까지 의심하는 발언을 서슴지 않고 해댔다.

그때 요양휘는 박린의 목을 졸라 버리고 싶은 충동을 간신히 억눌렀었다. 정말 치사해도 보통 치사한 놈이 아니었고, 보통 뻔뻔한 놈이 아니었다. 박린은 그런 놈이었다.

그런 놈이었는데…….

"요 형."

요광수신리성금을 눕히고 그 위에 올라탄 박린이 말했다.

"……."

요양휘는 박린의 뒤편에 펼쳐진 화염 지옥을 보았다.

"굵고 길게 삽시다, 우리!"

스윽―

박린이 사라졌다.

요양휘의 눈이 제 빛을 내뿜어낸 것은 바로 그 순간이었다.

육도를 갈라 쥔 그가 터져 오르는 화염 지옥을 노려보았다.

"좋까, 갈 데까지 가보는 게다!"

스윽―

박린이 내려선 곳은 연못이었다.

그곳에 곽파가 연연을 안고 망연히 서 있었다.

곽파와 연연 앞에서 진청자와 광불이 날아오는 화염과 나무 부스러기, 철편들을 힘겹게 쳐내고 있었다.

"진천철장!"

팡팡팡팡!

"무상불상장!"

팡팡팡팡!

연연은 폭발에 놀라 기절한 것 같았다.

연연의 아래로 축 늘어뜨려진 팔과 다리, 창백한 얼굴, 유난히 투명해 보이는 목이 박린은 마음 아팠다.

무슨 죄가 있으랴, 무슨 죄로 저 여리디여린 사람이 이런 핍박을 다 받아야 하는 것일까.

"어험."

박린은 우선 요광수신리성금을 쫘악 펼친 상태로 연연과 곽파 앞에 세워놓고 그 끝을 곽파에게 넘겨주었다.

"할머니."

"듣기 싫다, 이 괘씸한 녀석! 기껏 데려온 곳이 폭열탄 밭이더냐? 만약 우리 아가씨께 무슨 일이 일어나면 각오하거라. 이제부터 말도 시키지 마라!"

마지못해 요광수신리성금을 잡으면서도 곽파는 대단히 분노한 기색이었다. 박린은 할 말이 없었다. 본의는 아니었다는 걸 곽파가 알아주기만 바랄 뿐이었다. 박린이 돌아선 상태에서도 곽파는 끝도 없이 나무람을 퍼부었다. 선비로서 듣기 민망한 욕도 몇 마디 섞여 있었지만, 박린은 신경 쓰지 않았다.

노인네 성질 하고는.

"왔나?"

때마침 폭발이 뜸해진 틈을 타 진청자가 땀을 닦았다.

얼마나 장을 쳐냈기에 저럴까.

박린은 진청자의 손이 벌겋게 부어 있는 걸 보았다.

사정은 광불이 더욱 심했다.

광불이 거의 다 헤어져 버린 양손을 감추며 뒤로 빠졌다.

"할할할… 기특한 녀석 같으니. 이 늙은 백부들이 고생하는 걸 보고 교대해 주러 왔구먼? 그래, 어디 한번 네 솜씨를 좀 보자. 왕년의 천변귀수보다 못하면 혼쭐날 줄 알아라. 으험."

박린은 빙그레 웃었다.

어제 연연을 따라가 정식으로 예를 드리기 전까지는 분위기가 험악했고 어색했다. 가뜩이나 불편한 관계였다. 더욱더 분위기가 험악하고 어색할 수밖에 없었던 것은 따라온 무리가 하나둘이 아니었기 때문이다. 적일지도 모르는 인도와 우공까지 허겁지겁 달려와 합세를 애걸하고 있는 상황이었다.

정식 예를 드리고 용환의 행방을 모른다고 했을 때에야 분위기가 풀이졌다. 우공이 뭔가 미심쩍어하는 눈치를 보였지만, 진청자는 박린이 한 말에서 말 이상의 것을 짐작했는지 깊고 깊은 눈으로 아무런 말이 없었다.

만약 광불이 중간에 나서서 '백부, 어쩌고저쩌고…' 하는 수다를 풀지 않았더라면 곽파 역시 아무런 말도 하지 않았을 것이다.

밝아오는 먼동을 바라보면서 곽파가 탄식했다.

"할 수 없구나. 우린 공동의 적을 가졌고, 네 전대부터 이어진 인연

의 끈이 이리 긴 것을 어찌 인력으로 막으랴. 다만 악연으로 매듭지어
지지 않기를 길 바랄 뿐이다.”

　박린은 진청자까지 물러나게 만들었다. 그리고 양손을 펴 물을 짚었
다. 손을 중심으로 파문이 일었다. 천천히 올려지는 손바닥을 따라 일
어섰던 거대한 물기둥이 한순간 팍! 터져 허공에 무수한 동그라미를
만들었다.
　“저건?”
　진청자도, 광불도, 곽파도 놀람을 터뜨렸다.
　때마침 저 앞에서 폭열탄이 터졌다.
　쾅!
　박린이 외쳤다.
　“마환쌍륜 수류회천(水流回天)!”
　박린이 내두르는 손을 따라 허공을 수놓았던 동그라미들이 합쳐지
면서 거대한 수룡의 형상으로 변했다.
　수룡이 천천히 똬리를 틀며 아래로 내려왔다.
　휘루루―
　수룡의 정체는 다른 게 아니라 높이가 십 장, 두께가 삼 장인 강력한
수막이었다.
　이 믿을 수 없는 수막 안에서 진청자와 광불, 곽파는 혀를 내둘렀다.
이건 천변귀수도 이론만 알고 있었지 한 번도 성공하지 못했던 새로운
수공이라는 걸 세 사람은 알고 있었다.
　콰콰콰콰―
　수막에 부딪친 불덩이와 철편들이 허무하게 떨어졌다.

박린이 광불을 바라보며 또 빙그레 웃었다.

"백부님."

"으?"

"이만하면 혼쭐 안 나도 되겠지요?"

"끄, 끄음."

"하하!"

난처해하는 광불을 보며 진청자가 웃었다.

수막 안으로 허겁지겁 왕특과 왕씨 형제들이 뛰어들어 왔다.

"에이, 쌍! 토끼 구이가 될 뻔했네."

"이게 도대체 뭐야?"

그들은 머리카락이나 옷이 그슬리긴 했어도 비교적 멀쩡한 모습들이었다. 참 아무리 생각해도 불가사의한 형제들이 아닐 수 없었다.

이어 혈사교 살수들이 뛰어들어 오고 그 뒤를 불뇌선생이 따라 들어왔다.

맨 늦게 합세한 사람은 왕란자두였다.

일행 중 무공이 강한 사람들은 폭열탄을 터뜨린 흉수를 찾아 나선 무양이었다.

연연이 정신을 차린 긴 바로 그때였다.

연연은 제일 먼저 사람들을 포근히 안고 휘돌아가는 수막을 보았다. 그런 다음 그 수막에 손을 얹은 박린을 보았다.

박린이 한쪽 눈을 끔벅했다.

"에잉, 이제 보니 낭자께선 대단한 잠꾸러기셨구려?"

"……?"

"어험, 우리 사이에 나누어졌던 모든 약조들을 다시 한 번 생각해 봐야 되겠소이다그려.”

연연이 얼굴을 붉혔다.

“…그런 말씀 마세요.”

4

“킬킬킬!”

북행전 장로 적노는 웃었다.

저 쾅쾅! 터져 오르는 폭열탄처럼 끊이지 않고 웃음이 솟아올라 왔다. 그렇다고 뱃가죽이 당기지도 않았다. 뱃가죽은 오히려 뜨겁게 달궈진 충만함이 들끓었다.

“혼세염왕강림(混世閻王降臨), 염왕성세천년(閻王盛世千年), 귀안천하독패(鬼眼天下獨霸)라…….”

그가 화염과 굉음이 난무하는 성가장의 하늘을 올려다보았다.

“조사이신 혼마귀 사도염(司道廉) 대종사께옵서는 사막에 거하시다가 어느 날 문득 깨달으신 바가 있어 분연히 포의(布衣)를 떨치고 일어나셨도다. 그분께선 우르가(울란바토르)에서 택하신 염민(閻民)들을 규합, 천고에 다시없는 성세를 이루셨다.”

“그러하옵니다!”

북행전 행군총관 적혈광마 추풍치가 허리를 수그렸다.

적노가 말을 이었다.

“당시 중원은 초원의 아들들에게 반기를 든 어리석은 무리가 가득했다. 장기간에 걸친 전쟁으로 백성들의 살림은 피폐해 도처에서 대규모 살인과 강간, 식인이 이루어지고 있는 상황이었다. 아들이 어미를 죽이고, 아버지가 아들을 죽였다. 시아버지가 며느리를 겁탈하고 며느리는 제 갓난아이를 삶아서 뜯어 먹었다. 이게 어찌 사람으로서 할 짓이란 말이냐?"

"……."

"이에 대종사께옵서는 대노하시어 당장 중원으로 내려오셨다. 그분께옵선 신의 경지에 올라선 염왕의 능력으로 그 패악한 세상을 불질러버리고 그 땅에 새로운 염왕의 세상을 세우고자 하셨다. 초원의 아들인 황제도 그분의 지극히 강력한 패기와 드높은 이상에 감화된 나머지 적극적인 지원을 약속했다. 이에 그분께서 떨쳐 한번 일어나시매 중원의 패악한 무리가 구름처럼 일어나 앞을 다투어 그분께 무릎을 끓고 염민이 되길 자청하였다."

"……."

"그분께선 옥석을 가릴 수 있는 능력을 지니고 계셔서 그들 중 대부분을 죽여 그들이 지은 패악함의 본보기로 세우셨다. 죽이지 않으면 어찌 그 패악함이 종식되랴. 강력하지 않으면 어찌 세상이 굴러가랴. 이 세상은 온통 사기꾼, 강도, 부덕한 관리, 아첨꾼, 몽상가들이 가득 차 있는데 말이다. 그분께선 알고 계셨던 깃이다, 한 개의 죽음이 천 개의 패악함을 없애버린다는 것을!"

"지당하옵니다!"

"그러나 세상은 종종 신실한 자들을 시험하는 모양이었다. 그분께선 결국 비열하기 그지없는 합공을 당해 분루를 머금고 패퇴하실 수밖에 없었다. 아울러 적극적인 지원을 약속했던 초원의 아들도 지원을 중단한 채 초원으로 쫓겨났다. 간계에 능한 소위 무림인들이라 하는 치들과 간사하고도 잔혹한 성품을 지닌 주원장이라는 자에 의해서 말이다.”

“…….”

“그들의 후예들이 저 안에 있다. 죽어 뼛가루가 된다 해도 결코 잊지 말아야 할 종자들이 저 안에 있는 것이다! 우리는 다시 왔다. 그들과 같은 종자인 유근이란 자가 활짝 열어준 길로 다시 왔단 말이다! 알겠느냐?”

“예, 장로님!”

적노가 말을 하는 동안에 굉음이 끊겼다.

폭열탄이 다 터진 모양이었다.

성가장이 폐허로 변한 지는 오래였다.

적노가 손을 들었다.

“들어가라! 들어가서 확인해라. 숯덩어리로 변했어도 목을 베라. 다시 살아날까 저어된다!”

“명!”

추풍치가 구환도를 뽑아 들었다.

“가자!”

북행전 칼잡이들을 가장 먼저 맞이한 것은 화염이었다.

화르르—

화염은 성가장의 모든 것들을 태우고 성가장 인근 민가로까지 번지고 있었다. 진동에 흔들려 반 이상 부서져 버린 민가들이었다. 굉음에 놀란 사람들이 재빨리 피신해 버린 상태라는 게 그나마 다행이라면 다행이었다.

성가장 안은 그렇지 못했다.

폭발을 피해 다니던 성가장 식솔들의 시체가 불타오르고 있었다. 공교롭게도 폭발의 중심에 서 있었던 식솔들은 시체도 남기지 못하고 분시되었다. 개중에 살아남아 신음하는 식솔들의 등판엔 북행전 칼잡이들이 칼을 꽂았다.

"컥!"

피 묻은 칼을 뽑아 목을 베어버리는 칼잡이들의 눈이 광기로 번득였다. 오직 죽음만을 위해, 죽기 위해, 죽이기 위해 살아온 칼잡이들이었다. 그들은 아이의 등에 칼을 꽂고 목을 베어버릴 때에도 웃음을 흘렸다.

"흐흐흐……."

북행전 칼잡이들은 신음 소리를 따라 눈을 번득이며 흙더미와 나무 속을 뒤져 죽일 자들을 찾았다.

한참을 전진해 들어간 그들 앞에 누군가 나타났다.

그슬린 머리카락과 옷이 엉망이었지만, 그래도 이런 불 더미 속에서 제대로 서 있는 사람들을 발견한 북행전 칼잡이들의 눈이 빛났다.

번쩍!

"우헤헷! 어서 오게나."

그들은 바로 화느와 인도, 그리고 우공이었다.

신선 같던 모습은 어디 가고 이궁이에서 금방 뛰쳐나온 강아지처럼 시커멓게 변해 버린 인도가 양팔을 벌렸다.

"불이라면 나도 제법 한 수 한다네. 보겠나?"

화르륵—

인도의 등뼈 어딘가에서 솟아올라 온 화염이 양팔을 타고 내려와 손에 매달렸다.

흠칫!

북행전 칼잡이들이 어깨를 움직였다. 놀랍다는 반응이었다.

그들을 향해 인도가 손을 뿌렸다. 열양신공의 제일인자답게 느긋한 손놀림이었다. 하지만 느긋한 손놀림과는 달리 그의 손을 차고 나온 장은 단순한 화염장이 아니라 쇠도 녹여 버릴 수 있는 비천사염공(飛天蛇炎功) 상의 일천사염장(一天蛇炎掌)이었다.

화르륵—

두 개의 회오리치는 불덩어리가 북행전 칼잡이들을 때렸다.

파쾅쾅!

이때 화노는 북행전 칼잡이들의 머리 위를 날고 있었다.

그가 날린 색비륜이 북행전 칼잡이들을 휘어 감았다.

쐐애액—

"크크크……."

우공은 갑골문 가득한 뿔을 숙여 냅다 칼잡이들을 들이받았다.

단순하고 무식해 보이지만 중원에 산재한 외문 무공 중 최강이라는 비천사두공(飛天蛇頭功)이었다. 순간 뿔에서 일어난 빛덩어리가 북행전 칼잡이들을 후려쳤다.

콰르릉!

"물러서!"

북행전 제일지대 수좌(首座) 마염(魔炎) 질회족청(嫉灰鏃鯖)은 크게 소리쳤다. 단 일 수의 공격에 수하 일곱이 당했다. 그중 둘이 선 채로 백골만 남고 타버렸고, 셋이 목 잘려 죽었으며, 둘이 섬광에 관통당해 분시되었다.

우르르—

북행전 칼잡이들은 물러나 전열을 정비하려 했다. 순간 뒤쪽에서 정체를 알 수 없는 빛살이 하늘을 수놓았다. 그 빛살의 정체는 가율무지가 던져 올린 소부 다섯 자루였다.

"받아라!"

파콰콰콰쾅!

단번에 셋이 거꾸러졌다.

황급히 소부를 피하느라고 비틀거리는 둘에게 개구사치가 날린 철부가 내리 꽂혔다.

퍽!

가율무지나 개구사치 역시 화노와 인도, 우공처럼 상태가 엉망이었다. 개구사치는 파편을 맞았는지 얼굴이 온통 피 범벅이었다.

개구사치가 철부를 움켜쥐고 날뛰었다.

"다 죽여 버린다!"

퍽! 퍽!

피가 튀고 뇌수가 튀었다.

그들로부터 이십 장 떨어진 폐허 위에선 북행전 행군총관 적혈광마 추풍치가 웃고 있었다.

"끼끼! 이 폭발 속에서도 살아 있다니… 도저히 믿을 수 없구나!"

"쿵!"

웅녀는 절굿공이를 꽈악 움켜쥐었다.

앞에는 자신만큼 거대한 덩치를 지닌 괴물이 수하들을 거느리고 서 있다. 괴물은 핏빛 피풍을 두른 민대머리였는데, 살빛이 땅처럼 검고 눈빛이 화염을 집어넣은 것처럼 붉어서 괴물이랄 밖에 다른 말로는 표현할 수 없었다.

"네가 이 엄청난 일을 저지른 장본인이냐?"

대답이 건너왔다.

"그리 묻다니, 대단히 건방진 년이로세. 죽어 마땅한 것들에게 죽음을 내려주었거늘 거기에 무슨 하자가 있다는 말로 들리는구나?"

적혈광마 추풍치는 자신 앞에 서 있는 철갑을 훑어 내렸다.

철갑은 화염에 온통 그슬려 눈만 하얗게 반짝이는 계집이었다.

추풍치는 매우 흥미가 동했다. 사실 계집의 덩치는 흥미롭지 않았다. 계집의 몸으로 이 폭발에서 살아 있다는 게 놀라울 뿐이었다.

"으흠."

철갑 때문일까.

그럴 수도 있겠지만 전적으로 철갑 덕분은 아닐 것이라는 판단이 섰다. 화염과 철편이 쏟아지는 속에서 철갑이 무슨 역할을 하랴. 그렇다면 저 계집년은 보통 계집년이 아니라 한가락하는 고수일지도 모른다. 아니, 확실히 고수였다.

절굿공이가 땅을 찍었다.

쿵!

땅이 진동했다.

추풍치는 제의했다.

"그년 꽤나 성깔 있구나. 보아하니 네년도 중원 종자는 아닌 듯하다. 염민이 되어 만세를 누리지 않겠느냐?"

"뭐라?"

웅녀는 그제야 이 사악한 무리의 정체를 알아챘다.

그녀는 풍문을 통해 북방 사정을 대충은 알고 있었다.

"염민이 되어 만세를 누리지 않겠느냐고? 호호! 좀 웃기는구나. 이 천금야저 웅녀가 왜 네놈같이 사악한 무리의 종이 돼야 한단 말이냐?"

웅녀가 추풍치에게 쇄도했다.

"칫!"

추풍치는 구환도를 후려쳐 웅녀를 휘어 감았다.

계집년의 재주가 가상하지만 어쩔 수 없지.

순간 구환도에서 일 수에 십사로(十四路)까지 벌어지는 도세가 펼쳐졌다. 이 수법이 추풍치의 성명절기이면서 폭죽처럼 팡팡! 터져 오르는 현란함으로 상대를 난도질해 버리는 도공인 광마십사결(狂魔十四訣)이었다.

팡팡팡팡!

구환도가 쏟아낸 굉음과 섬광이 땅과 하늘의 경계를 흐리며 엄청난 압력으로 웅녀를 뒤로 밀었다.

"쿵!"

웅녀는 절굿공이로 섬광을 쳐내면서 생각했다.

물러설 수 없다, 물러나선 안 된다.

한 발이라도 물러선다면 반드시 추락할 것이다.

그리 추락해서 닿을 곳이야 뻔했다.

그곳은 천지만물을 주관하시는 텡그리의 복된 세상이 아닐 것이다. 번회를 이끄시는 에르텐의 빛나는 새성도 아닐 것이다.

광기와 공포로 얼룩진 염왕의 어둡고도 습한 세상일 것이다.

웅녀는 이를 악물었다.

천금야저가, 납족의 영광을 생산할 황금 같은 몸이 염왕의 이빨에 갈기갈기 찢겨져 나간다면 납족의 희망 역시 절단되는 것이다.

이제 겨우 에르텐을 만났는데, 이제 겨우 에르텐과 합세했는데 여기서 절단당할 수 없다!

웅녀는 일백이십 근짜리 절굿공이를 쳐들었다.

순간 절굿공이가 납족 지도자에게만 전해지는 비전, 발왈라행도(跋日羅行刀)의 파륜섬(波輪閃)을 펼치기 시작했다.

붕붕붕!

절굿공이가 기이한 기세를 피워 올렸다. 이어 절굿공이가 일으킨 엄청난 압력이 뇌전(雷電) 같은 섬광들을 쩡쩡 소리를 내며 일으켜 세웠다. 섬광은 절굿공이에 박혀져 있던 팔뚝만한 발왈라가 절굿공이를 튕겨져 오를 때 같이 뽑혀진 빛이었다.

웅녀는 절굿공이를 앞으로 뿌리면서 외쳤다.

"탄(呑)!"

섬광을 본 추풍치가 일 장이나 뒤로 미끄러졌다.

칼밥을 먹으며 살아온 세월 삼십 년이 섬광을 본 그 순간 더 싸우고자 하는 의지를 침몰시키고 본능으로 그의 몸을 이끌었다.

본능 앞에서는 한없이 무기력한 게 의지인 모양이었다.

위험하다. 위험한 년이다. 속에 폭열탄을 지닌 년이다, 라고 본능이 속삭였다.

추풍치는 정신없이 외쳤다.

"쳐라! 저년을 죽이란 말이다!"

본능보다 더 빠른 것도 있는 모양이었다.

추풍치는 망연히 자신의 가슴을 내려다보았다.

발왈라가 관통하고 지나간 구멍이 보였다.

구멍에서 울컥, 튕겨진 피가 신발을 적셨다.

"…컥!"

그의 머리로 절굿공이가 떨어졌다.

콩!

순간 북행전 칼잡이들이 웅녀에게 달려들었다.

혼신의 힘을 다해서일까.

웅녀는 다시 절굿공이를 들어 올리지 못했다. 마음속에서는 탄과 이어지는 취(驟), 쇄(碎), 파(破), 틈(闖)의 동작들이 연속적으로 이어지고 있는데, 몸엔 서 있을 힘조차 없었다.

웅녀는 눈을 감았다.

그러자 어디선가 나직한 노랫소리가 들려왔다.

예언을 새기거라, 야루 강변의 목동이여. 해지는 풍경을 바라보는 금빛 돼지여. 멸망의 날이 다가오기 전, 해지는 지평을 밟고 아름다운 신인이 너희들을 찾아오리니 너희들은 이제 눈물과 한숨을 그칠지어다. 그가 에르텐이라. 에르텐이 선택한 땅은 영원히 기름지고 푸를 것이다. 너희는 그 땅에서 야루처럼 흘러 세상을 덮을 수 있으리라.

낯익은 목소리였다.

목소리의 주인은 어쩌면 자신일 수도 있었고 어머니일 수도, 이미니의 어머니일 수도 있었다.

전설은 그렇게 대를 이어 흘러 내려왔다.

저 노랫소리를 거슬러 올라가면 아름다운 빛으로 휩싸인 야루 강이 나오리라. 그 시리도록 푸른 물결이 굽이치는 곳은 영원히 죽지도 않고 영원히 먹지 않아도 되는 땅, 텡그리께서 한가로이 도화꽃 사이를 거니시는 천상이 나오리라.

하지만 웅녀는 천상을 외면했다.

납족 모두가 바라는 황금야저의 염원은 텡그리가 거하시는 천상의 것이 아니라 이 땅의 소산이었다. 텡그리께서 자신에게 내리신 소명일 수도 있었다. 그 염원을 이루지도 못하고 어찌 푸른 야루를 볼 수 있으랴. 어찌 천상의 다리를 건널 수 있으랴.

웅녀는 절굿공이를 치켜들고 눈을 부릅떴다.

슉! 슉! 슉!

북행전의 칼날들이 쇄도해 오고 있었다.

목을 날려 버릴 듯 사나웠던 그것들이 중간에서 꺾였다. 이어 별 부스러기 같아 보이는 섬광들이 일어났다.

깡깡깡!

"다, 당신은?!"

웅녀의 눈에 앞을 막아선 사람이 보였다.

남루해진 패랭이, 그을음 매달린 댕기, 가녀린 어깨를 지닌 장향이었다. 그녀가 뒤를 돌아보며 웃었다.

"힘내세요!"

그녀는 양손에 쌍검을 들고 있었다.

웅녀는 의아했다.

그녀가 들고 있는 쌍검이 이상했다.

쌍검은 길이가 겨우 두 자(60㎝)밖에 안 됐다. 그리고 병기라고는 생각되지 않을 만큼 화려한 수실을 달고 있다. 생김도 애들 장난감처럼 앙증맞기 그지없었다. 그렇게 생긴 쌍검이 북행전 칼잡이들의 험악한 칼날을 모조리 막아냈다고는 믿을 수 없었다.

검무를 추듯 앙증맞은 쌍검이 움직였다.

사아악—

탑신야유(塔神揶揄)는 별호가 혈안랑(血眼狼)이었다.

북행전 제이지대 수좌인 그의 시뻘건 혈안은 지금 크게 팽창되어 도무지 줄어들 줄 몰랐다. 갑자기 나타난 패랭이 때문이었다. 패랭이는 중원인이 아니었다.

그녀가 장난감 같은 쌍검을 이용해 펼치는 무공도 중원 것이 아니었다.

쌍검은 검무와도 같이 아름다운 선을 지니고 있었다.

검의 나아가고 들어감, 맞물리고 떨어짐, 올라가고 내려옴이 부드럽게 이어져서 물처럼 흐른다. 베어져 나가는 공기도 물소리를 냈다.

쏴아아―

"와아아!"

쌍검을 향해 탑신야유의 수하들이 달려들어 갔다.

깡깡깡!

검과 검이 부딪쳤다.

쌍검은 흔들리지 않았다.

애초부터 아무 일도 일어나지 않았던 것처럼 쌍검은 선과 선을 이으며 조용히 움직였다. 만월의 기장자리를 따라 돌듯 크게 도는 쌍검의 선 밖에서 달려들어 갔던 자들이 분분히 튕겨져 나와 땅 위를 굴렀다.

"와아아!"

다시 장향에게 탑신야유의 수하들이 달려들어 갔다.

핏발을 세우고, 병기를 번쩍이며, 야수처럼 고함을 내지르며 달려들어 간 그들이 장향의 쌍검을 밀어붙였다.

깡깡깡!

장향은 쌍검 하나를 옆구리 쪽으로 내렸다.

칼날들이 따라붙었다. 나머지 쌍검 하나가 아름다운 호선을 그리며 칼날 주인들을 갈랐다.

사아악―

황급히 칼날 주인들이 물러났다.

그러나 이미 목들이 떨어진 다음이었다.

당황해하는 혈안랑 탑신야유의 목에 쌍검을 댄 장향이 말했다.

"구월산인(九月山人) 전우염(田禹鹽) 노사께선 이 검무를 월영무(月影舞)라고 하셨네. 달 그림자를 벤다는 뜻일 게야."

팍!

장향은 물러섰다.

그리고 혈안랑 탑신야유의 가슴을 꿰뚫은 물건을 보았다.

긴 송곳처럼 보이는 그 물건은 검이었다. 그것도 끝으로 베거나 아니면 이렇게 찌르기만을 전문으로 하는 검이었다.

탑신야유가 무너지고 그 기이하게 생긴 검의 주인이 모습을 드러냈다. 그는 바로 야소였다.

머리칼을 다 그슬려서 이젠 괴물이라고나 불러야 될 파란 눈의 야소가 검을 뽑으며 성호를 그었다.

"레이디 퍼스트(Lady First)!"

장작빈은 담장 밑에 숨어 있었다.

무너지면서 공교롭게도 사람 인(人) 자 형으로 세워진 담장 밑이었다. 폭발 땐 그저 폭발을 피해 움직이느라 정신없어 몰랐는데, 몸이 한가해지니 금방 구시렁거림이 나온다.

"하여튼 그 선비 놈인지 뭔지를 쫓아다닌 뒤로 뭐 하나 제대로 되어 가는 게 없단 말이야. 씨팔, 재수 옴 붙은 것도 아니고, 왜 하는 일마다 이 모양으로 꼬일까?"

아무리 생각해도 모를 일이었다.

집과 말똥을 털어간 놈들을 쫓아 길을 나선 다음 뭐 하나 확실하게 풀려가는 게 없었다.

오늘만 해도 그랬다.

산더미처럼 쌓인 음식이었다. 그걸 몇 점 먹지도 않았고, 진귀한 명주들을 몇 잔 들이키지도 못했는데 난데없이 엄청난 폭발이 일어났다. 덕분에 수염과 머리를 몽땅 그슬려 정말 시궁쥐만도 못한 신세로 전락해 버렸다.

'으?'

정말 시궁쥐처럼 눈만 새하얀 장작빈이 고개를 움츠렸다.

저벅저벅.

저쪽에서 시뻘건 피풍을 날리며 칼잡이들이 걸어오고 있었다.

폭발이 끝나자마자 나타나서 저렇게 거침없이 걸어오는 걸 보면 폭열탄을 매설한 장본인들이 틀림없었다.

'허! 무시무시한 놈들일세!'

장작빈은 눈을 내리고 납작 엎드렸다.

저벅저벅.

'이상하네?'

녀석들이 꼭 자기를 향해 걸어오고 있다는 느낌이었다.

저벅저벅.

일단 든 생각은 귀찮게 무영투를 펼쳐 모습을 숨기기보다 그냥 누워서 죽은 척할까? 였다. 폭발 때문에 생명이 좀 위험했던 건 사실이었어도 죽지 않은 이상 괜히 힘을 낭비할 필요 없었다.

덕분에 은근히 부담되던 야소 녀석도 떨어져 나갔지 않는가.

야소 녀석은 어쩌면 죽었을 수도 있었다. 그렇다면 차라리 잘된 일이지 뭐. 귀찮은 상전 하나가 없어진 것이 아니냐. 그 녀석 때문에 육포도 맘대로 못 먹고 물 마시는 것까지 눈치를 봐야 했다.

늘그막에 무슨 큰 호강을 하겠다고 녀석을 꼬셨는지, 참 지금 생각해도 한심한 일이 아닐 수…….

'잉?'

장작빈은 피를 철철 흘리며 이 폐허 어딘가에 차디찬 시체로 누워 있을 야소를 떠올려 보았다. 갑자기 가슴이 싸아— 해진다.

저벅저벅.

칼잡이들이 계속 다가왔다.

장작빈은 엎드린 상태로 살그머니 발초곤을 움켜쥐었다.

'미운 녀석이었지만 나쁜 녀석 또한 아니었어. 그럼 당연히 원수를 갚아주어야지!'

그때 칼잡이들이 걸음을 멈췄다.

그들 중 누군가 외쳤다.

"수좌! 여기 웬 쥐새끼가 하나 엎어져 있소. 상당히 늙은 쥐새끼요. 머리카락은 다 타버렸지만, 몸이 멀쩡한 걸 보면 아마 죽은 척하고 있는 것 같소. 한번 찔러보겠소!"

그는 북행전 제삼지대 소속 창귀(槍鬼) 살리(乷籬)였다.

장작빈은 살리의 말이 끝나자 발딱 뒤집어졌다.

막 찔러보려고 장창을 높이 쳐든 살리가 눈을 크게 키웠다.

살리의 목을 발초곤이 휘어 감았다.

추릿!

"요놈, 요 나쁜 놈!"

발초곤에 감겨 삼 장이나 날아간 살리가 허공에서 빙글 몸을 뒤집었다. 대단히 좋은 순발력이었다. 살리는 날아갔던 삼 장을 도로 쇄도해 오며 장작빈에게 장창을 내밀었다.

팟!

장창은 허공을 찔렀다.

살리는 어리둥절했다. 장창에 꿰었어야 할 늙은이가 감쪽같이 사라져 버린 것이다.

"여기 있지!"

소리는 등 뒤에서 들렸다.

살리가 허물어졌다.

"큭!"

그의 목을 감았던 발초곤이 풀어져 우측을 향해 뱀의 혀처럼 붉고 가는 끝을 내밀었다.

추릿!

순간 급히 밀고 들어오던 갈삽이가 발조곤이 감은 목을 부여잡고 진절머리를 쳤다.

"끄아아!"

"잘 걸렸다, 요놈!"

장작빈이 발초곤을 풀자 그의 목이 떨어져 나갔다.

"뭐냐?"

"우리 형제들이 당했다!"

칼잡이들이 우르르 몰려왔다.

양팔을 벌린 상태로 장작빈이 기염을 토했다.

"어서 오너라, 이놈들! 노부가 너희들의 목을 몽땅 훔쳐보겠다!"

무영투를 펼친 장작빈이 칼잡이들 사이를 내닫기 시작했다.

북행전 장로 적노.

그의 원래 이름은 붉은 노인이란 뜻의 적노가 아니라 타라하이(打羅瑕爾)였다. 타이치오트 씨족의 타라하이였던 그가 적노로 불리게 된 것은 그가 북행전에 입교, 염민이 된 지 삼십 년째 되던 해 봄에 일어난 혈사 때문이었다.

현세 염왕이었던 혼마귀 사도염(司道廉)이 죽자 북행전은 후계 구도를 놓고 노, 청 두 패로 분열되었다.

노인들이 압도적으로 많은 지도부에선 자식 없이 죽은 사도염의 혈족 중 가장 가까운 자를 염왕으로 세우자고 주장했고, 청년들이 포진한 실무진에서는 사도염의 제자인 화룡군(火龍君) 살리탑(殺釐塔)이 염왕을 이어야 한다고 주장했다.

이른바 피냐, 정신이냐의 대립이었다.

북행전은 수차에 걸쳐 쿠릴타이를 개최해 이 문제를 놓고 의견을 개진했지만, 어차피 격렬한 토론만으로는 결론나지 않을 문제였다. 북행전 역사에 마지막이라고 기록된 쿠릴타이가 열린 그날, 야심만만한 화룡군 살리탑은 직계 수하들을 동원 쿠릴타이가 한창인 게르를 습격했다.

그는 그 자리에서 노인들로 이루어진 지도부를 처형했다.

이 혈사를 부추기고 주도한 사람이 바로 살리탑의 오랜 충복인 타라

하이였다. 살리탑과 자신의 직계만으로 이루어진 지도부를 새로 선출
한 타라하이는 당연히 그래야 한다는 듯 사도염의 혈족들까지 찾아내
말살했다. 그 피비린내나는 과정이 무려 오 년이나 지속되었다. 이 과
정에서 새로 얻은 이름이 바로 붉은 노인. 즉, 적노였다.

적노는 지금 자신이 옹립한 염왕 화룡군 살리탑과 함께 폐허가 되어
버린 성가장에 서 있었다.

교교하게 흐르는 달 아래 한낮의 격전 현장을 그대로 드러낸 성가장
을 둘러보며 두 사람은 말이 없었다.

"어이없군."

언제까지라도 이어질 것 같은 침묵을 살리탑이 깼다.

"폭열탄 오십여 발과 칠십팔 명의 수하를 모조리 쏟아 붓고도 주씨
의 딸년과 박린이란 놈을 잡지 못하다니 말이야."

"종사, 그것들이 갑자기 합쳐지는 바람에……."

"그만!"

살리탑이 손을 들어 적노의 말을 막았다.

"……."

적노가 고개를 돌려 살리탑이 가리킨 곳을 바라보았다.

"저 갈대밭이 노하평이라고 했나?"

"예, 종사!"

"박린이란 놈은 저곳에서 장강수로채 수적들 일천여 명을 패퇴시켰
다. 알고 있느냐?"

"끄음."

"우리가 조사한 바에 따르면 놈은 광인(狂人)이어서 조직을 거느릴
만한 놈이 못 되었다. 그러나 놈은 이곳까지 오는 도중에 만난 놈들을

어떤 식으로든지 규합해 저 노하평, 일천여 명의 수적들 앞으로 질주시
켰다. 알겠느냐?"

"……."

"생각해 봐라, 적노."

"……."

"전대 무림 장문 셋, 팔괴 중 삼괴, 화산파 최고 기재, 늙은 도둑 , 색
목인, 납족 여인, 혈사교 살수들, 몽고족, 조선 여인까지 다 놈을 따라
저 노하평으로 뛰어들었다. 이랬는데도 놈을 광인이라 말할 수 있을
까? 조직을 거느리지 않았다고 말할 수 있을까?"

굳이 대답이 필요하지 않은 물음이었다.

적노는 허리를 구부렸다.

"종사."

"말해 봐라."

"이 늙은 것이 단언하건대 놈은 조직을 거느린 게 아니었사옵니다.
이전까진 분명 그랬사옵니다. 철학도 없는 놈이 어찌 어중이떠중이들
과 조직을 꾸릴 수 있나이까?"

"그렇다면 저 노하평과 이 장원에서 벌어진 일들은 어떻게 해석해야
하느냐? 놈들은 이렇게 결정적일 때마다 힘을 합쳤다. 조직이 아니고,
조직이 아니어야 할 그놈들이 말이다. 놈과 유리되어 독자적으로 움직
이던 그놈들이 말이다! 입이 있으면 어디 말을 해봐라!"

"우연의 일치가……."

"반복해서 일어나는 우연이란 없다."

"끄음."

잠시 생각에 잠겼던 살리탑이 적노를 보았다.

“적노.”

“예, 종사.”

“넌 지금 본전으로 올라가 최정에 수하들을 추려 다시 내려오너라.
늦어도 풀이 다 자란 초원이 달을 향해 우는 달(5월)까진 연경에 도착
해야 한다.”

“명!”

“본 염왕은 연경으로 갈 것이다. 연경에서 놈이 오길 기다리며 유근
을 만날 것이다. 본 염왕이 그와 담판 지을 일이 있다!”

살리탑의 눈이 붉어졌다.

펄럭—

적노가 사라진 하늘을 보며 그가 중얼거렸다.

“내 것이 될 수 없다면 부숴 버려야 되겠지!”

그가 사라졌다.

5

벽산구(碧山丘).

성아촌에서 성경을 가려면 반드시 들르게 되어 있는 이곳은 약수 때
문에 찾아오는 뜨내기들이 더 많은 고장이었다.

안질과 등창, 위병에 효험이 있다고 소문난 약수 때문인지, 거리는
인근 성경을 비롯한 각처에서 부자들이 몰려들어 연일 성시를 이루었
다. 원래 농사를 짓던 이곳 사람들은 농사를 버리고 객잔을 열었다.

이곳은 풍광도 좋았다.

동쪽엔 은뱀처럼 유유히 흘러가는 낙수, 서쪽엔 불야성을 이룬 성

도(省都), 성경을 내려다볼 수 있었다.

─성경에서 벌어 벽산에 갖다 바치고 낙수를 보며 눈물 흘린다.

오래전부터 성경 거리를 떠도는 말이었다.

이처럼 벽산구는 황량한 초원과 거친 바람밖에 없는 변방에 세워진 환락가였다.

이곳 화녀들은 한족과 야인, 심지어 색목인도 있었다.

도박장도 있어서 밤이고 낮이고 연일 흥청망청했다.

이러한 곳을 다스리는 불한당들이 없을 수 없었다.

"크험!"

이곳 객잔 주인들과 화녀들에게 황충(蝗蟲)이라고 불리는 사내, 장보(張補)는 우선 큰기침부터 내뱉었다. 도박장 뒤편에 마련된 실내엔 그 말고도 세 명이 더 있었다.

그들의 시선이 방금 큰기침을 내뱉은 장보에게 쏠렸다.

"큼."

"으흠."

장보가 누군가.

그가 이곳으로 흘러 들어온 것은 십 년 전이었다.

그는 묵묵히 삼 일을 배회한 후 당시 벽산구를 휘어잡고 있던 대력귀(大力鬼) 강환(姜煥)에게 도전, 강환을 단 일 합에 베어버리고 벽산구의 밤 세계를 차지했다.

그는 지금 대단히 화가 난 상태였다.

"그러니까 웬 거지들이 당신의 객잔을 차지했단 말이지?"

"아이고, 그렇소이다."

대답을 한 늙은이는 노랑이라고 소문이 자자한 곽가(郭哥)란 늙은이로 벽산구 초입에 있는 만승객잔(萬乘客棧)의 주인이었다.

"늙은이, 젊은이, 중, 도사, 여인네와 사내들이 뒤섞인 거지 놈들이오."

장보가 거대한 머리와 팔뚝을 흔들며 다시 물었다.

"그것참, 괴이한 놈들이로구나. 분명 거지들이냐?"

"그렇소이다."

"크흠, 그래?"

장보는 미심쩍은 표정이었다.

답답해진 곽가가 돈주머니를 풀어 장보에게 건넸다.

얼른 손을 뻗어 돈주머니를 가늠해 본 장보가 뒤를 향해 누구를 불렀다.

"야, 달평(達枰)."

"예, 형님."

사람의 덩치라고는 믿을 수 없는 거대한 덩치의 소유자가 허리를 구부렸다. 그가 들고 있는 곤(棍)도 나무 기둥처럼 거대했다.

"받아라."

장보는 달평에게 돈주머니를 던졌다.

달평이 날렵한 동작으로 돈주머니를 받았다.

"가서 놈들을 만져 주고 와라!"

흐뭇한 얼굴로 달평이 나간 뒤에 장보가 피식, 웃었다.

"명색이 두목인데 잔돈푼에 욕심을 내선 안 되지."

"그러믄입쇼, 나리."

곽가가 자신 뒤에 서 있던 여인을 앞으로 밀었다.

"어제 새로 들어온 년인데 얼굴이 아주 반반하옵니다요. 나리께서 길을 좀 내주십사 하고. 으헤헤."

여인을 안은 장보가 곽가를 보았다.

"당신 말이야."

"예, 나리."

"길 내는 일이 얼마나 고된지는 알고 있겠지? 험산과 무성한 수풀을 가로질러 굴을 뚫는 일이야. 나 같은 일꾼은 품값을 넉넉히 주지 않으면 일을 안 하고 행패만 부리는 법이지."

"그야 그렇지요."

곽가는 다시 돈주머니를 꺼내 장보에게 쥐어 주었다.

"좀 과도한 품값 같지만 어쨌든 잘 쓰겠네."

방을 나온 곽가가 인상을 찌푸렸다.

'치사한 자식!'

방에서 남녀가 뒤섞여 내지르는 신음 소리가 들려오기 시작했다.

곽가는 거금을 들여 사 온 화녀를 돈까지 얹어 줘가며 바치려니 몹시 심정이 사나워졌지만, 어쩔 수 없었다.

장보는 벽산구의 밤을 지배하는 제왕이었다.

"염병!"

무심코 돌아선 그가 깜짝 놀랐다.

조금 전에 놈들을 만져 주러 나갔던 달평이 아직 가지 않고 있었다. 그와 눈을 마주친 달평이 씨익, 누런 이를 보이며 손을 내밀었다.

"선수금이 부족해서 말이지."

“거참, 정말 괜찮은 계집년인걸?”

장보는 쩝쩝 입맛을 다셨다.

계집은 이미 그쪽 방면으로는 산전수전을 다 겪은 모양이었다.

안자마자 홍건하게 젖은 몸이 싱싱한 잉어처럼 파닥거렸다.

계집은 아래서 흡반처럼 달라붙어 게걸스럽게 헉헉거렸다. 계집을 위로 올려놓자 계집은 몸을 활처럼 휘며 자지러졌다.

계집은 몸이 무엇을 요구하는지를 확실히 알고 있었다.

“네 이름이 뭐냐?”

정사 뒤의 나른함에 휩싸인 목소리로 장보가 물었다.

본명을 알려줄 리 없다는 것을 알면서도 처음 동정을 바친 철부지 아이처럼 감동에 겨워 묻지 않을 수 없었다.

대답은 나오지 않았다.

“크흠.”

장보는 머쓱해하지도 않고 말을 이었다.

“앞으로 내가 부르면 즉각 와야 한다. 널 괴롭히는 놈이 생겨도 언제든지 오너라. 벽산구는 생각보다 험악하다. 대처에서 굴러먹은 경력이 통하지 않는다는 말이다.”

겁을 줘도 여인은 누운 그대로 미동도 없었다.

장보는 피식, 웃었다.

수줍어하는 건가? 별 이상한 년 다 보겠네.

가만히 일어나 옷을 다 입은 여인이 문고리를 잡았다.

장보는 아쉬운 마음에 한 번 더 운우를 나누었으면 좋겠다는 생각을 했다.

그리고 고개를 갸웃거렸다.

이럴 수 있나?

자신과 방금 운우를 즐기고 일어나 돌아서 있는 여인.

어찌 생긴 얼굴인지가 기억나지 않는다.

홍건히 젖은 몸과 오디처럼 앙증맞았던 유실, 땀이 흘러 내려갔던 등골, 손이 닿을 때마다 파르르, 떨었던 솜털까지 다 생생하게 기억하고 있는데 유독 얼굴만 삭제된 것처럼 기억이 없었다.

홀린 기분이었다.

"야!"

장보는 자신도 모르게 여인의 옷자락을 잡았다. 아니, 잡지 못했다. 분명히 잡았다고 생각했는데 빈손이었다.

돌아선 그대로 여인이 말을 건네왔다.

"소녀의 이름은 화요라고 하죠."

"화요?"

"소녀는 몸 팔러 온 게 아니라 사부님을 만나러 왔어요."

문을 열고 밖으로 발을 내놓은 화요가 말을 이었다.

"혈사교를 아세요?"

장보는 가슴이 덜컥 내려앉았다.

혈사교라면 불을 믿는 천리교(天理敎), 나무를 믿는 백의교(白衣敎)와 함께 천하 삼대사교라고 불리는 집단이 아니냐?

"그곳의 장로이신 우공 어른께서 바로 제 사부님이시죠."

"뭐, 뭐요?"

점입가경이 따로 없었다. 혈사교 장로 우공이라면 인도와 함께 팔괴 중 성격이 제일 괴팍하다고 소문난 자였다.

"소, 소저, 나, 난 아무 죄가 없소!"

“알아요.”

“끄, 끄음.”

“먼발치에서나마 사부님께서 건재하신 모습을 봤으니 됐네요. 소녀가 지금까지 잡고 있었던 당신의 생명은 돌려 드리지요. 열심히 길을 낸 정성을 생각해서라도 말이죠. 호호! 하지만 소녀가 짐작컨대 당신은 오늘 밤 소녀의 스승님을 만날 수 있을 거예요.”

스윽—

여인이 사라졌다.

장보는 식은땀을 흘리며 고개를 털었다.

꿈이 아니었다.

장보가 정신 못 차리고 방을 거닐며 우왕좌왕하고 있을 때, 그의 졸개 달평은 곽가의 만승객잔에서 헛소리를 꽥꽥 질러대고 있었다.

“어떤 간 큰 새리들이 이 벽산구에서 행패를 부리는 거냐, 엉? 너냐? 꼭 기생오라비처럼 생긴 놈이 뼉다구 분질러지고 싶어서 환장을 했구나!”

박린은 거대한 덩치가 자신을 향해 걸어오는 걸 물끄러미 바라보았다. 덩치는 기산처럼 떡 벌어진 어깨와 아름드리 나무를 잘라서 붙여 놓은 것 같은 팔과 다리를 지니고 있다.

그가 들고 있는 곤도 나무를 뿌리째 뽑아 만든 게 분명했다.

쿵! 쿵! 쿵! 쿵!

그가 내딛는 발자국에 객잔 전체가 들썩였다.

“어험. 또 점잖지 못한 일이 일어나겠구나.”

저절로 눈살이 찌푸려졌다.

성가장에서의 지독한 혈전을 끝내고 목욕도 할 겸 배도 채우고 잠도
잘 겸 겸사겸사 객잔에 들어왔는데 이 무슨 변괴인가.

덩치는 무슨 까닭인지는 몰라도 화가 단단히 나 있었다.

그리고 선비를 무시해도 이만저만 무시하는 게 아니었다.

"야! 이 거지 놈아. 너 당장 일어서지 못해? 식솔들을 거느리고 어서
꺼지란 말이다. 여기가 다리 밑인 줄 아냐?"

나이도 비슷할 것 같은데 훈계도 이만저만이 아니었다.

"새파랗게 젊은 놈이 뭔 할 짓이 없어서 거지질이냐, 응? 이 어른이
점잖게 충고하는데 땀 흘려서, 일을 해서 벌어 처먹어라, 이놈아! 너처
럼 인생을 쉽게 아무 생각 없이 사는 놈 때문에 나라가 요 모양 요 꼴
인 게다, 이 게으름뱅이 놈아!"

입도 아주 거칠었다.

"뭘 뻔히 쳐다봐, 개새꺄! 이 손가락으로 눈깔을 칵— 쑤셔줄까? 어
쭈, 이 새끼 너, 귓구멍 막혔냐? 당장 눈 깔아!"

"어험."

도대체 대국은 왜 이리 상식없는 자들 천지인가.

박린은 벌떡 일어났다.

생각 같아선 당장 저 험악한 주둥이를 먼저 꿰매놓고 싶지만, 선비
체면에 그리 행동할 수야 없지.

"이보오."

"뭐?"

"귀공은 누구요? 누구이기에 벌건 초면에 대뜸 말도 되지 않는 헛소
리를 하는 것이며, 또 육두문자를 날린단 말이오? 이거 듣기 민망해서
당최 견딜 수가 없소이다그려."

박린이 점잖게 나서자 뒤에 앉아 음식과 술을 정신없이 들이키던, 이제는 일행이라고나 불러야 될 사람들이 정신을 차리고 덩치를 주시하기 시작했다.

그들 중, 이런 일 저런 일 가리지 않고 나서기 좋아하는 왕오가 오리 다리를 뜯다 말고 몇 마디 거들었다.

왕오는 우선 힐끔한 눈으로 덩치를 불렀다.

"어이, 촌돼지."

"으?"

"너, 아직도 덩치를 믿고 까부냐? 아녀, 그러면 못써. 요즘은 덩치를 믿고 날치는 세상이 아니란 말이지. 그러니 연장질당하기 전에 조용히 사과하고 꺼져 주라. 나 화나면 보기보다 무서운 사람이다? 흥분하면 미친 것처럼 연장질을 해댄다고. 쩝쩝!"

이제 겨우 손에 익은 사절곤이 무슨 큰 연장이 되며, 미친 듯 휘둘러서야 무슨 대단한 위력을 발휘할 수 있으랴.

얻어터지지만 않으면 다행이었다.

"킁킁, 푸악!"

덩치, 달평도 그리 생각했다.

이래서 사람은 몇 군네 분질러져야 고분고분 말을 듣는다니까. 점잖게 타이르면 뭐 하나, 저렇게 배신해 버리는걸.

달평은 곤을 잡은 손에 침을 비벼 넣었다.

"퉤!"

잘 걸렸다. 그러잖아도 요즘 며칠 속썩이는 놈들이 없어 심심해하던 참이었다. 벽산구 제일 역사인 이 어르신이 한낱 불쌍한 거지들을 상대로 힘을 쓴다는 게 좀 걸리지만, 어찌하랴. 의기는 가슴 저 아래에서 들불처럼 번져 오르고, 솔직히 말하면 욕할 놈도 없는데, 뭐.

"받아라!"

달평의 무시무시한 곤이 우선 박린을 휩쓸었다.

휘잉—

가히 폭풍처럼 밀려오긴 해도 느려터진 곤이었다.

휘릭—

박린은 힘 안 들이고 곤을 피해 버렸다.

문제는 이 곤이 워낙 엄청난 무게라는 것과 턱없이 강력한 힘으로 내둘러진 것이라 제어가 잘 안 된다는 데 있었다.

더 정확히 말하면 곤이 날아 들어간 곳에 사람들이 앉아 있고, 그 한가운데 음식과 술을 산더미처럼 쌓아놓은 상이 있다는 게 문제였다.

"으?"

"어?"

"아쭈?"

사람들이 곤을 피해 한쪽으로 물러났다.

콰당!

상이 두 조각났다. 순간 상 위에 있던 음식물들과 접시, 술병, 술잔, 국물들과 화과를 채웠던 불덩이들이 한꺼번에 날아올랐다가 떨어져 내렸다.

후두두둑—

그 아래 있던 사람들이 참변을 맞은 건 당연했다.

다른 사람들은 무공이 있어서 대부분 다 피한 상태이거나 호신강기를 일으켜 몸을 참변으로부터 보호했지만, 왕씨 형제들과 몇몇은 음식물을 뒤집어쓰는 사태가 발생했다.

“으아… 풰풰풰!”

형제들 중 제일 먼저 음식물을 헤치고 나온 왕특이 이 엄청난 참변을 일으킨 장본인을 향해 눈알을 굴렸다.

또록또록.

달평이 대뜸 야지를 던졌다.

“뭘 봐, 개새꺄!”

달평은 덩치도 없이 이마만 새까만 왕특을 너무 몰랐다.

상을 깨어버린 게 그의 첫 번째 죄라면 두 번째 죄는 왕특의 철두가 어떤 괴력을 지녔는지 몰랐다는 것이다.

“우아아아―”

짐승 같은 괴성을 지르며 왕특이 날았다.

달평은 얼른 곤을 세워 왕특을 쳐내려고 했지만, 곤이 세워지는 속도보다 왕특이 날아오는 속도가 훨씬 빨랐다.

그렇다면 한번 부딪쳐 보지, 뭐.

이렇게 생각한 게 달평이 지은 세 번째 죄였다.

조금 내밀어진 달평의 이마에 왕특의 철두가 꽂혔다.

빠!

달평이 휘청했다.

“너 잘 걸렸다, 이 새꺄!”

왕특은 달평의 두 귀를 잡고 달평이 쓰러질 때까지 철두를 꽂아 넣었다.

빠! 빠! 빠! 빠!

장보는 도박장을 둘러보고 있었다.

"야, 빨리 패 돌려."

"육 점은 내가 먼저 났어, 이거 왜 이래?"

"어이, 잠시 쉬었다 하자."

어둑어둑한 도박장은 성업 중이었다.

손님들은 탐욕과 욕망이 흥건히 풀어진 공기를 들이마시며 눈알을 빛냈고, 어깨를 움츠렸고, 상대를 건너다보았다.

그들은 자신이 쥔 패를 따라 소리없이 웃었고 인상을 찡그렸다. 누구든 패를 던질 땐 그게 설사 망한 패일지라도 영웅호걸처럼 호기롭게 던져 댔다.

'자식들⋯⋯.'

장보는 속으로 그들을 비웃었다.

참 한심한 종자들이었다.

약수 목욕을 하러 왔으면 화녀들을 서넛 불러 황제나 할 수 있는 목욕이나 하고 갈 일이지, 웬 도박이람?

'으흠!'

어리석은 너희들 덕분에 내가 편하게 살지만. 그리고 돈을 따보겠다는 마음들을 가진 모양인데⋯ 참아라. 여기서 돈을 따는 일이란 없다. 모든 조건이 너희들이 잃게끔 조작되어 있단 말이다. 간혹 역수로 재수 좋은 녀석이 따는 경우가 있는데, 그 녀석은 도박장을 나가 열 걸음을 걷기 전에 모가지가 날아간단다. 푸헤헷!

장보는 도박판마다 기웃거리며 자신이 박아놓은 바람잡이들을 면밀히 살폈다. 그런 다음 다시 방으로 들어왔다.

엉클어진 침상을 보자 아까 그 화요란 계집이 또 생각났다.

"먼발치에서나마 사부님께서 건재하신 모습을 봤으니 됐네요. 소녀가 지금까지 잡고 있었던 당신의 생명은 돌려 드리지요. 열심히 길을 낸 정성을 생각해서라도 말이죠. 호호! 하지만 소녀가 짐작컨대 당신은 오늘 밤 소녀의 스승님을 만날 수 있을 거예요!"

그렇다면 혈사교 장로 우공이 이 벽산구에 있다는 소리일까?
장보는 등골이 으스스해졌다.
"달평이, 이 자식은 왜 안 오는 게야?"
말이 끝나자마자 문짝 부서지는 소리가 났다.
콰당!
이상한 부름도 들려왔다.
"어험, 이리 오너라."

박린은 도박장 문을 열었다.
손이 달평이란 불한당을 잡고 있는 중이라 발을 사용해 열었다.
그런데 본의 아니게 좀 세게 걷어찬 모양이었다.
박린은 바닥에 누워버린 문짝을 보며 약간 심란한 척을 했다.
"문짝이 이리 히술해서야 원."
도박장 안의 모든 시선이 건너왔다.
"뭐야?"
"어떤 놈이 소란을 피우는 거야?"
"한참 끗발 오르는데 재수없이⋯⋯."
어둑어둑한 도박장을 꽉 메웠던 공기가 싸늘히 식었다.
대번 분위기가 살벌해졌다.

“넌 뭐야?”

“왜 문짝을 부쉈어?”

한마디씩 던지며 다가온 사람들이 멈칫했다.

박린 뒤에 서 있는 달평을 보았기 때문이다.

“자네 달평이 아닌가?”

“자네가 문짝을 부쉈구먼?”

달평이 뭐 하는 자인지 잘 아는 단골들이 먼저 어깨를 사리고 제자리로 돌아갔다. 나머지 사람들도 달평의 덩치에 질려 아무 소리 못하고 분분히 흩어졌다.

“자자, 어서 패 돌리지 않고 뭐 해?”

“시작하자고.”

다시 도박장이 와자지껄해졌다.

하지만 바람잡이들은 달랐다.

“어이, 달평? 너, 얼굴이 왜 그 모양이야?”

“어서 당했어?”

“끄음… 그, 그게 말이지…….”

달평이 부어오른 이마와 눈두덩을 가리며 우물쭈물하자 바람잡이들이 더 이상하게 생각한 건 당연했다.

달평이 누군가.

그는 덩치와 괴력, 맷집과 투지를 두루 겸비한 벽산구 제일의 싸움꾼으로 제아무리 날렵한 싸움꾼이라도 달평에게 잡히면 잡힌 그 순간 끝장이었다. 특유의 괴력으로 등뼈를 분지르거나 허리를 꺾어버리기 때문이었다.

“야, 너 오늘 왜 이래?”

"무슨 일이 있었어?"

바람잡이들이 다가왔다.

"어험."

그제야 바람잡이들의 시선이 박린을 훑었다.

뭐 이런 자식이 다 있어 하는 표정들이었다.

"얘는 뭐야?"

"차림을 보니 조선 놈 같은데?"

"그, 그게 말이지……."

달평의 얼굴이 흙빛으로 변했다.

박린은 한마디 안 할 수 없었다.

"자왈(子曰) 시기소이(視其所以)이면 간기소유(觀其所由)하고 찰기소안(察其所安)이면 인언수재(人焉廋哉)… 인언수재(人焉廋哉)라."

"으?"

어리둥절해진 바람잡이들이 서로를 보았다.

저 자식이 뭔 소리를 하느냐는 표정들이었다.

박린이 풀이했다.

"공자께서 가라사대 행히는 바를 살피고, 그로 말미암은 바를 살피며, 그 지향하는 바를 살핀다면, 사람이 어찌 자신을 숨길 수 있겠느뇨, 어찌 숨기겠느뇨?"

"잉?"

바람잡이들의 시선이 다시 박린에게 꽂혔다.

여전히 알 수 없다는 표정들이었다.

박린이 한탄했다.

"하기는 도박장에서 야료나 부리는 자들에게 무엇을 기대하랴. 다만 벌건 초면에 대단히 도리가 아닌 말들을 마구 지껄이기에 한 구절 떠올렸을 뿐. 이런 때는 그저 회초리가 제일이로다!'

짝!

바람잡이 등영추(鄧影秋)는 볼이 화끈했다.

곁에 있는 공달(孔達)도 볼을 부여잡았다.

짝!

손을 내리고 박린이 물었다.

"한 대씩 더 맞아야 공손해지겠소?"

"뭐야?"

"거기 왜 그래, 엉?"

다시 사람들의 시선이 집중됐다.

"으으……."

"이, 씨블!"

등영추와 공달이 막 박린에게 달려들려는 찰나, 장보가 나타났다.

사람들을 가르고 나타난 장보는 두목답게 매우 기세등등한 모습이었다. 장보는 눈을 들어 우선 달평을 쳐다본 다음 박린에게 시선을 고정시켰다.

'으흠, 기생오라비처럼 생긴 녀석이 차림도 엉망이구나! 이 녀석이 달평이를 저 모양으로 만들었나?'

"당신은 뭔가?"

아까 화요라는 계집 말이 걸린 장보가 조심스럽게 물었다. 강호는 겉만 보고 판단해도 될 만치 녹록하지 않다.

계집의 말이 참이라면 이 녀석이 변장한 우공일 수도 있었다.

하지만 녀석은 그저 큰기침만 할 뿐이었다.

"어험."

장보가 목소리를 약간 세웠다.

"도박을 하러 왔으면 도박이나 할 일이지, 왜 선량한 사람들에게 행패를 부리는 건가?"

순간 무엇이 움직인 것 같았다.

"…컥!"

장보는 자신의 입을 막아버린 물건을 내려다보았다.

십장생이 아로새겨진 녀석의 신발이었다.

"누가 선량하오?"

"으으, 흡!"

장보는 신발을 떼어버리기 위해서 뒤로 물러났다.

"왜 대답을 못하오?"

대뜸 신발이 날아왔다.

쭉 늘어난 것처럼 보일 정도로 빠른 발길질이었다.

장보는 피할 수 없었다.

빡!

장보가 허물어졌다.

"허억!"

산동 회현(淮縣) 출신 불한당 장보와 함께 저잣거리 싸움판에서 주먹질과 칼침을 맞아가며 살아온 그의 세월 이십 년도 같이 허물어졌다.

그를 지그시 내려다보며 박린이 뇌까렸다.

"자왈(子曰), 군자불기(君子不器)!"

제4화 친목(親睦)
목하 친해지다

장보의 일생은 그 나름대로 찬란했다.

그는 사철 물 맑고 산세 수려한 산동 회현에서 쥐뿔도 없는 농투성이의 둘째로 때어났다.

구렁이 한 마리가 나무에 올라가 있더라는 태몽만 빼면, 남들에 비해 뭐 하나 특출난 것이 없던 그가 누구나 다 겪는 그저 그런 유년과 청년 시절을 거쳐 오늘날, 벽산구를 틀어쥐기까지의 사연은 정말 눈물 없이는 못 들어줄 만큼 온갖 과장과 윤색으로 점철돼 있었다.

박린은 한마디 안 할 수 없었다.

"참 딱하오, 귀공."

"예?"

"한마디로 산동 저잣거리에서 싸움을 배웠다는 게 아니오? 배가 고파서 말이오. 그래 어찌하다 보니까 싸움을 잘하게 됐더라… 뭐, 이런 소리가 아닙니까?”

박린의 말이 끝나자 장보가 머리를 조아렸다.

“예, 그, 그렇습지요, 대인. 칼침을 자그마치 서른여덟 번이나 당하고, 코뼈가 열한 번, 갈비뼈가 네 번 부러지니까 소인 놈도 꽤 유명한 싸움꾼이 되어 있더라, 뭐 이런 말씀입죠, 네네.”

“그래 용미(龍尾:용 꼬리)보다 계두(鷄頭:닭 머리)가 좋다는 생각으로 산동보다 작은 벽산구로 진출, 결국 계두가 되었다는 소리가 아니오?”

“그렇습지요, 네네.”

“어험.”

박린은 장보를 참 한심스럽다는 눈으로 바라보았다.

장보는 나름대로 꽤나 순진해 보이고 인간성 역시 나쁜 것 같지는 않다. 그러나 남의 등이나 치는 이런 일에 종사하는 걸 보면 생각처럼 순진하거나 인간성 좋은 위인이 아니었다.

말로는 취미로 도박장을 열었다지만, 취미는 취미였을 때 지향하는 바가 가장 순수하고 아름다운 법이다. 밥벌이로 전용되면 이루 말할 수 없이 남루해지고 추해진다.

이런 맥락에서 보면 장보는 지극히 남루하고 추한 불한당이었다. 이런 자는 선비가 몇 푼 뜯어갔다고 해서 충격 먹지 않을 것이다. 충격은커녕 자발적으로 거금을 내놓을 게 틀림없다.

그렇다면 그가 거금 내어놓는 일을 망설이지 않도록 운을 띄워주는 것이야말로 선비가 지닌 예절이 아니고 무엇이랴.

“어험, 귀공.”

“예, 대인 나리.”

“이런 말 하긴 심히 유감이나 과부 사정은 홀아비가 안다고, 험험.

다른 사람도 아니고 귀공이기에 솔직히 속내를 털어놓고 귀공께 조언을 구하고 싶구려.”

“조언이요? 그거라면이야 얼마든지… 네네.”

장보는 일이 심상치 않게 돌아감을 느끼고 고개를 들어 박린이란 작자를 바라보았다.

달평을 묵사발로 만들고, 다짜고짜 쳐들어와 문짝을 부수고, 바람잡이 둘의 귀싸대기를 올려붙인 다음 자신의 앞니를 무려 세 개나 분질러 버린 작자였다.

‘생긴 건 정말 멀쩡하게 생긴 놈인데…….’

장보와 눈이 마주치자 ‘멀쩡하게 생긴 놈’ 이 속내라는 것을 털어놓기 시작했다.

“소생은 연경엘 가는 길이외다.”

“아, 네네.”

“근데 아주 곤란한 지경에 처했소이다. 귀공도 알다시피 길도 멀고, 노자도 변변치 않은 데다가, 돈 쓸 일은 계속 터지고, 갑자기 일행도 늘어나서 말이오.”

‘으?’

“그렇다고 이 만리타국에서 누가 생전 처음 보는 수생에게 선뜻 돈을 꾸어줄 수 있으리오? 물론 여기 눌러 앉으면 귀공이 어련히 알아서 잘 환대해 주겠지만, 험험. 이 문제에 대해 귀공의 조언을 듣고 싶은 거라오.”

“……!”

“옛말에 숲에 들면 나무를 못 본다 했소. 소생의 경우가 현재 그러하니 부디 귀공의 기탄없는 조언을 말해 주구려. 소생이 소생의 무시무시한 일행 삼십여 명을 데리고 평생 여기 눌러 앉아 귀공의 신세를 져야 하는 것인지, 그게 아니면 선비 체면에 강도질이라도 해서 길을 가야 하는 것인지를 말이오.”

“끄, 끄음.”

장보는 식은땀을 흘렸다.

말로는 듣기 좋게 조언이니 어쩌니 했지만, 이건 돈을 내놓으라는 명백한 위협이었다. 박린이란 ‘멀쩡하게 생긴 놈’이 장보에게 던진 패는 세 가지였다.

깨끗하게 돈을 내놓을래? 아니면 평생을 책임질래? 그것도 안 되면 눈 멀쩡히 뜨고 나한테 강도를 당할래?

‘내 어쩌다 저런 괴이한 놈에게 걸려서……’

이런 생각을 해봐야 아무 소용 없었다.

장보가 주섬주섬 일어나 돈을 넣어둔 벽장을 열었다.

그 뒤에서 박린이 말했다.

“삼십여 명이 한 달 동안 숙식을 해결하려면 얼마나 드오? 한 끼에 이 인분씩 먹어대는 사람들도 있어서 큰 걱정이오. 뿐만 아니라 미식, 미주가 아니면 성깔 부리는 사람들이 거지반이라오. 그에 대해서도 곰곰이 조언을 해주리라 믿소이다그려.”

“끄, 끄음.”

“죽어라 학문만 연마한 선비가 세상 돌아가는 이치를 알면 얼마나 알겠소? 그래 이런 저런 조언을 귀담아들을 때마다 세상 이치를 조금이나마 깨우치는 게지요. 지난 일을 가만히 돌이켜 살펴보건대 조언이 넉넉하면 뒤탈도 없고, 깨달음도 깊었소이다. 반대의 경우엔 꼭 피를 보게 되는 사태가 벌어졌지요. 하하!”

‘저 썩을 놈!’

장보는 십 년 동안 모았던 돈을 다 털렸다.

순전히 돈으로만 모아놓았더라면 그 엄청난 부피 때문에라도 ‘멀쩡하게 생긴 녀석’ 이 그걸 다 털어가는 불상사는 당하지 않았다. 돈을 금편(金片)으로 바꿔 보관하고 있다가 당한 참변이었다.

“이러면 부담되는데. 험험.”

‘멀쩡하게 생긴 녀석’ 은 달평을 불러 금편을 모두 짊어지게 한 다음, 방을 나가기 전에 점잖게 말했다. 제 딴에는 감사 인사를 한 모양이었지만, 장보에게는 무시무시한 협박으로 들렸다.

“조언 참 잘 들었소. 종종 조언을 들으러 와야겠다고 작정하지 않을 수가 없소이다. 하늘은 대체 무엇을 하시기에 귀공같이 선량한 인재를 이런 음습한 곳에 방치하시는지 당최 알 수가 없구려. 그럼 다음에 또 봅시다.”

어슬렁어슬렁.

‘멀쩡하게 생긴 놈’ 이 사라졌다.

장보는 멀어지는 놈의 발자국 소리를 들으며 깊이 생각해 보지 않을 수 없었다.

놈에게 종종 ‘조언’ 을 들려주어야 할 자신의 미래, 놈의 맘대로 이런 음습한 곳에 방치되어 평생 놈에게 ‘조언’ 이나 들려주다가 인생을 종치게 될 미래에 대하여.

결론은 뻔했다.

벌떡 일어난 장보가 부르짖었다.

“인간답게 살려면 내가 떠나야 한다!”

터전이야 놈이 찾아오지 못할 곳으로 도망쳐 다시 일구면 된다.

문제는 돈이 한 푼도 없다는 것!

장보는 바람잡이들을 불러 사정을 말하고 도박장 출입문을 막으라고 지시했다. 노름하는 자식들을 털 생각이었다.

하지만 그마저도 여의치 않았다.

투수를 끼고, 장검을 챙기고, 만약을 위해 복면까지 써 만반의 준비를 마친 그가 밖으로 나가려고 막 문고리를 잡았을 때,

등 뒤에서 괴이한 웃음소리가 들려왔다.

"크크크… 어딜 가는 게냐?"

장보는 소리가 난 쪽으로 돌아섰다.

돌아선 그가 기절 안 하고 버틸 수 있었던 것은 그의 어머니가 꾼 태몽 덕분일지도 몰랐다.

그래도 터져 나오는 비명을 어쩔 수 없었다.

"끄악!"

어느 사이에 들어와 있었던 것일까.

침상 위에 시커먼 색깔을 지닌 거대한 짐승이 앉아 있었다.

그 짐승도 장보가 내지른 비명 소리에 놀랐는지 흠칫 어깨를 떨며 눈알을 사방으로 굴린 다음 신경질을 부렸다.

"에잉, 덜떨어진 놈 같으니라고. 물소 첨 봐?"

"우, 우공!"

"크크크……."

장담하건대 불한당 장보의 인생에서 오늘처럼 재수없는 날은 처음이었다. 얻어터지고, 이 부러지고, 돈을 다 털린 상태에서 이젠 생명까지 보장할 수 없는 딱한 신세가 됐다.

"이리 가까이 오너라!"

"아, 네네!"

장보는 우공에게 벌벌 기어갔다.

"쯧쯧… 방금 나간 녀석에게 다 털렸구나. 하나 힘없고 마음 넓은 네놈이 참아야지 별수있느냐?"

"예, 예?"

우공은 소문과 달리 인자한 면도 있는 모양이었다.

"본래 저런 녀석이니라. 선비, 건달, 강도, 색마, 사기꾼, 무전취식 자, 벼슬아치, 무림인… 아아, 녀석이 지닌 정체를 일일이 열거하려니 머리가 다 흔들리는구나."

"끄, 끄음."

장보는 정신을 차리고 우공을 훔쳐보았다. 정확히 말하면 우공이 앞 발에 올려놓고 쓰다듬는 짐승을 훔쳐본 것이다. 그 짐승은 기름기가 좌르르― 흐르는 쥐였다.

찍찍찍―

장보가 본 것을 눈치 챘는지 우공이 쥐의 이름을 말해 주었다.

"흑서공(黑鼠公)이란다. 남만(南蠻)의 깊고 깊은 밀림이 고향인데 천 년을 살지. 맹독을 지녀서 적수기 별로 없다. 황소도 한 방이면 네 나 리를 하늘로 뻗고 누워버려. 한번 물려보겠느냐?"

"아, 아니옵니다!"

장보가 납작 엎드렸다.

찍찍―

우공이 흑서공을 어루만지며 말을 이었다.

"일전에 이 늙은이가 봉성에서 이 녀석을 제자에게 심부름 보냈는데 말이다, 글쎄, 이 녀석만 여기 있고 제자는 안 보이더란 말씀이지."

"……!"

"흠, 화요와 이 녀석은 항상 같이 움직였거든? 그것참 이상하다고 생각했어. 아아, 화요가 누구냐고? 이 늙은이가 가장 사랑하는 제자란다. 보아하니 넌 여기 주인인 것 같은데… 여기에 대해서 뭐 아는 것 없냐?"

우공의 물음이 끝나자마자 흑서공이 달려왔다.

쪼로로—

"으흑!"

장보는 얼어붙었다.

흑서공은 그의 손을 타고 등으로 기어올라 와 그의 귓불에 머리를 들이밀고는 냄새를 맡았다. 장보는 흑서공의 수염이 귓불에 닿을 때마다 질금질금 오줌을 지렸다.

찍찍—

우공이 아주 재미있다는 시선으로 입술을 비틀었다.

"어린 놈이 보기보다 소심하구나. 어서 대답을 하거라. 이 늙은이의 제자를 봤느냐? 침상에서 화요 냄새가 난다. 솔직하게 말하는 게 좋을 것이다. 화요를 보았느냐!"

"예, 예. 어, 어르신!"

"그래?"

잠시 침묵을 지켰던 우공이 낮게 물었다.

"끄음, 그 아이와 잤느냐?"

물음은 짧았지만, 상당히 깊은 의미를 담고 있었다.

장보는 이 대답에 자신의 생사가 걸려 있음을 직감했다. 그의 머리 속이 오직 살기 위해서만 회전했다.

귀로 연기가 다 나올 정도로 맹렬하게 회전했어도 결론은 내려지지 않았다. 이런 경우엔 감정이 이성을 앞서는 모양이었다.

"아, 안 잤사옵니다!"

진땀을 흘리며 장보가 대답하자 우공이 또 물었다.

"진정이냐?"

"예, 어르신!"

"네 목숨을 걸고 맹세할 수 있느냐?"

"열 개라도 걸고 맹세할 수 있사옵니다!"

"진정 안 잤단 말이지?"

물음이 거듭될수록 장보는 자신이 대답을 참 잘했다고 생각했다. 어떤 사부가 자신의 제자와 잤다는 소리를 좋아하랴.

그러나 우공은 흑서공에게 엉뚱한 명령을 내렸다.

"흑서야, 녀석을 깨물어라!"

순간 흑서공의 눈알이 보석처럼 빛났다.

이어 입천장에 접혀져 있던 독니 한 쌍이 새하얗게 드러났고, 그 독니가 장보의 귓불에 박혔다.

"크흑!"

장보기 부르그, 진저리를 치다가 엎어셨다.

희미해지는 의식의 바깥에서 우공이 뭔지 모르는 말을 지껄이고 있었다.

"이런 괘씸한 놈! 화요가 이 늙은이에게 보일 증표로 널 택한 이상 네놈은 분명 그 아이와 잤다. 만약 그러지 않았다면, 네가 화요를 거부했다면 말이다, 이 늙은이가 제자를 잘못 키운 게 아니냐? 그리고 네놈이 정녕 그리 행동했다면 심약한 그 아이가 얼마나 자신에게 실망을 했겠느냐?"

"끄아아."

우공은 점점 모를 소리만 지껄여 대고 있었다.

"크크… 네가 화요와 잤어도 문제가 크다. 화요는 천상의 선녀처럼 영원히 순결해야 할 아이이다. 네놈이 그 아이의 순결을 빼앗았으니 이 늙은이가 네놈을 죽이는 건 당연하다. 이 늙은이는 누가 뭐래도 그 아이의 순결을 지켜줄 의무와 책임이 있다. 관계를 맺은 놈이 존재하지 않는다면 그 아이는 영원히 순결한 것이다!"

"끄르륵—"

마침내 장보가 숨을 멈추었다.

그를 물끄러미 내려다보며 우공이 한숨을 내쉬었다.

"피유—"

그가 천장을 올려다보았다.

고뇌 어린 눈빛이었다.

어슬렁어슬렁.

박린은 일행이 묵고 있는 객잔으로 가고 있었다.

달이 무척이나 밝아 앞장세운 달평의 그림자가 길게 뒤로 늘어졌다. 귀뚜라미들의 합창도 한창이었다.

이렇게 호젓하고 운치 만발한 가을밤에 시 한 수 읊조리지 않는다면 선비의 의기가 꺾일 수도 있다.

"어험."

내일 아침이면 인편이 있다 하여

밤새워 솜옷을 짓습니다.

바늘과 가위 잡은 손이 다 얼어오네요.

참으로 추운 밤입니다.

만들어서 부치기야 한다지만,

언제나 그곳에 닿을지 걱정입니다.

[明朝驛使發, 一夜絮征袍, 素手抽針冷, 那堪把剪刀, 裁縫寄遠道, 幾日到臨洮.]

唐詩—李白

박린은 한가했지만, 달평은 한가하지 않았다.

사실 달평은 싸움 실력으로만 따진다면 장보 밑에 있을 이유가 없었다. 그랬는데도 장보 밑에 있게 된 건 눈치가 없어서였다. 즉, 잔머리에 능하지 않아서였다.

산전수전 다 겪은 위인, 장보는 힘과 투지만 좋지 속은 순진덩어리인 달평과 싸움으로 서열을 정하지 않고 결의형제를 맺어 거느리는 방법을 택했다.

그런 이유로 달평은 박린이 장보를 때려눕히는 걸 뻔히 지켜봤으면서도 박린이 겁나지 않았다.

장보 따윈 달평 자신도 때려눕힐 수 있기 때문이다.

'에이, 씨팔! 이게 뭐야?'

달평은 등을 짓누르는 금편을 던져 버리고 도망치고 싶은 마음이 간절했다. 그는 자신이 괴물이라고 생각하며 살아왔다.

그런데 오늘 자신보다 더한 괴물을 만난 것이다.

객잔에 도착해서 왕특이란 괴물에게 시달릴 생각을 하니 끔찍했다.

쥐방울만한 놈이 뭔 머리가 그리 강력한가 이 말이다.

'큼, 그놈보다는 요놈이 좀 약해 보이는데 말이야.'

달평이 이런 저런 생각을 하며 도망칠 틈을 노리는 걸 아는지 모르는지 박린은 언제나처럼 천하태평이었다.

"이보오."

"예? 예, 나으리."

"성혼은 했소?"

"서, 성혼이 뭡니까요?"

"장가를 갔냐, 물은 거요."

"장가를 왜 갑니까요? 천지가 다 계집인데 귀찮게끔."

"으?"

달평이 수다를 떨기 시작했다.

"이 벽산구에선 소인이 눈짓만 하면 계집년들이 줄을 섭니다요. 덩치가 이리 엄청나니 안을 만해서 좋다나요? 어떤 계집은 이런 말도 합니다. 굵고 짧게 끝내줘서 좋다고요. 그런데 왜 장가를 가서 한 계집에게만 육(肉)방방이를 써야 합니까요? 전 반대입니다요. 그러면 사내가 째째해집니다요. 아니 그렇습니까요?"

"어험."

박린은 달평도 색에 대해선 일가견이 있는 모양이라고 생각했다. 좌우단간 사내들이란 다 이렇게 속물들이라니까. 왜 색에 관한 이야기만 나오면 저리 저질적으로 변하는지를 모르겠단 말씀이야. 제발 좀 점잖게, 품위있게 논할 수는 없나?

박린이 잠자코 있자 달평은 눈을 빛냈다.

'고놈 참, 생각보다 말랑말랑하네.'

기회를 봐서 놈을 때려눕히고 도망칠 생각이었다.

경험상 요렇게 생긴 놈은 비껴 때려도 한 방이면 꽥!

주먹만 스쳐도 까무러치는 경우가 허다했다.

"으에… 그러니까 말입쇼. 몽둥이를 한 계집에게만 휘두르는 건 어리석은 일이다 이 말입지요."

달평은 박린에게 점점 가까이 다가갔다.

"나으리도 생각해 보십쇼. 뺙뺙 애들은 울지, 풀풀 구정물 냄새는 나지, 맨날 보았던 상판이지… 당최 할 맘이 나겠수? 그것뿐이우? 평생 뼈 빠지게 거둬 먹여야 하잖수. 그럼 언제 마음껏 육방방이를 휘두르냐고. 난 절대 그리 못하지. 너 같으면 그리하겠냐?"

욕과 함께 바로 손이 튀어 나갔다.

"이 쥐씨알만한 새끼가 겁도 없이!"

2

달평은 어리둥절했다.

"어라?"

귀신이 곡할 노릇이었다.

'쥐씨알만한 새끼'는 사라져 버리고 빈손이 아니냐.

분명히 멱살을 잡았는데 말이다.

아무려면 어떠냐.

"으헤헷! 눈치 빠른 쥐씨알 같으니. 내가 겁나니깐 내빼 버렸구나. 하긴 몸이라도 빨라야 이 험한 세상에서 목숨을 부지하지. 장보 형님도 결국 이 빠름에 맥없이 당한 게야. 이 몸은 절대 그리 안 당하지. 크

헤헤헷!'

달평은 희희낙락하며 도박장으로 내달렸다.

애들이 다 보는 데서 '쥐씨알만한 새끼'에게 무릎 꿇은 장보를 밀어내고 두목이 될 수 있는 기회였다.

여기에 장보가 모아놓은 금편까지 몽땅 챙겼으니 일수(一手)에 이어(二魚)를 잡은 격이었다.

"헥헥헥—"

그런데 등에 짊어진 금편이 자꾸 무거워지는 느낌이었다.

아니, 확실히, 정말, 진짜로 무거워졌다.

"헥헥, 이상하다?"

달평의 달음박질이 잰걸음으로 변했다.

"금은 영험한 물건이라 조화를 부린다더니. 끙끙."

달평은 잰걸음마저도 아주 느린 걸음으로 바꾸었다.

그랬어도 금편은 계속 무거워지기만 할 뿐이었다.

마침내 달평은 길 한가운데 서서 오도 가도 못하는 신세가 되고 말았다. 엄청난 하중이었다. 발이 땅에 박힐 것 같은 기분이 들어 당최 발을 떼어놓을 수 없었다.

"끙끙끙, 헥헥헥—"

이런 경우 금편을 벗어 던지면 어떻게든 무슨 수가 생기겠지만, 달평은 금편에 눈이 어두워 그런 생각을 하지 못했다. 아니, 생각은 했다. 하지만 그리하면 금편이 다시 가벼워질까 염려되어서 그리하지 못했다.

대신에 달평은 고개를 돌려서 금편을 쳐다보았다.

그리고 까무러칠 뻔했다.

"으헉!"

금편 위에 누군가 올라앉아 있었는데, 그는 바로 아까 도망친 줄 알았던 '쥐씨알만한 새끼', 박린이었다.

"어험, 귀공은 생김보다 훨씬 허약하구려?"

"으으윽!"

"말로 할 때 뒤로 돌아서! 하쇼. 소생은 선비이지만, 한번 한다면 하는 선비외다. 두골(頭骨)이 빡 돌면 엄청난 사태가 벌어지고 나서야 겨우 이성을 찾는다오."

말을 하면서도 박린은 계속 천근추로 달평을 내리눌렀다.

조금 기다리자 달평의 무릎이 달달 떨리는 기척이 느껴졌다.

젖 먹던 힘까지 끌어올려 버티는 모양이었다.

어라? 에잇! 으험험. 버텨봤자… 자기만 손해지, 뭐.

"큭!"

달평은 더 이상 버티지 못하고 무릎을 꿇었다.

털썩—

박린은 그제야 천근추를 거두고 달평의 등에서 내렸다.

그리고 우매하게 생겼고, 실제로도 우매하기가 한량이 없는 달평에게 선비다움을 괴시했다.

"소생에게 이성이 아직 남아 있을 때 다시 갑시다."

달평은 미치고 환장할 지경이었지만, 별수없었다.

"아, 알겠사옵니다!"

어슬렁어슬렁.

분노가 끓어도 참을 수밖에 없는 덩치를 앞장세운… 한번 한다면 하는 선비를 하늘의 달이 따라왔다. 귀뚜라미들이 지천으로 울었다.

길 양편에 도열하듯 늘어선 마른 수숫대들이 몸살을 앓는 소리를 냈
다.

박린과 달평이 다시 걸음을 멈춘 곳은 객잔이 바라다보이는 언덕이
었다. 언덕을 내려가면 폭 좁은 개울이 있고, 그걸 건너 백 보쯤을 더
가면 객잔이 나온다.

교교한 달빛 아래 누군가 서 있었다.

"누, 뉘시오?"

달평이 화등잔만한 눈을 끔벅거렸다.

은가루처럼 떠다니는 달빛 때문일까.

새하얀 머리, 새하얀 수염, 새하얀 장포가 달평에게 엄청난 공포심
을 불러일으켰다.

"우헤헤헤… 덩치가 태산인 놈이 겁쟁이구나."

천천히 다가오던 늙은이가 갑자기 양손을 쳐들었다.

순간 늙은이의 양팔을 기어올라 온 화염이 시뻘겋게 하늘을 수놓았
다.

화르륵—

"아, 아이고!"

화염을 본 달평이 엉덩방아를 찧었다.

박린은 아무 생각이 없는 것처럼 무심하게 말을 건넸다.

"어험. 고맙소이다. 선비가 재물 마련하느라 고생 심한 걸 어찌 아
시고 이리 마중을 다 나오시다니."

"끄, 끄음."

인도가 화염장을 거둬들이며 얼굴을 풀었다.

"우헤헤, 이거 괜히 아까운 공력만 낭비했구먼?"

“아, 아는 사이시옵니까?”

달평이 그제야 일어섰다.

“…….”

“…….”

박린과 인도는 말없이 개울가에 이르렀다.

박린이 먼저 입을 열었다.

“하하! 노인장께서 진짜 마중은 안 나오셨을 테고… 그래, 어인 일로 예서 소생을 기다리셨소?”

“달빛이 하도 운치가 있어서 말이지.”

인도는 속내를 보여주지 않았다.

박린도 더 이상 묻지 않았다.

험, 목마른 사람이 먼저 우물을 파는 법이지.

“…….”

“…….”

개울을 다 건너자 인도가 바짝 다가왔다.

더 물어주지 않아서 잔뜩 약 오른 눈빛이었다.

“크헴, 자네 말이야.”

“말씀해 보시구려.”

“혹시 우공을 보지 못했나?”

“우공이라면?”

“물소 말이야, 물소!”

“……?”

“녀석이 없어졌네. 노부가 잠깐 눈을 붙인 사이에 감쪽같이 사라져 버렸단 말이야.”

“잘 묶어놓으시지 그러셨소?”

“이 사람이 지금 농담하나? 노부는 물소 탈을 쓴 그 먹통을 말하는 게야!”

박린은 여전히 시큰둥이었다.

“거 잘됐구려.”

“뭐?”

“갑자기 사라져 주셨으니 말이오.”

“으?”

“일행이 늘어나 돈 마련하기도 여간 어렵지 않은 마당인데 밥 한 공기 덜었소이다. 이제 조금만 더 기다리면 노인장께서도 사라지시겠구려. 그럼 두 공기를 덜어내는 것이니… 가만있자, 험험. 하루에 두 공기씩 한 달이면 육십 공기나 되네. 여기에 술값과 잠자리 비용을 빼면…….”

박린이 손가락을 꼽으며 계산을 하자 인도는 어처구니가 없었다. 이 자식 누굴 빈대로 아나? 누가 저보고 돈을 마련하라고 했나? 설마 연경까지 저한테 휘둘리며 동행할 일행으로 착각한 건 아니겠지?

“크음. 우공을 봤나 못 봤나, 그것만 이야기하게.”

“어험. 못 봤소이다.”

“그래? 그럼 제자를 만나러 성경엘 갔나?”

“물소가 제자를 두었다니, 거 희한한 일이구려?”

“잉?”

“물소 제자가 설마 사람은 아니겠지요?”

“우헤헤헤…….”

인도가 배를 움켜쥐고 웃었다.

"자넨 좀 웃기는 데가 있구먼."

인도가 무슨 말인가를 더 하려다 말고 달을 보았다.

박린은 인도가 자신을 기다린 목적을 짐작하고 있었다.

예상대로 인도가 물어왔다.

"자네가 바로 용환이지?"

"어험. 대체 용환이 뭐외까?"

"시치미 떼지 말게, 이 사람아."

"……."

"노부는 처음부터 짐작했네. 다른 사람들은 자네의 짐승인 설사자가
용환을 가졌으리라 생각했지만, 그건 아니야. 설사자는 자넬 연경으로
인도하는 구실일 뿐이야. 그것도 배필을 찾아준다는, 참 웃기는 명목
으로 말이지. 우헤헤."

"당최 무슨 말씀인지 모르겠구려."

"으?"

"말 못하는 짐승일수록 성혼은 중요하오. 혈통을 보존해 멸종을 막
는 일만큼 숭고한 일이 또 어디 있소이까? 그걸 웃기는 구실이라고 말
씀하시면 안 되지요. 세상을 겪을 만큼 겪고 사실 만큼 산 분으로서의
도리가 아니라 이 말이외다."

"끄, 끄음."

"이 자리에 설서방이 없으니 망정이지, 그 녀석이 노인장의 말씀을
들었다면 얼마나 섭섭했을 것이오? 그녀석이 화를 내면 무섭소이다.
그 생각을 하니 소름이 다 돋는구려."

"그건 그렇지."

인도는 쓴 입맛을 쩝쩝 다시곤 단도직입적으로 물어왔다.

“자넨 우리가 안 밉나?”

“…….”

“우, 우린 자네의 사부를 핍박했어. 우린 소주혈사의 전면에 서 있었 단 말일세. 자네 사부의 유일한 후원자였던 강남상련맹을 초토화시킨 장본인들이 바로 우리들이란 말이지.”

“그래서요?”

“에?”

박린이 장난기를 거두고 엄숙해졌다.

“어험. 토끼를 다 잡은 사냥개는 삶아지고, 새를 다 잡은 활은 광에 처박는다 했소[兎死良狗烹 飛鳥盡良弓藏].”

“…….”

“노인장의 말씀은 소생이 유근이란 자가 삶아서 먹고 버린 사냥개의 뼈라도 빨아야 한단 말씀처럼 들리는구려? 곰팡이 난 활이라도 꺼내 분질러 버려야 한단 말씀처럼 들린다 이 말이외다!”

“마, 말이 지나치다!”

인도가 펄펄 뛰었다.

“넌 우리가 사냥개 뼈다귀나 곰팡이 난 활 정도로밖에 안 보인단 말 이냐?”

“그럼 뭐외까?”

박린도 눈빛을 세웠다.

“하나 짚어봅시다. 노인장은 당시 소생의 스승이신 천변귀수를 쫓았 던 사냥개가 아니었소?”

“말이 지나치다 했다! 우린 어디까지나 교세의 확장을 위해…….”

“유근을 믿고 그의 제의를 받들었단 말씀이시오?”

“그렇다. 달리 선택의 여지가 없었다. 말을 듣지 않으면 혹세무민하는 집단으로 몰아 토벌을 가하겠다고 협박했기에…….”

“좋소. 이유는 그렇다 치고, 하나 더 짚어봅시다. 유근이 약조를 지켰소?”

“끄음!”

“그래서 지금도 풍찬노숙을 무릅쓰고 소생 주변을 어슬렁거리며 그리 절치부심을 하고 계시오이까?”

“…….”

“왜 그리 절치부심을 하고 계시오이까? 소생의 목을 유근에게 갖다 바친 다음, 지금도 이리 충성스러운데 당시 왜 약조를 지키지 않았는지를 따져 보려는 목적이오이까?”

“허, 헛소리하지 마라!”

“그렇소이까?”

“우, 우린 네놈에게 용환을 얻고 진청자 일행에게서 봉환을 얻어 유근에게 복수를 하기 위해…….”

“그런 이유인 걸 잘 알기에 소생은 노인장을 미워하지 않는 것이외다.”

“…….”

박린이 형형하던 눈빛을 죽였다.

인도는 박린이 떠올린 미소를 보았다.

“물론 사지가 다 잘리신 스승님을 생각하면… 일을 그 지경까지 몰아간 장본인 중 하나인 노인장을 미워해야 도리이겠지만, 미워하기 이전에, 미워해서 행동을 취하기 이전에 소생은 노인장께 인생의 마지막을 화려하게 불사르실 자리를 마련해 주고 싶었소.”

“⋯⋯.”

“소생이 마련한 자리에서 뜻있게 타오를 의향이 아니시라면, 지금 당장 소생의 곁을 떠나주시오!”

“⋯⋯.”

인도는 아무 소리 하지 못했다.

박린이 걸음을 옮겼다.

어슬렁어슬렁.

박린은 뒤를 돌아보았다.

찬 서리 분분히 날리는 달빛 속에 고개를 늘어뜨린 채 망연히 서 있는 인도가 보였다.

노인네 충격받았나 봐.

천천히 고개를 든 인도가 물어왔다.

“용환은… 무엇이냐? 어디 있느냐?”

“⋯⋯.”

인도의 목소리가 달빛만큼이나 깊어졌다.

“노부는 십 년 전의 어리석음과 참혹함을 다시 시작하고 싶지 않다. 우매하게 태워 버린 망령들이 슬피 우는 소리가 아직도 귀에 쟁쟁하다. 노부는 용환을 반드시 찾아 그 슬픈 망령들에게 사실은 이렇게 해서 그렇게 되었노라고 변명을 해야 할 책임과 의무가 있다. 어서 말해 보거라. 용환은, 유근을 베어버릴 수 있는 그 물건은 어디 있느냐?”

박린은 빙그레 웃었다.

“지금 보고 계시오이다.”

“그, 그럼!”

“노인장의 짐작대로요.”

“뭐라?”

박린이 말을 이었다.

“소생이 바로 유근을 향해 던져진 용환이라오!”

문을 열자 눈처럼 하얀 김이 몰려들어 앞을 가렸다.

연연은 옷을 모두 벗고 나서 김을 들이마셨다.

“아아홉!”

따뜻한 김이 여름날 비 올 때처럼 촉촉하고 싱그러웠다.

한참을 서 있자 김 속에서 목욕하는 사람들이 보였다.

제일 먼저 보여진 사람은 태산만한 덩치를 지닌 웅녀였다.

뒤에 장향이 앉아 물을 끼얹고 있었다.

좌르르…….

연연을 뒤따르는 곽파가 구시렁거렸다.

“무도한 것들 같으니라고. 감히 우리 아가씨께서 목욕하실 물에 먼저 들어가 있다니… 내 이것들을 당장!”

“괜찮아요, 파파.”

“예?”

“저분들과 저는 똑같아요.”

“어찌 그런 말씀을…….”

“보세요. 제 몸 어디에도 금띠가 둘러져 있지 않아요.”

“큼큼.”

연연은 본능적으로 솟아오른 연녹빛 세상을 내리누르고 그들에게 다가갔다. 상대의 과거를 비추는 연녹빛 세상이 왜 필요하랴. 진정 중요한 것은 과거가 아니라 현재이고 미래인 것을.

신분 또한 그러하다고 생각했다.

공주라는 신분이 얼마나 지고하고 위대한 신분인지 경험해 보지 않아서 잘 모르겠지만 연연은 지금 이대로도 충분히 만족했다.

'난 기쁨이 충만해. 아무것도 부러운 것이 없어.'

전엔 모든 것들이 고통스럽고 슬프게만 보였는데, 이젠 아니었다. 그 충만한 기쁨을 더욱 충만하게 만드는 것은 노하평에서 경험했던 입술 진맥, 즉 입맞춤이었다.

당시를 생각하자 가슴이 뛰었다.

"아아, 참 맑고 따뜻하네요, 이 물."

연연은 붉어진 볼을 들킬세라 얼른 몸을 담갔다.

목까지 차 오른 물이 살랑거릴 때마다 뽀얀 김이 생겨나 콧등을 간질였다.

"아늑하네. 어머?"

창문에 걸린 달이 이쪽을 훔쳐보고 있었다.

풍덩풍덩.

연연은 물장구를 치며 달을 바라보았다.

지금 무엇보다 다행인 것은 박린을 가운데 두고 서로 다투던 사람들이 노하평과 성야촌에서 벌어진 혈사를 같이 겪고 난 다음엔 다툼을 애써 자제하는 모습들이었다.

풍덩풍덩.

"야! 너 여기가 지금 강인 줄 아니?"

"흑!"

연연은 뜨끔! 했다.

"여긴 목욕간이야, 이년아!"

웅녀였다.

웅녀는 연연에게 좋지 않은 감정을 품고 있었다.

저 손바닥만한 얼굴, 나뭇잎처럼 푸른 눈, 새처럼 기다랗고 가녀린 목, 쇄골이 다 드러난 어깨, 주먹만한 유방, 죄면 금방이라도 부러져 버릴 게 분명한 허리, 동그란 골반…….

웅녀에게 비춰지는 연연은 아이도 아니고, 그렇다고 어른도 아닌 기묘한 계집애였다.

그건 저쪽 구석에 앉아 있는 장향도 마찬가지였다.

"같은 여인네끼리 뭘 그리 자세히 쳐다보세요?"

장향이 몸을 돌렸다.

"큥."

둘이 다른 게 있다면 얼굴 생김과 눈빛, 피부색일 것이다.

웅녀는 다시 연연을 바라보았다.

'흥! 저런 년이 뭐 좋다고 에르텐님께선 입을 다 맞추셨을까. 계집이란 나처럼 젖통 우람하고 엉덩이가 펑퍼짐해야 일도 잘하고 아이도 쑥쑥 낳는 게야.'

생각은 이랬으면시도 웅녀는 연연의 피부색이 부러웠다.

연연은 정말 투명할 정도로 하얀 피부였다.

"큥큥!"

심정이 사나워진 웅녀가 험악한 얼굴로 몇 마디 더 하려는데, 곽파가 다가와 지그시 웅녀의 어깨를 눌렀다.

"애야, 넌 입이 아주 거칠구나."

"아니, 난 말이죠. 저년이 물장구를 치기에……."

"노니가 등을 밀어주랴?"

"혁!"

웅녀는 곽파의 손가락에서 전해진 힘에 기운이 다 빠져 버렸다.

곽파가 웅녀의 등을 밀어주며 말했다.

"여자란 말이다, 각자의 쓰임이 다 다른 거란다."

"으, 아파요!"

웅녀가 비명을 질렀다.

"흘흘흘… 넌 엄살도 무척 심하구나. 이 살이 여자의 살이었단 말이냐? 철갑이 아니었단 말이냐? 아프면 노니의 손이 아프지 왜 네가 아프단 말이냐?"

"진짜 아파요, 노언니!"

곽파가 손을 멈추었다.

"노언니라… 참 정겨운 호칭이로구나."

"그럼 뭐라고 불러 드려요?"

둘이 이야기를 주고받으며 실랑이를 벌이고 있을 때,

연연은 물에 잠긴 채 미동도 하지 않고 있었다.

장향은 그런 연연을 바라보며 자신도 모르게 소봉을 떠올렸다.

'확실히 달라!'

여자의 벗은 모습이야 웅녀처럼 특이한 몇몇을 제외하면 다 거기서 거기지만, 연연과 소봉은 확실히 달랐다.

그것은 미모나 피부색, 유방의 크기로 결정되는 것이 아닌 무엇이었다. 그것은 그런 외적인 요인보다 내적인 요인, 즉 몸 전체에서 은근히 풍겨지는, 이를테면 향기 같은 것이었다.

소봉이 온실에서 활짝 피어난 모란처럼 거침없는 화려함을 지니고 있다면 연연은 그와 반대였다.

연연은 세상에 속하지 않으면서도 세상인 그 어떤 곳에서, 세상과 전혀 상관없이 피어난 작은 꽃이었다.

화려하지는 않지만 향기가 오래도록 지워지지 않는, 그런 꽃.

왠지 애처로워 보이기도 하는 꽃이었다.

그런 연연이 화려한 소봉보다 더욱 요염해 보이는 까닭은 무엇일까.

'아아, 난 그럼 어떤 꽃일까?

장향은 자문을 해보았다.

구월산에서 태어나 산토끼처럼 구월산을 뛰어다니며 자란 장향이었다. 선술(仙術)을 익히느라 미처 생각해 볼 틈이 없었던 물음이 자신도 모르게 생겨난 것이다.

순간 마음 저 아래에서 파문처럼 조용히 생성된 대답이 위로 떠올랐다. 분명, 필시 고막을 통해서 들려진 대답은 아니었다.

─씩씩하고 구김이 없어 잘 시들지 않는 꽃이죠. 음음, 향기는 맑고 색깔은 평범하지만, 고귀해요.

"어마?"

낯익은 목소리였다.

장향은 깜짝 놀라 연연을 보았다.

연연이 빙그레 웃었다.

─박 선비님에게 소봉님이란 분이 계셨던가요? 그리 화려하고 거침이 없으세요?

"어, 어떻게?"

─미안해요. 저도 모르게 바라보았는데 언니 마음이 보여졌어요. 금방 외면해야 했는데, 소봉님에 대한 호기심이 생겨 계속 바라보고 있었

네요. 사과할게요.

"아, 아니. 저, 전 그저⋯⋯."

연연이 입을 열어 말했다.

"우리 저분들처럼 서로 등 밀어주기 할래요? 우리 좀 더 이야기를 나누어요. 전 조선이 궁금해요. 아주 많이 알고 싶어요."

낯섦과 친밀함이 뒤섞인 달밤이었다.

"아유, 더러워라. 이 때 좀 봐봐!"

"언니는 안 그랬을 줄 아나 보죠?"

"노언니는 새로 시집가서도 될 만큼 탱탱하셔요."

"놀리지 마라. 정말인 줄 안다."

벗은 네 여자의 수다와 마음이 김 속에 풀어졌다.

3

요양휘는 왕씨 육 형제와 함께 술을 마시고 있었다.

술은 감로주(甘露酒)라는 거창한 이름을 지녔지만, 수수와 옥수수를 발효시켜 만들어서 그런지 그저 그런 맛이었다. 그래도 한 가지 화끈함은 있어서 잔을 들이킬 때마다 마음속 모닥불에 기름을 붓는 것 같은 기분이었다.

"카아, 좋다!"

왕특이 방금 비워 버린 자기 잔을 내밀었다.

"받아라, 관원 나으리."

잔을 받으며 요양휘가 눈을 흘겼다.

"이제 관원 나으리란 소린 집어쳐!"

“왜?”

왕특이 술병을 기울이다 말고 물었다.

요양휘는 쓰게 웃었다.

“관원 나으리가 너희들 같은 도적 놈들과 술을 먹냐?”

“우히히! 하긴 그래.”

왕삼이 고개를 끄덕였다.

“요 형, 진짜 관원이었수?”

왕오가 안주를 씹다 말고 요양휘를 바라보았다.

요양휘의 눈이 힐끔해졌다.

“왕오.”

“예?”

“지랄 마라, 짜샤! 그런 걸 물을 정신 있으면 술이나 한잔 따라라.
이 몸이 오늘 거나하게 취해볼 모양이란다, 알간?”

“쳇!”

쪼로록―

요양휘는 단숨에 술잔을 비웠다. 그 빈 잔을 머리 위로 올려 몇 번
탈탈 턴 요양휘가 왕육에게 잔을 내밀었다.

“받이리, 막내.”

“으? 아, 예.”

쪼로록―

“앞으로 형님이라고 불러라!”

“에?”

“사해는 모두 동도라 했다.”

왕육이 아주 확고한 표정으로 술잔을 비우고 마리 위에서 털었다.

잔에 남아 있던 술 몇 방울이 머리로 떨어졌다.

'에이, 씨불. 거참, 더러운 주법이구먼.'

"헤헤헤!"

왕육이 잔을 내밀자 요양휘가 고개를 가로저었다.

"저걸 봐라, 이놈들아!"

"으?"

왕육을 비롯한 왕씨 형제들은 요양휘가 가리킨 달을 보았다.

"암마, 저건 어제도 뜬 달이잖아?"

왕특이 별 이상한 놈 다 보겠다는 표정을 짓자 갑자기 요양휘가 일어섰다. 그리고 활활 타오르는 가슴을 주체하지 못하겠다는 듯 커다랗게 웃었다.

"크하하하!"

"잉?"

깜짝 놀란 왕씨 형제들이 서로를 보았다.

왕씨 형제들이 다시 요양휘를 쳐다보았을 때 요양휘는 웃음을 멈추고 뜰로 내려선 상태였다.

"저 자식이 미쳤나?"

"육도를 빼 들었는데?"

왕씨 형제들이 다시 서로를 보았다.

그러거나 말거나 요양휘는 양손에 한 자루씩 육도를 잡고 팔을 수평으로 쳐들었다. 잠시 후 요양휘가 움직였다.

스윽─

육도가 달빛을 베어내면서 허공을 수놓기 시작했다.

"저거 춤이야?"

"뭐야, 저거?"

왕씨 육 형제는 박린의 춤사위처럼 아름다운 요양휘의 검무를 볼 수 있었다.

요양휘는 정말 춤이라도 추는 것 같았다.

요양휘의 발과 허리, 어깨와 눈이 육도를 따라 달빛 속을 떠다녔다. 육도는 허리의 돌아섬과 발의 비틀림이 연결될 때에 나아갔고, 어깨의 비틀림과 허리의 휘어짐이 헤어질 때에 거두어졌다.

육도는 꺾임과 돌아섬이 물처럼 부드러워서 나아가고 들어감의 사이가 보이지 않고 둥글었다.

육도에 베어지는 건 없었다.

베어지지 않는 것도 없었다.

베어진 달빛이 별 부스러기처럼 반짝였다.

"어험."

박린은 지붕에서 요양휘가 추는 검무를 내려다보고 있었다.

제대로 된 춤이었고, 잘 추는 춤이었다.

저런 광경을 구경만 한다면 어찌 선비라고 하랴.

박린은 무릎에 요광수신리성금을 눕혔다.

박린의 손가락 사이에서 둥글게 밀려 더욱 영롱한 금음이 하나씩 둘씩 날아오르기 시작했다.

뚱따당— 뚱— 땅땅—

금음과 검무는 처음엔 서로 대립하는 듯 겉돌다가 시간이 흐를수록 완벽하게 물려서 돌아갔다.

뚱— 뚱따당—땅땅—

금음이 비탈 오르듯 가파르게 올라가면 검무도 따라 가파르게 전개

되었고, 검무가 안개처럼 낮게 깔리면 금음도 낮게 소리를 죽었다.

"좋구먼. 저런 걸 풍류라고 하나?"

진청자와 광불, 화노와 장작빈은 앞마당에 앉아 지붕 위의 박린과 뜰의 요양휘를 동시에 바라보고 있었다.

진청자가 물었지만 아무도 대답을 하지 않았다.

"젊은 아이들이라 역시 다르네. 쉽게 벽을 허물고 어울리는 걸 보면 말이야."

진청자는 씁쓸히 웃었다.

꼭 저만한 나이 때였을 게야.

진청자는 평생 동안 자신을 따라다니고도 아직 떠나지 않은, 나이를 먹을수록 더욱 또렷해지는, 어쩌면 죽더라도 잊어버리지 않을 만큼 깊숙이 각인된 광경을 떠올렸다.

그때도 지금처럼 달빛이 새파랬었지.

진회하.

그 깊고 깊은 물비린내, 갈대들이 센 머리를 흔들며 나부끼던 밤이었다. 파란 달빛이 자잘한 편린으로 내려앉아 있던 그 물…….

물 위엔 놀잇배의 홍등이 가득 떠 있었다.

'어찌 잊을 수 있으랴.'

기슭을 향해 달려갔던 홍등들과 달려오던 객잔의 청등들이 서로 엉키면서 냈던 소리들을, 천변귀수가 뜯었던 금 소리를, 벽력선자(霹靂仙子) 곽부용이 추었던 춤사위를.

"나무아미타불, 자넨 또 그때를 생각하는 겐가?"

"그래, 나도 이젠 늙었나 보이."

"……"

"자꾸만 그때의 광경이 떠오르네."

"제길. 나도 그래."

둘은 더 이상 말을 하지 않았다.

"케헴!"

화노가 입을 열려다가 둘에게 눈총을 맞고 포기했다.

"……."

화노가 이런 처지라 장작빈 역시 침묵을 지켰다.

그의 머리 속엔 이수구에서 보았던 박린의 춤사위가 가득 들어차 있었다. 지금 그가 느낄 수 있는 건 단 하나였다.

'흠, 뭔가 분명히 있어. 그래, 박린이란 녀석은 내게서 말뚝보다 더 소중한 무엇을 훔쳐 간 게야! 이런 빌어먹을!'

"어이, 거 개구리 다 타잖아!"

"눈도 참 밝소이다? 타는 것까지 다 보시고?"

왕란자두 일행과 혈사교 살수 일행은 개울가에서 투덕거리고 있었다.

이들이 개잔을 나온 것은 그럴 만한 사정이 있었다.

왕란자두 일행은 도동 중원의 기름지고 향 짙은 음식에 석응하지 못해 물고기를 잡아먹으러 나왔고, 혈사교 살수 일행은 감히 장로가 둘이나 버티고 있는 곳에서 뭐 하나 잘한 것도 없이 음식 먹기가 못내 꺼림칙해 나온 것이다.

두 무리는 만령하에서 풍습 차이로 살벌하게 다퉜던 것도 잊고 의기 투합했다. 개구사치와 가율무지가 객잔으로 달려가 술을 몇 병 들고 오는 동안 왕란자두가 모닥불을 피웠고, 혈사교 살수들은 물에 들어가 안주거리를 장만했다.

혈사교 살수들은 도통 고기잡이가 서툰 모양이었다.

손바닥만큼 커다란 개구리만 잔뜩 잡았던 것이다.

왕란자두는 부아가 치밀었지만, 눌러 참았다.

아무려면 어떠랴.

땅엔 도랑도랑 흘러가는 물과 좋은 술, 모닥불이 있고 하늘엔 만방을 평등하게 비춰주시는 달님이 있는데. 으하핫!

혈사교 살수들은 개구리 굽는 솜씨도 영 서툴렀다.

"비켜봐, 이렇게 불이 과하면 속은 안 익고 겉만 타는 게야. 그래 우선 익은 부분부터 베어 먹고 다시 굽는 거라고. 에잉, 사람 목숨만 뚝뚝 끊어낼 줄 알았지, 뭔 보탬이 돼야지!"

"쳇!"

십호가 왕란자두에게 자리를 비켜주고는 입을 삐죽거렸다.

"사람 목숨 뚝뚝 끊어내는 데 뭐 도와준 것 있나?"

중얼거림이었지만 개구사치에겐 분명히 들렸다.

개구사치가 험악해졌다.

"형씨, 직업이 살수라면서?"

"그렇소이다."

"살수라면 살수답게 굴어."

"뭐요?"

"뒤에서 구시렁거리지 말란 말이야."

"살수라는 것과 뒤에서 구시렁거리는 게 뭔 상관 있소?"

"그건… 나도 모르지. 어쨌든 안 어울린다는 말이야."

"……."

십호는 멍하니 개구사치를 바라보았다.

너울거리는 불빛 때문일까.

"크아아!"

급하게 술을 들이키고 쩝쩝! 개구리를 씹어대는 얼굴이 더욱 단순하고도 무식하게 보인다. 애초에 고민 같은 건 있지도 않고, 있다고 하더라도 워낙 무신경해서 알아채지도 못할 것 같은 얼굴.

'저런 얼굴은…….'

인생을 쉽게, 단순하게 꾸려 나가는 자만이 지닐 수 있는 얼굴이라고 십호는 생각했다.

십호는 자문해 보았다.

'그럼 난 어떻게 인생을 꾸려 나가는 자인가?'

예전 같으면 '난 저리 단순하게 돼지처럼 살고 싶지 않다!' 라고 호기롭게 대답했을 게 분명한 자문이었다.

"으음."

대답은 쉽게 떠올라 주지 않았다.

뻔한 대답이 쉽게 떠올라 주지 않는 걸 보면 생각지도 못한 우여곡절을 겪으며 많이 지친 모양이었다.

하지만 십호는 대답이 떠올라 주지 않는 진짜 이유를 알고 있었다. 매사를 꼼꼼히 계산하고 추론한 다음에야 행동을 취하는 식으로 아주 피곤하게 인생을 꾸려 나가는 자가… 그렇지 않은 반대편을 너무 확실하게 봐버렸을 때 느낄 수 있는 온갖 감정들.

그것들이 지금 대답을 막고 있는 진짜 이유였다.

'그렇다면 꼼꼼히 계산하고 추론한다는 일은 편견에서 비롯된 일인가, 아니면 실패를 두려워하는 방어에서 비롯된 것인가?'

십호는 쓴웃음을 지었다.

이렇게 따지는 것 역시 어쩔 수 없는 성격일 것이다.

지금 자신 앞에 앉아 아무 생각 없는 얼굴로, 아무 생각 없이 먹고 마시는 데에만 열중하는 개구사치 역시 저리하는 게 어쩔 수 없는 성격일 것이다.

십호는 일단 여기까지 생각한 다음 끊임없이 꼬리를 물고 이어지는 여러 가지 의문을 정리했다.

정리를 하고 나니 결론은 의외로 명료했다.

"난 여태 참 빡빡하게 살았다. 이제 풀어놓을 때가 되었다!"

"으?"

개구사치가 도대체 뭔 소리를 하느냐는 표정을 지었다.

십호는 그에게 빈 잔을 내밀었다.

"술을 따르게!"

"잉? 그, 그러지 뭐."

더욱 어리둥절해진 개구사치가 얼른 술을 따랐다.

쪼로록―

술을 한입에 털어 넣은 십호가 입술을 문질렀다.

"카아― 좋군, 씨발!"

"……!"

"……?"

모든 사람의 시선이 건너와 십호에게 꽂혔다.

십호는 개구리를 씹으며 아무렇지도 않게 말을 이었다.

"맑은 물소리, 찰랑거리는 달빛, 좋은 술, 다정한 친구들… 이런 가을밤에 취하지 않으면 언제 취하랴. 이런 가을밤에 취해 너울너울 춤을 춘다 한들 그게 무슨 흥이 되랴. 아아, 난 오늘 밤 취하지 않고는 잠들지 못하리라!"

말을 마친 십호가 빈 잔을 머리 위로 던졌다.

사람들의 시선이 높이 치솟은 그 잔을 따라붙었다.

추릿!

눈부신 섬광.

십호의 장검이 떨어지는 잔을 사뿐히 받았다.

"노인장."

"으? 이, 이게 뭔가?"

왕란자두는 자신 앞에 내밀어진 장검과 잔을 보며 기겁했다.

십호가 껄껄 웃었다.

"같이 취해봅시다!"

새벽이 올 때까지 왕란자두 일행과 혈사교 살수 일행은 술만 마신 게 아니었다. 십호가 가락을 넣어 시를 읊자 개구사치와 가율무지가 벌떡 일어나 덩실덩실 춤을 추었다.

사나이로 태어나
공명은 이루지 못하고 나이만 먹어
삼 년이나 굶주리며 거친 산을 헤맸다.
서울의 재상들은 모두 젊은이들
부귀는 일찍이 잡아야 하는가.
[男兒生不成名身已老, 三年饑走荒山道, 長安卿相多少年, 富貴應須致身早.]

唐詩―李白

왕란자두는 나뭇가지로 딱딱! 장단을 맞춰가며 자신들 씨족 설화를 풀어냈다. 살수들이 술과 모닥불로 벌겋게 달궈진 몸을 일으켜 달빛과 물소리를 붙잡고 왕란자두를 맴돌았다.

…생명과 기쁨을 안고 영원히 흐르는 야루여, 거칠고 황량한 이쉬[北山]를 지나 마침내 야루에 다다른 암이리여, 두 존재가 눈을 매주치매 하늘과 대지가 엎드려 경배하였다. 이어 하늘이 열리고 커다란 우렛소리가 들렸다. 대지도 꽃을 피웠다. 그 속에서 열 명의 아이가 태어났다. 키스키르, 튀르기쉬, 오구츠, 아바르, 쏠릭…….

춤과 노래는 해가 뜰 때까지 이어졌다.
아침 햇빛이 부챗살처럼 펼쳐져 산하를 물들였다.
사람들은 땀을 훔치며 이제는 많이 흡사해져 버린 서로를 바라보았다. 어디선가, 누가 먼저랄 것도 없이 미소가 번졌다.
미소는 싱그러웠다.
그들을 몰래 지켜보던 야소가 성호를 그었다.
"아멘."
야소의 눈이 깊어졌다.

4

박린 일행은 아침에 벽산구를 떠나 중화 전에 성경에 당도했다.
성경(盛京)은 동북의 요지답게 잘 정비된 고도였다.

이곳에서 서남쪽 관도를 타면 북진(北鎭)을 거쳐 산해관(山海關)에 이르고, 다시 옥전(玉田)과 계주(溪州)를 지나면 목적지인 연경(燕京)에 닿는다.

네모반듯한 벽돌로 쌓은 성경성 외성을 지나 내성에 이르자 각종 점방들이 죽 늘어선 거리가 나왔다.

거리를 오가는 사람들이 많았다.

사람들이 이 각양각색의 무리가 뒤섞인 일행을 흘끔거리며 지나갔다.

"일단 중화를 먹고 길을 떠납시다."

박린은 성경을 잘 알고 있는 것처럼 앞장서서 걸었다.

어슬렁어슬렁.

걷다 보면 길잡이가 알아서 나서는 법이었다.

예상대로 연연과 웅녀, 장향과 수다를 떨며 따라오던 화노가 급히 달려왔다. 화노는 매우 걱정스럽다는 눈빛이었다.

"케헴. 이, 이봐, 동생."

"왜 부르시오. 꽃밭에서 계속 노시지 않고?"

"이거 왜 이리시나."

무안을 당한 화노가 뒤로 처졌다가 다시 따라붙었다.

"색선 동생."

"으?"

"자넨 뭔가 상당히 뒤틀려 있구먼?"

"어험."

"이 형님은 어디까지나 우리 일행, 헴헴, 말이 좀 이상하구먼. 좌우 단간 이렇게 남녀가 뒤섞여 여행하다 보면 반드시 일어나게 돼 있는 갈등과 불상사를 미연에 해결하고자 목하 노력 중이라네."

"명분 좋고 말씀 역시 매끄러워서 좋소이다?"

"진짜라니깐. 우리 일행, 헴헴. 일행이 된 건 사실이니까 이제부터 일행이라고 부르지 뭐. 어쨌든 좌우단간 우리 일행엔 남녀 간에 지켜야 될 예절, 즉 색도(色道)의 오묘함을 깨닫지 못한 야만인들이 수두룩하단 말씀이야."

"……."

"그러니까 저기 저 치들만 해도……."

화노가 왕란자두 일행과 장작빈을 가리켰다.

"저 치들은 너무 야만에 물들어 있어서 이 형님께서 설파하시는 색도를 믿지 않을 뿐만 아니라 건방지게도 부정까지 하는 자들일세. 쉽게 말하면 겁탈의 삼원칙, 덮쳐! 눌러! 벗겨! 밖에 모르는 위인들이라고. 이 형님께선 저런 자들을 교화시켜 염치를 아는 인간들로 만들려고 노력하는 중이란 말일세."

"그렇다면 왜 저들과 이야기를 하지 않고 엉뚱한 꽃밭에서 수다를 떨고 계셨던 게요?"

"참 사람도."

화노가 어이없다는 표정을 지었다.

"왜요? 소생이 뭐 틀린 말을 했소이까?"

"손뼉도 마주쳐야 소리가 나는 게야. 이 사람이 잘 알면서 모르는 척하기는. 헴헴. 생각해 봐. 겁탈이 덮쳐! 눌러! 벗겨! 이 삼원칙만으로 성공하는가? 그건 절대로 아니지. 겁탈을 당할 수 있는 삼원칙과 결합되어야 성공할 수 있는 것이네."

"어험, 겁탈을 당할 수 있는 삼원칙이라니… 그럼 여인네가 겁탈

당하길 바란단 말씀이오? 살다 보니 별 해괴한 소릴 다 들어보겠구려."

"엉큼 떨지 마, 이 사람아!"

"으?"

"그런 경우를 직접 겪었으면서도 내숭 떨기는?"

"어험."

노하평에서 벌어진 일을 가지고 이야기하는 모양이었다.

박린은 가슴이 뛰고 얼굴이 붉어졌지만, 내공을 이용해 선비답게 대처했다. 화노가 주절거림을 이어갔다.

"여인네라고 왜 사내들만큼 색에 대한 관심이 없겠나? 그래 겁탈을 당할 수 있는 삼원칙은 바로 유혹하기! 앙탈 부리는 척하기! 엉덩이 들어주기! 라네. 그걸 금지하라고 꽃밭에서 당부하고 있었지."

"형님."

"왜?"

"다른 건 다 알겠는데, 한 가지가 아리송하구려. 대체 엉덩이 들어주기는 뭐요? 왜 들어줘야 한단 말이오?"

"자넨 역시 매우 엉큼한 위인일세."

"어험. 하긴 엉덩이를 들어주지 않으면 속곳은 어찌 벗길 것이며 중심은 또 어찌 맞힐 수 있겠소. 하하! 이제야 겨우 생각이 나는구려."

"자넨 매우 가증스럽기도 한 성격일세."

"험험."

"그나저나 이 형님이 왜 자넬 급히 따라왔는지를 알고 있나? 이야기가 잠깐 옆길로 샌 바람에 그 이유를 까맣게 잊어버리고 말았네. 이래서 나이 먹으면 정력만 왕성해진다니까. 헴헴, 뭐였지? 뭐였더라?"

“…….”

“아! 맞다.”

“어험.”

“자네, 도대체 길이나 알고 이리 앞장을 선 겐가?”

“군자는 대로행이 아니오?”

“그래서?”

“큰길을 죽 따라가다 보면 목적지에 이르겠지요.”

“참내. 이 인간 큰일 낼 인간이네?”

화노가 어이없다는 표정을 지었다.

잠시 후, 표정을 푼 화노가 소리쳤다.

“당장 따라와, 이 사람아!”

화노가 대로를 벗어나 구불구불한 골목 네 개와 다섯 개의 다리를 넘어 도착한 곳은 언뜻 보기에도 일반 객잔이 아니었다.

높이 솟은 정문과 긴 담장, 높이가 일 장은 족히 넘을 듯한 그 담장 너머로 잘 자란 나무들이 보였다.

“개인 장원인 모양이로세.”

진청자가 말했다.

“그렇구먼.”

광불이 화노를 바라보았다.

네 주제에 이런 곳도 알고 있었냐? 거참 놀랍다, 라는 눈빛이었다. 박린도 도저히 믿을 수 없다는 표정으로 화노를 봤다.

화노가 아주 자랑스럽게 어깨를 으쓱하며 헛기침을 했다.

“케헴!”

박린은 잘난 척하는 화노를 외면하고 다시 정문을 바라보았다. 그리고 험상궂게 생긴 문지기의 시선을 한 몸에 맞으며 정문에 걸린 편액을 읽어보았다.

"어험, 악산장(樂山莊)이라?"

"요산장이에요. 인자(仁者)는 요산요수(樂山樂水)니라… 에서 따온 요산장."

연연이 나서서 교정해 주었다.

"험험."

박린은 연연의 볼이 비록 면사로 가려 있어 잘 볼 수 없었지만, 분명히 붉어져 있을 것이라고 생각하곤 대단히 흡족했다.

연연은 나선 게 부끄러운 듯 곽파 뒤로 몸을 감췄다.

과연 지덕과 겸양을 두루 겸비한 낭자로고.

그러나 문지기는 지덕이나 겸양과는 거리가 멀어도 보통 먼 게 아닌 모양이었다. 대뜸 그가 내뱉은 반 도막짜리 말이 얼굴에 달라붙었다.

"다, 당신들 뭐야?"

"장주를 만나러 왔네."

대답은 화누가 했다.

문지기는 화노를 이리지리 살펴보더니 고개를 갸웃했다.

"댁은 뉘슈?"

화노의 대답이 기가 막혔다.

"그냥 지나가는 도사님이라고나 할까?"

"뭐요?"

문지기도, 박린도, 진청자와 광불도, 다른 사람들도 모두 어처구니없다는 표정을 지었다. 인도와 우공은 매우 분노한 기색까지 드러냈다.

하지만 화노는 매우 당당했다.

“케헴. 이 미남 도사님께서 오십 년간이나 천하를 떠돌며 천지간이 돌아가는 이치를 살피던 중, 어젯밤 벽산구에 이르렀을 때 아주 기이한 광경을 목도했네. 찬란하고도 붉은 별이……”

화노가 말끝을 흐리자 문지기가 호기심을 보였다.

“벼, 별이요? 그, 그게 어찌 됐다는 것이오?”

“케헴!”

“어허, 답답하구려, 도사 어른. 그러니까 그게 우리 장원에 떨어지기라도 했단 말씀이시오? 이상하다? 난 어제 못 봤는데?”

화노가 벌컥 소리 질렀다.

“네 이놈!”

“헉!”

“문지기 주제에 건방지구나. 성군(星君)님께서 주관하시는 은밀하고도 기막힌 일이 어찌 너처럼 하찮은 놈의 눈에 뜨일 수 있단 말이냐? 어허! 네놈 때문에 부정이라도 타지 않을까 심히 염려가 되는구나. 당장 장주에게 기별하지 않고 뭐 하고 있는 게냐!”

“아, 네네!”

하얗게 질린 문지기가 쏜살같이 문 안으로 사라졌다.

광불이 여전히 근엄한 표정인 화노에게 다가왔다.

“자네 말이야.”

“왜 그러시오, 광불 대사?”

“뭐, 광불 대사? 이 인간이 이젠 이 부처님까지 저 어리석은 문지기로 보는 모양일세?”

광불이 인상을 찌푸리자 화노가 하얘졌다.

"케헴헴, 제가 감히 그, 그럴 리가요, 대사님."

"아무튼 말이야, 자넨 어제 우리와 술을 마셨잖아?"

"그렇지요."

"근데 언제 찬란하고도 붉은 별을 보았나? 이 부처님도 못 보았거
든? 자네 혹시 술이 취해 헛걸 본 게지? 그보다도 자네가 천기를 읽을
줄이나 아나?"

"누, 누가 보았다고 했습니까?"

"뭐야?"

"전 단지 운만 띄웠을 뿐입니다. 나머진 문지기 녀석이 알아서 생각
해 버린 것입니다요. 그리고 민심은 천심이라는 말도 있질 않습니까?
천기는 바로 천심입니다. 그러니까 제 말은 문지기 녀석 말이 바로 천
기라, 뭐 이런 뜻입니다."

"끄음."

광불이 아무 소리 못하고 머리를 흔들었다.

진청자가 빙그레 웃었다.

"희대의 사기꾼이 또 한 명 탄생했구먼."

잠시 후, 헐레벌떡 달려나온 문지기기 문을 활찍 열었다.

"안으로 들이라는 분부십니다요!"

모두가 안으로 들어가고 난 뒤 맨 뒤에 남은 사람은 우공이었다. 항
상 물소 가죽을 쓰고 다니던 우공은 무슨 변덕이 일었는지, 아침에 물
소 가죽을 벗어 등에 짊어지고 길을 나선 상태라 문지기가 봤을 땐 그
저 인상 고약하게 생긴 난쟁이 늙은이일 뿐이었다.

우공이 대문에 아주 기이한 문양을 하나 그렸다.

"크크!"

"뭘 하시는 게요?"

"보면 모르냐? 표시를 하는 게다. 이 표시를 보고 아름다운 내 제자가 찾아올 것이다."

"……?"

문지기는 서둘러 일행을 쫓아가는 늙은이, 우공과 그가 그려놓은 문양을 번갈아서 쳐다보았다.

문양은 아무리 봐도 뜻을 짐작하기 힘들었다.

그렇지만 아주 불길한 느낌이 드는 문양이었다.

요산장 주인 왕문갑(王文甲)은 한때 벼슬이 금군별장(禁軍別將)에까지 이르렀던 사람이었다.

금군별장이라면 군문에서 노른자위로 불리는 자리였다.

지근한 거리에서 늘 황제를 모셔야 하는 까닭이다.

그 좋은 벼슬자리를 그가 본의 아니게 사임하고 낙향을 단행하게 된 것은 순전히 술 때문이었다.

그러나 그는 그리 생각하지 않았다.

원래 술을 마시면 안 되지만, 술 마시고 하루 이틀 근무한 것도 아니고 그렇다고 주정을 부리지도 않았으니 그걸 들켰다 해서 사임을 할 이유는 없었다.

따라서 하필이면 술을 마시고 등청한 날, 하필이면 그 자리에, 하필이면 그 빌어먹을 환관 녀석이… 있지 않았더라면 이리 낙향해서 앙앙불락하는 일은 영원히 일어나지도 않았을 것이라고 그는 굳게 믿고 있었다.

그날은 눈에 뭐가 씌었던 게 분명했다.

그래서 환관의 위세가 하늘을 찌른다는 것을 망각하고, 평소 머리가 허연 자신에게 반 도막짜리 말을 툭툭 던져 대던 그 새파란 환관 녀석을 흠씬 두들겨 팼다.

"그때 아주 죽여서 입을 막았어야 했는데……."

그는 술이 깬 다음 그 녀석에게 무릎을 꿇고 빌었다.

그러지 않았더라면, 벼슬하면서 벌어놓은 전 재산을 녀석에게 치료비조로 바치지 않았더라면 그 파장은 그가 사임하는 선에서 좋게 마무리되지 않았을 것이다.

만약 중신들 알기를 개만도 못하게 여기는, 환관들의 수령인 유근이 알았다면 그는 능지처참을 열 번 정도 당하고도 남았을 것이다.

어쨌든 그는 지금 막 월동문을 넘어오는 사람들을 바라보고 있었다. 말은 사람을 거치면서 부풀려지기 마련인 모양이었다.

"천하를 백 년 동안이나 유랑하신 유명한 도사님께서 와 계십니다요. 그 도사님께서 어젯밤에 천기를 보셨다는데, 우리 장원으로 엄청나게 큰 별이 떨어지더랍니다요. 이게 좋은 징조가 아니고 뭐겠습니까요? 당장 그 도사님을 안으로 모실까요?"

"으?"

어째 사람들이 너무 많다.

하지만 왕문갑은 금방 인상을 폈다.

천하를 무려 백 년 동안이나 유랑했다는 그 유명한 도사를 따르는 제자들이려니 생각한 것이다. 그러니 제자들이 많으면 많을수록 신통하다는 이야기일 수도 있었다.

도사는 정말이지 신통한 것 같았다.

그렇지 않다면 어찌 저리 각양각색의 사람들을 제자로 거느릴 수 있단 말인가, 그것도 삼십여 명씩이나!

왕문갑은 갑자기 황송해지는 마음을 금할 수 없었다.

그는 자신이 도사일 것이라고 짐작한, 도사처럼 보이는 노인에게로 걸어가서 포권을 취하고 아주 깊이 허리를 수그렸다.

"어서 오시옵소서, 도사님. 이 어리석은 중생, 왕 모가 이리 인사를 올리옵니다. 부디 깊고 깊은 깨달음으로 이 왕 모를 인도하여 주시옵소서!"

"으?"

진청자는 자신에게 허리를 수그린 장주를 바라보았다.

뒤에서 곽파가 툭! 하고 터뜨린 웃음이 달려왔다.

"어험."

박린은 화노를 보았다.

다른 사람들도 멍한 시선으로 화노를 주시했다.

화노는 월동문을 들어설 때까지만 해도 어깨를 으쓱대며 기세 좋게 콧노래를 흥얼거렸었다.

그런데 지금은 아니었다.

처음엔 멍한 표정이더니 점차 얼굴이 붉으락푸르락해졌다.

또 조금 기다리자 얼굴이 새하얘졌다. 조금 더 기다린다면 시커멓게 변색되는 것도 볼 수 있을 것 같았다.

"케헴, 케헴!"

마침내 화노가 시커멓게 변색된 얼굴로 씨익, 웃었다.

"자네가 바로 장주인가?"

왕문갑이 고개를 들자 화노는 엄지를 세워 자신을 가리켰다.

"도사님은 그쪽이 아니라 이쪽일세. 자넨 지금 큰 실수를 했어. 자네도 물론 알고 있겠지?"

"예?"

이 어색하고도 기묘한 광경을 지붕 위에 납작 엎드려 훔쳐보는 한 쌍의 눈이 있었다. 심혼을 빨아들일 정도로 아름답기 그지없는 그 눈의 주인이 하얀 이를 드러내며 아주 낮게 웃었다.

"호홋!"

5

사내는 일어나자마자 창을 열고 하늘을 보았다.

하늘은 맑고 깨끗했다. 구름 한 점 걸려 있지 않았다.

이런 날에 살인을 해야 한다니… 그래도 참 다행이라고 사내는 창을 닫으며 생각했다.

슬픔은 날씨와 상관없는 모양이있다.

흐린 날이나 비 오는 날 살인을 해도 슬프긴 마찬가지였다.

다른 것이 있다면 슬픔의 깊이와 넓이였다.

화창한 날 살인을 하면 슬픔은 얇게 깔려서 그리 오래가지 않고 희미해졌다. 반면 흐린 날이나 비 오는 날 살인을 하면 슬픔은 두껍게 깔린 그대로 오랜 시간이 흘러도 희미해지지 않았다.

왜 그럴까.

사내는 고색창연한 검파를 어루만지며 생각해 보았다.

아마도 그건 몸에 달라붙은 피비린내의 무게 때문일 게다.

피비린내는 습하고 끈적끈적한 날일수록 더욱 진해지니까, 무거워지니까, 잘 달라붙으니까.

그렇다면 피비린내가 슬픔인가?

사내는 탁자를 내려다보았다.

탁자 위에 점점이 뿌려진 꽃잎들, 손톱만한 꽃잎들, 그 선홍색 꽃잎들 사이로 자신의 고색창연한 검이 놓여져 있다.

아닐 것이다…….

사내는 검을 잡아가다 말고 고개를 흔들었다.

피비린내는 단지 슬픔의 깊이와 넓이만을 조절할 뿐, 슬픔 그 자체는 아닐 것이다.

슬픔이란 내 안의 어떤 감정과 나에게 목숨을 절단당한 상대의 어떤 감정이 서로 만나는 교차점이 지닌… 그늘 같은 것일지도 모른다.

사내는 검을 잡는 대신 꽃잎들을 어루만졌다.

그리고 이 꽃잎들을 자신의 고색창연한 검 위에 뿌려놓은 손의 주인을 생각했다. 아울러 그녀만이 지녔을 게 분명한 특유의 향기를 생각했다.

"화요……."

화요는 사내가 지닌 슬픔의 깊이와 넓이를 나눌 수 있는 여인이었다. 헉헉거리지 않으면 안 될 만큼 뜨겁고, 이성을 마비시켜 버릴 만큼 차갑기도 한 여인.

언제부터인가 사내와는 연인(戀人)이라는, 매우 얇고도 불분명하며 낭만적이기도 한 인연의 끈으로 묶여진 여인.

사내는 연인 이상을 간절히 바랐지만 화요는 한사코 연인 이상을 원하지 않았다.

어차피 영원이란 없을진대 가장 아름다운 한 시절을 같이 보내면 될 뿐이 아니냐고 그녀는 말하면서 까르륵, 웃었다.

난초 냄새 그윽했던 머리가 하얘지고, 눈동자에 깃든 빛 스러지고, 탄력있던 볼 살 허물어지고, 더 이상 연지를 받아들이지 않는 입가에 주름 생겨도 자신을 사랑하겠냐며 웃었다.

"그럴지도 모르지."

사내는 고개를 끄덕였다.

살수 주제에 그만하면 됐지 뭘 더 바라랴. 죽음은 늘 종잇장만도 못한 두께 저쪽에서 기웃거리고 영원이란 산 자에게도, 죽은 자에게도 존재하지 않는 허망한 꿈인 것을.

사내는 저절로 쥐어지는 손을 어쩔 수 없었다.

새벽에 따 온 꽃잎일까.

손을 기울이자 붉은 꽃물이 떨어져 사내의 검을 적셨다.

툭—

사내는 꽃물 든 검을 들어 천천히, 아주 천천히 등에 짊어졌다.

사내의 이름은 우항(愚肏), 별호는 천화살군(天花殺君).

그는 오백 년을 이어 내려온 살수 최고 기문 천화밀(天花密)의 대제자였다.

덜컥—

문을 연 그의 섬세한 얼굴로 햇빛이 달려들었다.

그가 중얼거렸다.

"박린이라고 했나?"

요산장 숙수 철륵(鐵勒)은 부지런하고 깔끔한 성격이었다.

그는 매일 옷을 갈아입었고, 언제나 '신선'을 입에 달고 살았다.

덕분에 그를 도와 주방 일을 꾸려가는 식솔들과 재료를 대는 상인들의 고생이 이만저만이 아니었다.

"신선하게 안 닦은 이는 이가 아니라 이빨이다. 이와 이빨의 차이를 아냐? 이는 사람의 신선한 이를 가리키고 이빨은 개돼지의 이를 가리킨다. 그러니 너! 신선하게 이를 닦고 다시 오든지, 돼지우리로 가든지 네가 결정해라!"

"죽은 고기는 필요없시다! 이 고기가 신선하다면 내 손가락에 장을 지지겠소. 당신 눈엔 이 잉어가 신선해 보일지 몰라도 내 눈엔 그저 죽은 고기일 뿐이오. 이 흐리멍덩한 눈깔이 신선해 보인다면 당신이나 실컷 처먹으쇼!"

좋은 말이라도 반복해서 계속 지껄이다 보면 싫증나는 게 당연한데 철륵은 싫증도 안 나는지 매일, 수시로 저런 말을 하고 다녔다. 상태가 이렇게 심각하니 주방 일을 꾸려가는 식솔들과 재료를 대는 상인들이 그를 신선에 미친놈, 즉 신선광자(新鮮狂者)라고 부르는 것이 당연했다.

신선광자 철륵은 오늘도 주방 식솔들을 모아놓고 그들의 청결 상태를 점검한 다음, 손톱 상태가 매우 신선하지 않은 계집애 명화(明花)를 출입 금지시켰다.

"이 계집애야! 사람의 손이 왜 손인지 아냐? 신선하게 관리하기 때문에 손이다. 너처럼 손톱 밑이 지저분하면 손이 아니라 족(足)이다.

내 말을 못 믿겠으면 돼지우리로 가서 돼지에게 물어봐라!'

다음은 상인들이 가져온 재료의 검사였다.

"어흠!"

철륵은 자신에게 트집이라도 잡힐까 봐 잔뜩 긴장한 상인들을 하나하나 훑어보며 천천히 상인들 사이를 거닐었다.

"오늘은 신선한 음식 재료가 많이 필요하오. 우리 장주님께 아주 신선한 손님들이 무려 삼십여 분씩이나 찾아오셨거든?"

말을 마친 철륵이 상인들을 훑었다.

상인들이 모두 허리를 수그렸다.

"흠흠."

솔직히 말하면 이때가 철륵이 희열과 보람을 가장 많이 느끼는 순간이었다. 밭에서 금방 뽑아온 것들이라도, 혹은 강에서 갓 잡아온 고기들이라도 사람의 손을 탄 이상 트집을 잡으려면 얼마든지 잡을 수 있었다.

문제는 그런 것이 아니라 약아빠진 상인 녀석들이 숙수에 불과한 자신을 얼마만큼이나 위대하게 알아주느냐, 였다.

"이흠."

철륵이 걸음을 멈춘 곳은 호자어(胡子魚:메기)를 파는 상인인 배가(裵哥) 앞이었다. 배가는 철륵 앞에선 갖은 아부를 다 떨다가도 돌아서면 입을 삐쭉거리고 침을 뱉는 늙은이였다.

눈이 마주치자 배가 늙은이가 비굴하게 웃었다.

"으헤헷!"

"끄음."

철륵은 머리 속에 먹물이 조금 들어 있는 이 늙은이가 아니면 신선광자라는 듣기에도 민망한 자신의 별명을 지었을 사람이 없다고 단정하고 있었다.

괘씸한 늙은이 같으니라고.

철륵이 먼저 말을 건넸다.

"오늘은 호자어 때깔이 매우 곱소이다?"

그러자 배가 늙은이가 손을 비비며 언제 닦았는지도 모르는 이를 환히 내보였다.

"헤헤헷, 역시 자넨 물건 보는 눈이 가히 신선의 경지에 이른 듯 탁월하이. 바로 오늘 새벽에 잡은 녀석들이거든? 이것 좀 봐봐. 펄펄하게 살아서 마구 투덕거리지 않는가 말일세."

배가 늙은이가 내민 바구니 속엔 팔뚝만큼 커다란 호자어 두 마리가 들어 있는데, 정말 오늘 새벽에 잡혔다는 듯 파다닥거리고 있다. 얼마나 힘차게 파닥거리는지 바구니가 춤을 추는 것처럼 마구 흔들린다.

"어때? 엄청나게 신선하지?"

문제는 그런 게 아니라니까 그러시네, 이 노인네.

철륵은 호자어들을 바라보며 고개를 외로 꼬았다.

배가 늙은이 얼굴이 시커메졌다.

"왜, 왜 그러시는 겐가? 서, 설마 이, 이 녀석들을 신선하지 않다고 우길 생각은 아니시겠지? 정말 오늘 새벽에 잡았다니까. 증인도 있어!"

"신선하긴 신선한 한 것 같소이다."

"그, 그런데?"

"한 가지 중대한 문제가 있어서……."

"뭐, 뭔가, 그게?"

철륵이 호자어들을 살피는 척하며 대답했다.

"아저씨께서도 아시다시피 호자어는 여름 한철 고기가 아니오? 여름이래야 이에 딱딱 달라붙을 정도로 부드럽고 고소한 속살의 제 맛을 실컷 즐길 수 있어요. 즉, 이 늦가을에는 어울리지 않는다, 이 말씀이지요."

"아니, 이 사람이 지금 뭔 소리를 하는 게야?"

"끄음."

"고기가 철이 어딨어? 더구나 이 호자어는 사내들에게 기운을 북돋아준다는 보양 고기야. 그건 자네가 나보다 더 잘 알고 있질 않나?"

"호자어가 좋다는 건 알지요."

"그런데?"

"일개 숙수에 지나지 않은 제가 무슨 힘이 있겠습니까. 우리 장주님께서 별로 달가워하시지 않으니 그게 문제이지요. 아무튼 염가에 주신다면 제가 장주님께 꾸지람을 듣는 한이 있어도 그저 신선하고 싼 맛에 살 의향은 있습니다만, 그게 아니라면 곤란합니다."

"아, 안 사겠다는 이야기인가?"

"사고는 싶지만 어쩔 수 없다는 이야기입니다."

몇 번 더 말이 오고 간 뒤, 철록은 신선한 호자어 두 마리를 거저 얻다시피 헐값에 샀다.

흥정이 끝나자마자 휭 돌아선 배가 늙은이가 구시렁거리며 또 침을 뱉었다.

"에잇, 더러워서. 퉤퉤퉤!"

노인네가 저렇게 물색을 모르니 평생 그 모양 그 꼴이지.

철록은 야채와 양념을 갖은 트집을 부려 헐값에 사들인 다음 장주에게 타낼 정상적인 재료 값에서 얼만큼이나 이문이 자신에게 떨어졌는지를 속으로 계산했다.

'흠! 호자어에서 다섯 냥, 백채에서 두 냥, 소면에서 세 냥, 향료에서 두 냥, 당면에서 한 냥이면… 으하! 도합 열세 냥이로세!'

열세 냥이면 평상시보다 좀 많은 수입이었다.

철륵은 울상 짓는 상인들을 내보내고 잠시 그 자리에 서서 이 열세 냥이 주는 기쁨과 행복에 겨워 몸을 떨었다.

그때 상인들이 빠져나간 문의 뒤쪽에서 희미한 그림자가 비쳤다. 그 문은 거리와 주방을 연결하는 문이라 오직 상인들과 주방 식솔들만이 드나들 수 있었다.

"으?"

철륵은 문을 열고 들어선 여인을 보자마자 열세 냥이 주었던 기쁨과 행복을 깡그리 잊어버렸다.

장담하건대 철륵은 자신의 인생, 길다면 길고 짧다면 짧은 사십삼 년의 세월 동안 아름답다는 여인들을 숱하게 봐왔지만, 지금 자신 앞으로 사뿐사뿐 걸어오고 있는 저 여인처럼 아름다운 여인은 처음이었다.

햇빛 찰랑거리는 긴 머리, 세상을 다 빨아들일 듯 깊고 깊은 눈망울, 앙증맞은 코와 석류 속처럼 붉은 입술, 눈이 감길 정도로 매혹적인 체향, 쇄골이 보일 정도로 깊게 파인 옷…….

"소, 소저는 누구요?"

철륵은 두근거리는 가슴을 주체하지 못하며 물었다.

그리고 원래 물음이 '네년은 과연 누군데 감히 그 문으로 들어온단 말이냐?'였다는 걸 생각했다.

여인이 미소를 지었다.

"갑자기 병환이 나신 아버님 대신 소녀가 재료를 가져왔사옵니다.

한번 살펴보아 주셨으면 하옵니다."

"그, 그렇소?"

여인이 내민 바구니엔 형편없이 말라비틀어진 백채 두 단이 달랑 들어 있었다. 그러나 철륵은 그 백채를 보고 있지 않았다.

여인이 바구니를 보여주려고 허리를 숙인 순간 여인의 깊이 파인 옷 사이로 보여진 가슴을 바라보았다.

여인은 풍만한 가슴을 지니고 있었다.

"저의 백채가 어떠세요?"

여인이 허리를 숙인 채, 얼굴만을 들고 물었다.

철륵이 대답했다.

"대, 대단히 시, 신선하오이다. 난 여태 이리 신선한 물건은 보질 못했소. 그윽한 맛이 우러날 것 같구려."

"까르륵… 너무 과하신 칭찬이 아닌가요?"

웃음소리와 함께 퍼진 향기가 철륵을 휘어 감았다.

철륵은 진땀을 뻘뻘 흘렸다.

"태, 태어나면 반드시 시드는 것이 하늘이 정한 이치가 아니겠소? 하지만 소저의 물건은 영원히 시들지 않을 것 같구려."

"그래요?"

여인이 의미있는 시선으로 철륵을 바라보았다.

철륵은 여인이 허리를 펴자 매우 아쉬운 표정으로 이마의 땀을 훔쳤다. 사람의 살이 어찌 그렇게 하얀빛을 띨 수 있을까.

살짝 보여진 건 그게 무엇이든지 여운을 남기는 모양이었다.

철륵은 하얗다 못해 푸르게까지 보였던 여인의 가슴을 영원히 지워버릴 수 없을 것임을 예감했다.

“제 백채 두 단, 얼마를 쳐주실 거죠?”

“소저가 원하는 가격을 말씀해 보시오.”

“까르르……”

석류 속처럼 붉은 입술 사이에서 맑은 햇빛이 뿜어졌다.

“제 백채엔 맹독이 들어 있어요.”

“턱없이 향기롭고 신선한 백채에 든 맹독이라면 그 맛이 각별하지 않겠소?”

“각별해도 사람마다 그 느낌이 다르지 않겠어요?”

“허면?”

“장주님의 손님들 중 박린이란 자가 있어요.”

“흠, 그자의 음식에 독을 풀어주면 내게 백채를 주겠다?”

“까르륵, 생각보다 눈치가 빠른 분이시네요.”

철륵은 여인이 건네준 독을 받았다.

“약조나 지키시오.”

독을 받아 소매에 넣은 철륵의 동공이 풀어졌다.

그의 마음 저 아래에서는 거부해야 한다고, 거부하지 않으면 안 된다고 누군가 아우성을 질러대고 있었지만, 이미 그의 모든 혈관과 근육, 심장, 하다못해 미세한 신경 줄 하나하나까지도 여인이 뿜어낸 향기로 완전히 채워진 상태였다.

따라서 철륵은 자신이 지금 과연 무슨 말을 하고 있으며, 또 무슨 행동을 하고 있는지를 전혀 의식하지 못했다.

“기다리죠.”

“염려 마시오.”

돌아서기 전에 잠깐 정신이 들었을까.

철륵은 여인의 이름을 물었다.
“화요, 남들이 소녀를 그렇게 부르더군요!”
여인이 대답했다.

〈제5권 끝〉